新潮文庫

まだ遠い光

家族狩り

第五部

天童荒太著

まだ遠い光

家族狩り　第五部

【二〇〇三年　九月二十二日(月)】

昼と夜の時間がほぼ同じになり、二週間前に比べても、はっきりわかるほど長くなった夜が明ける頃、雨が降りはじめた。

馬見原光毅《まみはらこうき》は、二週間の休暇を終え、昨日四国から戻った。自宅へは帰らなかった。妻の佐和子《さわこ》は、娘の真弓のところに泊まったはずだ。確認のためとはいえ真弓に電話をする気にはなれず、昨夜遅く自宅へ二度電話した。誰も出なかったことが、妻が娘の家へ行った証《あかし》だと受け止めた。

夜が明けて間もなく、まだ光を感じられないなか、冬島綾女《ふゆしまあやめ》の部屋を出た。彼女に借りたビニール傘をさして駅まで歩き、一瞬迷いはしたが、自宅へは戻らず、そのまま杉並警察署へ向かった。署に着いたときは午前七時を五分ほど回っていた。

刑事課の部屋には、当直だった二人の捜査員がいた。一人が椎村《しいむら》で、馬見原を見て、驚いた表情で椅子《いす》から立った。もう一人の当直の敬礼を受け、馬見原は休み中に代わってもらったであろう仕事の礼を言った。

休暇はどうでしたと、その四十歳になる巡査部長が訊《たず》ねてくる。ゆっくり楽しませてもらったと答えた。四国の遍路道を歩いたことも話し、似合わないことをしたと苦笑しながら、自分の机の前に腰を下ろす。

すぐに椎村が歩み寄ってきた。申し訳ありませんと頭を下げる。小動物の死体を民家の前に置いてゆく犯行を、彼があとわずかのところで見逃した件は、すでに報告を受けていた。その後の捜査に関しては、電話で指示も出している。

馬見原は、椅子の背にからだを預け、椎村を視線で促した。

管内と隣接地域にあるペット・ショップを、彼には当たらせていた。今回殺されていたフェレットは、盗難届なども出されておらず、店で買うほかはなかったろうとの判断によった。椎村の調べでは、事件前日から三日前までにフェレットが買われた店は二軒、都合三頭だという。うち二頭が、民家の前に置かれたものと同じ色だった。一週間前までさかのぼると、四軒で七頭が買われ、同じ色のものは四頭いる。わざわざ買ってまで殺すくらいなら、何日も家に置くことは考えにくい。事件前日に買われたフェレットがいるかどうか、馬見原は訊《き》いた。一頭いた。殺されたものと同じ色だった。買ったのは、三十代後半の会社員風の男らしい。そのペット・ショップにインコも置いているかどうか、重ねて訊いた。確か扱っていたはずだと、椎村は答えた。

以前、阿佐谷にある新築マンションで、インコの死体が住人用の掲示板に吊《つ》るされていたことがあった。フェレットを買った男が、インコも買っていなかったか、聞き込んでくるよう椎村に命じた。

「でも……自分がこのまま追っても、いいんでしょうか」

この事件の捜査次第で刑事の向き不向きもわかると、椎村には言っておいた。馬見原自身の捜査がうまく進まないことでの、八つ当たり気味の言葉ではあったが、椎村なりに考えていたのだろう。今回の張り込み失敗の件で、彼が副署長から叱責《しっせき》を受けたことも耳に入っている。

「やめたいのか、捜査」

馬見原は相手の目を見た。

「いえ。ここまできて誰かに任せたくはありません」

椎村は、顔を起こし、はっきりした口調で答えた。

彼が現場で撮った写真を持ってこさせた。

大量の写真に、張り込みをおこたっていなかったことが実証されている。だが、ほめなかった。とりとめもなく出すな、事件現場のものだけを見せろと命じる。民家の前を、腰の曲がった女性が歩いている。朝の五時に人影が見えてシャッターを押すと、散歩中だったらしい彼女が写っていたという。

「事件には関係ないのか」

「念のため被害者やペット・ショップで見てもらいましたが、知らないそうです」

実際、猫やイタチの首を絞める人物には見えず、なにより体力的に無理だろう。

「ともかく途中まで読みは合ってたんだ。つづけてみろ」

写真を返し、馬見原は仕事の準備にかかった。だが、椎村がそばを離れないため、

「なんだ」

と、相手の顔を見返した。

椎村は、少し言い迷う様子だったが、

「大野さんのこと……どうでしたか。調べてこられたんでしょ、高松で」

馬見原は答える気にはなれなかった。人に何かを話せるだけの整理もついていない。煙草《たばこ》に火をつけ、あっちへ行けと、手で払うしぐさをした。

刑事課に職員が出勤しはじめ、椎村たち当直の者は帰宅した。課長の笹木《ささき》の姿が見え、馬見原は歩み寄って、休暇明けの報告をすませた。土曜日に刺されたという児童相談センターの氷崎游子《ひざきゆうこ》の容体と、事件の状況を訊ねる。まだわからないと笹木が答えたため、上野署に問い合わせてもらえないかと頼んだ。

一階へ降り、署長と副署長にも挨拶《あいさつ》した。署長は黙ってうなずいただけだが、副署長からは、二週間も有給休暇とはいい身分だなと、いやみを言われた。

刑事課へ戻ったところで、笹木に呼ばれた。

氷崎游子は、いまも危ない状態だという。夜の公園で刺されたものだが、上野署の課長代理の口ぶりでは、犯人の目星はだいたいついているらしい。

「彼女の入院先だ。面会謝絶らしいがね」

笹木が差し出すメモを、馬見原は礼を言って受け取った。

午前中、たまっていた書類仕事を処理し、昼休みに自宅へ電話した。誰も出ない。四国から送った荷物は、夕方には届くことになっている。それまでには佐和子も戻っているだろう。

昼食後、長峰に連絡をとろうとした。ふだん出る電話には連絡がつかず、思いあたる数軒の店に掛けても捕まらない。

仕方なく、なじみの番号に掛けた。受話器から古い演歌が聞こえてくる。意外に感じて、

「そういう歌は、嫌いじゃないのか」

「雨の日とか、ふっと聴《き》きたくなるのよ。小さい頃にそばで耳にしてたものは、あなどれないね」

女が答えた。

「長峰を捜してる。奴《やつ》の女は、前のままか」

「ちょっと待って。掛け直す」

馬見原は屋上に出た。まだ雨が降っている。軒下《のきした》で煙草を二本吸い終えたところで、電話が鳴った。住所がそっけなく伝えられ、

「どうしてんの、最近」

女が訊く。

「旅行に出たよ、カミさんと」

「嘘《うそ》でしょお。天地がひっくり返っちゃう」

裏返った相手の声に、苦笑した。

「こっちの調べに、勝手についてきたんだ」

「てなわけか。でもよく許したね」

「目も離したくなかったしな。しかし、旅先でいきなり……離婚を言いだされた」

「あちらから？」

「新しい生き方に目覚めたそうだ」

女の笑い声が響いた。

「ざまあみろ」

「ああ」

「で、どうよ。すっぱり別れてあげられるの」

「考えてるところだ」

「生意気ね。そんな権利あんの？」

「権利はないさ。だが、あれが、本当にやっていけるか心配だ」

「よく言うよ。心配するふりして、さんざん縛ってきたんでしょ。あんたに限らず、人間の悪癖だ。別れろ、別れろ。独り暮らしの痛みを知れ」

「まあ、考えさせろよ」

「決まったら、教えてね。奥さんに、偽名でドンペリ送るから」

馬見原は、雨のなかに煙草を捨てて刑事課へ戻り、調書の裏付けのため外を回ると、笹木に告げた。

昨夜、綾女の部屋に着いたとき、研司《けんじ》はすでに眠っていた。「お母さんが、しんじゃう」と、留守番電話に言葉を残したのは、綾女がシャワーを浴びているあいだの、研司の勝手な判断だったらしい。綾女自身は電話に一切出ないよう、シャワーを出たあと、携帯は電源を切り、自宅用のものはコードを抜いていた。彼女の左目の横には、痣《あざ》があり、唇も噛《か》まれたような傷で腫《は》れていた。油井《ゆい》が来たのだと察した。傷を確かめようとすると、彼の手から逃れ、からだにもさわらせない。馬見原なりにそれで理解した。

奥の部屋で三人並んで横になったものの、とても眠ることはできず、未明に彼は台所へ出て、煙草を吸った。しばらくして綾女も出てきた。互いに黙っていた。やがて沈黙がつらくなり、自分でも思いがけなく、

「研司は、そのときどこに」

と、口にしていた。

「残酷なことを訊くんですね」

怒りも嘆きもせずに、綾女は言った。

馬見原は、後悔しながらも、ずるく黙って、煙草を吸いつづけた。

「研司は、隣の部屋でゲームをしてました」

彼女は、それだけ言って、あとは言葉にしなかった。

馬見原は彼女の背中を抱いた。

綾女は逃れた。

煙草を捨て、あらためて強く彼女の背中を引き寄せるようにした。

「あいつを殺したい」

綾女は言った。


長峰の愛人のマンションは、新宿の隣の初台《はつだい》にあった。玄関はオートロック・システムだったが、裏口の塀の一部が低くなっている。馬見原は、人けのないのを確認し、塀を乗り越え、教えられた部屋の前へ進んだ。電気メーターの回転盤が勢いよく回っている。部屋のインターホンを三度つづけて押し、返事を待たずに、ドアを思い切り拳《こぶし》の腹で叩《たた》いた。

ドアの向こうで、ピッキング防止用のアラームが鳴りはじめる。構うことなく、ドアを叩き、さらに靴のかかとで蹴《け》った。情報が誤りの場合もある。そのときは、率直に謝る覚悟でいた。インターホンから、

「どなたっ」

やや年のいった女の、表面的な怒りの裏に、おびえを感じさせる声が返ってきた。

「馬見原だ。長峰に用がある」

相手の返事に間があいた。情報に間違いはないらしい。

「そんな人、知りません」

馬見原はドアを蹴った。

「警察を呼びますよっ」

「長峰に相談してみろ」

短い間《ま》があいた。ドアをまた蹴る。

「着替えるから、待ってください」

長峰の声が返ってきた。

「いま出ろ。そろそろ隣近所が妙に思うぜ」

ドアを一定のリズムで蹴るようにした。音がマンション内に反響する。

ドアの向こうでアラームが止まり、鍵《かぎ》の開く音がした。フックも外される。

馬見原はドアを引いた。四十前後の女が、驚いた顔で立っていた。身長は百五十センチ程度だが、体重は百キロを超えているだろう、からだに巻いたバスタオルがはちきれそうに見える。

靴のまま室内に上がり、明るい光の洩《も》れてくるほうへ歩いた。ドアを開けると、リビングが広がり、窓際《まどぎわ》のソファに、白いガウンを着た長峰が腰を下ろしていた。

「靴ぐらい脱ぎなさいよ、まったく」

長峰が不機嫌そうに言う。

彼の前にまっすぐ進み、相手の襟首《えりくび》をつかんで立たせた。

「なんですか」

長峰が戸惑った隙《すき》をついて、一気に彼のガウンを脱がせた。裸の上に、紙おむつを着けている。

彼を突き放し、向かいのソファに腰を下ろした。

長峰は、あきらめたのか、もうガウンで隠すことはせず、逆におむつを見せつけるように脚を開いて、ソファに腰を戻した。

「人の趣味をどうこう言える身分ですか」

長峰が言う。

「凶器の確認だ。趣味の話を誰がした」

馬見原は、テーブルに足をのせ、ポケットから煙草を出す。

「安煙草を吸わんでください。部屋が貧乏くさくなる」

「着替えんでもいいよ、すぐに帰るから」

後ろで聞こえていた衣《きぬ》ずれの音がやむ。

「見てやろうか、長峰。そのほうが興奮する奴もいる。ガラガラも使うのか？」

「ご自分こそ試しなさいよ。こわもての人ほど、はまるんだ。親が厳しくて、子どもの頃に甘えきれなかったんでしょ。百パーセント甘えきってみるといい」

「油井に勧めろ。どこにいる」

「さあてね」

「油井は、組の若い者を使って、女を張らせてた。組全体の仕事と思っていいのか」

長峰が顔をしかめる。

「兄貴のプライベートですよ」

「おまえの顔をつぶしたくて来たわけじゃない。だが話によっちゃあ、組との関係が崩れても仕方ないくらいの覚悟は、おれもしてるんだぜ」

「たかだか女一人のことに、命を張る気ですか。どうかしてるよ、あなたも兄貴も」

「話をつけたい。約束する、話だけだ」

「笑わせる。ヤクザに刑事が約束ですか……」

「電話で知らせたりするなよ。また逃げるからな」

「……おれのネタだとは、言わんでくださいよ」

「さっさと教えて、つづきを楽しめ」

馬見原は、部屋を出る際、持ってきたビニール傘を残して、

「等価交換だ」

ブランド銘の高級傘を持って出た。

長峰が教えたのは、六本木にある短期滞在型マンションだった。店の若い女も連れ込んでいるだろうという。

馬見原は、マンションの出入口を確かめ、最上階の部屋の前に立った。長年にわたる聞き込み経験から、ほとんどの集合住宅の造りはわかっている。短期滞在型の多くは、玄関ドアが薄く、室内の音が意外に外へ響く。

玄関ドアに耳を当てる。若い女のものらしい鼻唄《はなうた》が聞こえ、男の声はしなかった。

インターホンを二度押す。

「はーい、どなた」と、女が出た。

「お世話になってます」

低く声を作った。

「あ。いま、トイレだけど」

「お届け物です」

「そう。でも勝手に開けちゃだめなのよ」

「ここに置きます。大事なものなんで、早めに入れてください」

玄関前に、柄の部分が革でできた高級傘を横にして置き、脇《わき》の壁に身を隠す。ほどなくドアが細めに開いた。ドアがいったん閉まり、チェーンが外される。またドアが開いた瞬間、なかへ踏み込み、水着姿だった若い女の口を手でふさいだ。女の口に手を当てたまま、廊下を奥の寝室まで進んだ。油井の姿はない。ベッドの上には、数着の水着が脱ぎ散らかしてあった。

女をベッドに突き倒す。おびえている相手に、黙っているよう目で命じた。洗面所のほうへ戻る。ドアの向こうに人の気配がした。息を整え、一気にドアを開いた。眼鏡を外した油井が、白いスラックスにアロハ姿で、手鏡の上に刻み分けた白い粉を、鼻から吸っている。道理で、こちらの物音にも反応しなかったわけだ。

靴のかかとをぶつけるようにして、油井の顔を蹴った。からだごと吹っ飛び、浴槽にぶつかって、洗面所の床に倒れ込む。腹部を、つま先で蹴れば死にかねないため、甲の部分で蹴った。彼が苦しげにうめき、胃のなかのものを戻す。

馬見原は、寝室に引き返し、ベッドの上でふるえている女を睨《にら》みつけ、

「服を着て、部屋を出ろ。ここのことは誰にも言うな。長峰があとで連絡する」

女が、慌《あわ》ただしく服を身に着け、ブランドもののバッグを手に出ていった。

油井はまだ洗面所の床に身を横たえたままでいる。

馬見原は、洗面台のところに残された粉を、指先ですくってなめた。

「上物だな」

「誰がここを……」

油井が苦しい息の下で言う。

「長峰に決まってるだろ。いい弟分だな。この粉で、二年はムショ行きだ」

「不当捜査だぜ」

「街で捕まえたと言うさ。あとは、てめえのくさい小便を採ればすむ」

シャワーのカランを開けた。水を出し、油井の顔に当てる。よせ、やめろと暴れるが、そのまま水で相手の汚れを落とし、濡《ぬ》れた髪をつかんで、洗面所から引っ張りだした。彼を連れて廊下を進み、寝室の床に放り出す。

馬見原は、水着を払い落として、ベッドに腰を下ろした。サイドテーブルに、心理学の本が数冊積まれ、油井の眼鏡が置いてある。

指先で引っかけるようにして眼鏡を取り、何度か宙で回したあと、倒れたままの相手へ投げつけた。

「女、子どもに何をした」

「べつに……可愛《かわい》がっただけさ」

油井が荒く息をつきながら答える。眼鏡に手を伸ばすのを見て、先に立ち、靴の下に眼鏡を踏みつけた。

「なんだって。よく聞こえんな」

「研司は喜んでた。もちろん綾女もな」

油井が唇の端をゆがめて言う。「声を出すのを我慢するから、ちょいと嚙んでやった。尻《しり》を見たか、おれの歯形が残ってたろ」

相手の腹に、ふたたび足の甲を叩きつける。油井がからだを二つに折って咳《せ》き込んだ。

「ムショで性根《しょうね》を入れ替えてこい」

油井は、這《は》いずるようにして手を伸ばし、ひび割れた眼鏡を掛けた。

「好きにしろよ。だがな……二年経《た》ったら、戻ってくるぜ。研司は三年生だ」

みたび蹴ろうとしたとき、油井が突然笑いだした。腹が痛むのか、顔をしかめて、

「おれはいわば病気さ、言ったろ。だが病気なのは、おれだけじゃない。あんたもだ」

「なんだと……」

「こんなひどいことが平気でできるのは、てめえ自身がガキの頃、親に散々殴られたからさ。図星だろ？ 息子を窮屈にしつけたのも、女房にひどいのも、きっと親父《おやじ》のやり方を知らねえうちに真似《まね》てんだ」

馬見原は、サイドテーブルの分厚い本をつかみ、油井の背中へぶつけた。

「付け焼き刃の知識を振りかざして、おまえに生身の人間の何がわかる」

油井は、痛みに表情をゆがめながら、なお目だけは笑い、

「わかるさ。人間てのが、そういう生きものなんだ。或《あ》る民族が、長いあいだ迫害を受けて、大量虐殺《ぎゃくさつ》って悲劇も経験した。結果、その民族が慈悲深くなったと思うか？ 違うね。別の民族を迫害するようになるんだ。それが現実さ。この世界は、やられた奴《やつ》が、誰かにやり返すシステムでできてる。あんたも、おれも、その一部なんだよ」

馬見原は鼻で笑った。

「屁理屈《へりくつ》で、おまえの罪が消えるか」

「だったら、あんたの罪も消えないってことだ。おれの過去の傷を認めず、許さない

ってことは、あんたも、息子や女房にしたことで、罰されるべきだってことさ。もしかしたら、あんた……おれに、自分の影を見て、ひどく当たるんじゃないのか」

倒れている油井の胸ぐらをつかんで、首を床から引き起こした。

「おれが罰してるのはな……おまえだ」

油井は、目におびえの色を浮かべながらも、虚勢を張ってだろう、

「あんたに、おれが殺せるか。奥さん、悲しむぜ。夫が愛人のために、殺人まで犯したとなりゃあ、なおさらだ」

「おまえが、拳銃《けんじゆう》か包丁を持って、暴れたことにすりゃあいい」

「状況的に無理が出るに決まってる」

「誰がおまえをかばう。うちの同僚か、検察か、マスコミか？　おれは無理を通すぜ。おまえも経験済みのことだろ」

油井の顔から虚勢が消えた。彼の上に馬乗りになり、喉《のど》を片手で押さえ込む。

「油井、生きたきゃ条件を呑《の》め」

「おれをどこかへやって、自分はこれまでどおり父親ごっこを楽しむつもりか。研司は、おれの子なんだ。おれの血が流れてんだよ。あんたも人の親ならわかるだろ」

「おれも、二人にはもう会わん」

「嘘《うそ》つけ」

馬見原は相手の頬を平手で打った。話を聞くように、目で促す。

「おまえがもう会わないと誓うなら、それを二人に伝えて、終わりだ。なんならこっちは警察をやめてもいい」

油井が苛立《いらだ》たしげに顔をそらした。

「女なら、別に捜せ。ガキが欲しいなら、養子をもらえよ。だいたいあんた、自分の家族があるだろ。孫も生まれたんじゃねえのか。なのになんで、おれの家族につきまとう。おれには、あいつらだけなんだ」

「あの二人は、おまえがいると不幸になる」

「幸せにするさ。それなら誓ってもいい」

もう一度、彼の頬を打った。

「死ぬか消えるかしか、おまえに道はない。こっちも懲役を食らう覚悟はできてんだぜ」

油井が、こちらの真意をはかるように、ひび割れた眼鏡の奥の目を細めた。やがて深く息をつき、からだの力を抜いた。

「わかったよ。二人にはもう会わない。こっちも命あってのことだ。どこかで新しい家族を作るさ、それでいいんだろ。さ、重いんで、どいてくれますか」

「……この、くそ野郎」

馬見原は油井の首に手をかけた。相手は暴れたが、体重を預けて押さえ込む。

「でたらめばかり、ぬかしやがって」

いまはもう本気で絞めていた。あとのことまで考える余裕はなかった。とにかく、この男を生かしておけない、生きていたら誰もが迷惑する、綾女たちのためにも社会のためにも消してしまったほうがいい、おれが手を汚せばすむことだ……。

これは正しいことだと自分に言い聞かせ、腕にいっそう力を込めてゆく。

油井の抵抗が軽くなった。

馬見原は自分のからだが宙に浮くような感覚をおぼえた。不安の種が消えると安心したせいか、正義を行使していると信じられる高揚感のせいか、人生を地につなぎとめていた何かが外れたせいなのか……。よくはわからないが、力だけはなお込めつつ、しぜんと笑みがこぼれそうになった。

背中から突き飛ばされ、絨毯《じゅうたん》の上に転がった。

「話し合いだって言ったでしょ。こんなことじゃないかと思ったんだ……」

スーツ姿の長峰が背後に立っていた。彼は、意識を失っている油井を揺り起こし、

頬を軽く叩《たた》いた。意識が戻らないためか、

「死んじゃいますよ」

こちらを見て、訴えた。

馬見原のなかからもう高揚感は失われていた。長峰を押しのけ、油井の背中に膝《ひざ》を当てて活を入れる。油井が息を吹き返した。長峰が声をかけると、彼は二、三度首を横に振った。

「おまえから、ちゃんと言って聞かせろ」

馬見原は立ち上がった。「二度と、あの母子《おやこ》の前に顔を出させるな。組のためにも、こいつのためにもだ。いいな」

「もっと切れる人だと思ってましたがね」

長峰が皮肉っぽく答える。

「おまえこそ少しは切れるなら、長峰、そろそろこいつのことはお荷物と考えてんだろ。このままどっかへ運んで、二人で完全犯罪とゆくか？」

「早く出てってくださいよ」

「同盟を組んでるよしみじゃねえか」

わざと長峰を笑って、重く感じる足をふるいたたせ、玄関へ向かった。

「傘、自分のを持ってってくださいよ」

長峰の声がした。ドアを出たところに、濡れたビニール傘が置いてあった。

馬見原は、もう署へは戻らず、電話で報告をすませただけで帰宅した。

家に明かりはなかった。郵便受けには、宅配業者の不在通知が入っている。鍵《かぎ》を開けて、なかへ入る。人の気配はない。そのくせ、二週間前に家を出たときとは、雰囲気が微妙に違っている気がした。

奥へ進んで、電灯をつける。居間の障子が破れていた。障子の前には、佐和子が持ち帰ったお遍路の金剛杖《こんごうづえ》が置かれている。

「佐和子、佐和子っ」

不安にかられ、台所をのぞき、子ども部屋を見て、寝室を確かめた。風呂場《ふろば》へも走った。どこにも妻の姿はない。

居間へ戻ったところで、電話機の留守番録音を知らせるランプが点滅しているのに気づいた。再生のボタンを押す。佐和子の声が聞けるものと思っていた。

「あ。もしもし……」

若い男の声だった。「石倉です。あ、真弓さんの……花屋の、です。本当は真弓に、真弓さんに、黙ってるように言われたんだけど……あの、お義母《かあ》さんのことです」

録音はいったんそこで切れた。録音時間の設定が一分と短いためだ。
馬見原は、電話機の前に座って、つづきを待った。

【九月二十七日（土）】


人々の歓声が、大気の加減か、横ではなく上へと突き抜け、応答のように柔らかな風が吹き下ろしてくる。空の高さが、ふだん以上に感じられる秋晴れの一日だった。

芝生の生えそろった広い庭には、卓球台が出され、若い男二人がピンポン玉を打ち合っている。別の場所では、男女四人がバドミントンで羽根を打ち、また離れたところでは六人の女性がバレーボールをしていた。ベンチで読書をする者、ただ芝生の上に寝転がっている者もいる。

馬見原佐和子は、ベンチの一つに腰掛け、隣に掛けた若い娘の話を聞いていた。

「自信が、ないんです」

娘が消え入りそうな声で言う。「外で、一人でやっていけると、思えないんです」

「誰もが、そうしたものよ」

佐和子は、相手をさとしかけ、急に白々《しらじら》しくなって、口をつぐんだ。

娘が小さく首を横に振った。

「きっと、だめになる、と思うんです。そのときは、二人ともショックで、病気も悪くなる気がして……だったら、何もせずにいたほうが、傷つかずに、いいかなって」

そうかもしれない。薬の副作用もあって、途切れ途切れに話す娘の言葉に、佐和子は同意したい想《おも》いだった。だが将来ある若者を後ろ向きな気持ちにさせることに、意味があるとも思えない。白々しさをこらえて、手垢《てあか》のついたような言葉を口にする。

「失敗したら、またやり直せば、どう？　はじめから、傷つくことを恐れて、足を踏み出さないのも、つまらないと思うのよ」

佐和子自身、いったん止《や》めていた薬を、また飲みはじめたばかりで、言葉がすらすらとは出てこない。

「じっとしてても、傷つくことは、あると思うし……二人のほうが、喜びは大きくて、悲しみはより少ない、ものだから」

本当なの。本当にそう言える？　佐和子が自分の言葉を疑った隙《すき》を突くかのように、

「佐和子さんも、だめだったでしょう」

娘が言った。「佐和子さんで、無理なのに、わたしなんて、とてもやってけない」

彼女は同じ病院の患者と結婚の約束をし、佐和子がその仲人《なこうど》をする予定だった。だが、佐和子の再々入院で、あらためて不安になったらしい。

「ごめんなさい。いい例に、なれなくて」

佐和子は、苦労して笑みを浮かべた。

するとと娘が、泣き出しそうに表情をゆがめ、

「あ、あ。もしかして、わたし、ひどいことを、言ったでしょうか……」

「そうじゃないの、大丈夫。今度のことは、少しめぐり合わせ、が悪かっただけ」

娘を落ち着かせるため、彼女の頬に手を当てる。

「めぐり合わせがいいと、大した事に、ならないものが……今回たまたま、悪いほうで重なったの。でもね、いいことも、あったのよ」

自宅近くの公園で、佐和子は池に落ちるところだった。危ういところで、救ってくれた手があった。差しのべられた手は、息子のものだと思った。

実際は違うらしい。昨日見舞いに訪れた真弓の話では、彼女の夫の石倉が、池のそばに立っていた佐和子を見つけ、駆けつけたのだという。

佐和子自身は前後の記憶がない。自分がなぜ池のそばに立っていたのかもわからない。だが、息子が救ってくれた、手を差しのべてくれた、と思い込んだその気持ちの部分だけは、強く印象に残っており、実際に彼女を抱きとめてくれた手のぬくもりも、「お母さん」と呼んでくれた声も、よく覚えていた。

真弓たちが、佐和子を自分たちのマンションに連れ帰り、翌日、病院へ連れていってくれたということは、記憶から抜け落ちている。病院に戻ったことを自覚したのは、三日前だ。当初は、ただ混乱して、逃避の感覚から死さえ願った。無意識にその願望を口にしたのかもしれない。面会中、真弓が涙声で彼女を叱《しか》った。

「お母さんにも死なれたら、どうしたらいいの。生き残った者の身にもなってよ」

赤ん坊を抱えた石倉がそばにいた。

みんなの重荷になりたくない、という意味合いのことも、佐和子は口にしたと思う。真弓は説得してくれたが、どんな言葉も上すべりするだけで、心は暗いほうへ向いたままだった。そのとき石倉から孫の碧子《みどりこ》を渡された。

「抱いてやって、ください」

腕にずっしりと掛かる赤ん坊の重みと、体温とに、ああ、死ねないと感じた。

孫のため、といったことではない。うまく言葉にできないことがもどかしいが、赤ん坊の重みを受け止めたとき、胸のうちにふるえるものがあった。腕のなかの命のかたまりと同じものが、そっくり自分の内側にも存在しており、互いに呼び合うようにして、ふるえたのかもしれないと思った。

生きることを考えたとき、こみ上げてきたのは、夫への罪悪感だった。彼女が再々入院したことで責められるのは、彼だろう。真弓はすでに担当医に向かい、自分の父親の悪口をあげつらっていた。

夫からは、月曜日以降毎日、病院側へ連絡があったらしい。だが、彼女の状態が落ち着くまで面会は許されなかった。佐和子自身も合わす顔がないと思っている。

せっかく〈お接待〉の場で、新しい生き方へつながる道筋がつかめたかもしれないと感じたのに、あれも薬を中断したため過剰に活発となった精神状態が、彼女に見せた幻だったのか。

いや、違う。新しい生き方はきっとあると信じたい。だが、いまのこの状態では、それを証明できないことが悔しかった。

「佐和子さん、佐和子さん」

膝《ひざ》の上に手を置かれた。隣にいる若い娘が、こちらを見つめている。

「あ、ごめんね。なんの、話だった?」

「面会、だそうです」

娘の視線を追うと、反対側の隣に女性看護師が立っていた。

「馬見原佐和子さん、旦那《だんな》さんが面会に来られてます。会われますか? 先生は、もう佐和子さんの希望どおりにしていいっておっしゃってます」

瞬間的に、左肩のあたりに痛みが走った。熱をもってしびれるように感じる。なぜかはわからない。夫に関係はしているらしい。記憶を順にさかのぼっていけば、何か思い出すのかもしれないが、神経が警告を発する感覚で、それをさまたげる。

経験上、いまは自分の心をのぞき込まないほうが賢明だと悟り、こもった熱を鎮《しず》めるように左肩を撫《な》でた。

「無理しなくていいんですよ。もう少し待ってくださるよう、お伝えしましょうか」

「……お願い、できますか」

佐和子は頭を下げた。看護師が病棟のほうへ戻ってゆく。隣から視線を感じる。自分など、結婚を迷う若い人を説得できるような立場にはない。

「ビタミン、とりましょう」

娘が不意に言った。

「え、なぁに」

佐和子は聞き返した。

「育ちや、環境や、心の傷、のせいにしても、すぐは解決しないんだから、とりあえず、ビタミン、とりなさいって」

「先生が、そう、おっしゃったの？」

娘は、首を横に振って、空を指さした。彼女だけが感じられる人物、もしくは精霊に似た存在らしい。ときおり彼女に話しかけてくるという。

「誰かを、ぶちたくなったら、カルシウム。何もかも、いやになったら、ビタミンB群。死ぬことさえ、考えるのにも疲れたら、レシチンだって」

「ためになること、言ってくださるのね」

「でも、その声のせいで、わたしは病気、なんだって」

娘が少し笑った。

佐和子も、笑みを返して、肩の力を抜いた。

周囲を見回すと、二人の男性が丁寧にピンポン球を打ち合い、ラリーをつづけている。勝ち負けをつけようとせず、何時間でも球を打とうと必死になるため、彼らは別々の場所から入院させられてきたと聞いた。だがいまは、パートナーを得て、球を落とさないよう協力し合っている彼らの表情は明るい。

四人でバドミントンをしている人たちは、三人が羽根を長く打ち合うことに集中しているのに、男性の一人が、すぐにスマッシュをして羽根を落としてしまう。だが、三人は彼の行為を責めない。黙々と羽根を打ち上げ、男性に落とされ、懲《こ》りずにまた上げている。それを見て、いらいらするのは、塀の外側で暮らす人たちなのだろう。

バレーボールをトスし合っている人々のなかには、いったん手のなかにボールをキャッチしてから、上に放り投げる人がいた。それが許されている。

いきなりトスが乱れて、佐和子の足もとまでボールが転がってきた。

佐和子は、ボールを拾い、

「はい」

と、駆け寄ってきた少女に放った。

だが少女は、手を引っ込めてかわし、地面からボールを拾い上げた。そして、佐和子の立っている場所から少しずれた方角へ、

「ありがとうございました」

きれいな姿勢で頭を下げ、人々の待っているほうへ戻っていった。

【十月一日（水）】


泥や砂ぼこりで汚れた、着の身着のままの子どもたちが広場に集まっている。

広場の前方では、外国の兵士が食料を配っていた。トウモロコシの粉を水で溶いて作った団子《だんご》が一個と、ビタミン剤が一錠だ。

子どもたちは、内戦状態の国を出るため、あと何十キロと、荒れた土地を歩かねばならない。食料配給の列が、小さな女の子の番になる。泥だらけの手に、団子一個と、ビタミン剤が渡される。女の子は首を横に振った。

「おなかをけがしたから、食べられないの。だから、お水だけちょうだい」

胸には、『ヒザキユウコ』と、黒い字で書いた白い布が付けられている。

ああ、これがわたしだ。

氷崎游子は想《おも》った。彼女の周囲では、食事が配られている音がする。誰かがものを噛《か》み、飲み込んでいる音もする。

「おなかにね、大きなあながあいてるの」

女の子は懸命に訴えた。

「ユウコ、もう行くよ」

兄が言った。兄の仲間もいる。みんなが一緒に歩きだす。どこへ行くの、と女の子は訊《き》いた。そっちは安全なの、邪魔にされたり、もの乞《ご》いみたいに見られない？　生まれた場所が違うだけで、頭が悪く思われたり、大人の相手をさせられたり、病気を持ってるように見られたりすることはないの？

少女は団子を口に入れた。泥の味がしたが、呑《の》み込んだ。腹部にあいた穴から、団子がゴロリと転がり出た。

ああ、わたしはいま悲鳴を上げたかもしれない……游子は思った。彼女の周囲で聞こえていた音がやむ。コンソメスープと、オレンジジュースの匂《にお》いがした。

「大丈夫、游子さん？」

額に、冷たい手が置かれた。心地よさに、全身の緊張がとけ、瞼《まぶた》を開く。周囲にいるのは、清潔なベッドの上で昼食をとる、彼女と同室の患者たちだった。

髪の白い、上品な印象の老婦人が、游子をのぞき込んでいる。

「怖い夢でも見た？」

亡《な》くなった祖母に似ている。游子は懐《なつ》かしいような想いで、彼女を見つめた。

九月二十日に上野公園に呼び出され、腹部を刺されて以来、幾つもの顔が目の前に現れては、消えた。

最初に見えたのは、街灯に浮かぶ木馬だった。次に、ヘルメットをかぶった白衣の男たち。いや、その前に、巣藤浚介《すどうしゅんすけ》の、懸命にこちらへ呼びかけてくる顔を見た。強いライトを浴び、白衣姿の女性や男性が次々と現れ、闇《やみ》が長くつづき、蜂《はち》の巣のような穴があいた天井、ビニールのカーテン、自分の腕につながったカテーテル、マスクをした白衣の人々、そして、母親が見えた。彼女の目には涙があふれていた。

やだ、お母ちゃん、泣かないでよ……游子は笑いかけた。

しばらくは闇と天井とを眺める時間がつづき、ふたたび母が現れたときには、車椅子《くるまいす》に乗った父が隣にいた。父は、顔の左半分は無表情だったが、右半分が痙攣《けいれん》を起こしたかのようにふるえていた。

救急病院のＩＣＵにいると、游子なりに意識できたのは、運ばれてから何日目のことだったろう。いまは九月二十四日の深夜よと、看護師に言われたことは頭の隅に残っている。二十七日、危険は脱したと言われ、翌二十八日に、一般病棟へ移ることができた。経済的な問題もあって、六人部屋に入った。

警察の事情聴取は、ＩＣＵにいたとき簡単に一度、一般病棟に移ってから二度受けた。駒田《こまだ》はいまも行方がつかめないという。游子は、娘の玲子《れいこ》のほうが気になった。彼女を捜してほしいと捜査員に頼むと、すでに保護されていると教えられた。上野の簡易宿泊所に泊まっていたところ、駒田がいつまでも戻らないため、宿の主人が警察に連絡したらしい。玲子は、児童相談所へ送られたあと、以前と同じ施設で生活しているとのことだった。

一般病棟では、制限されていた面会も自由となり、多くの人が見舞いにきてくれた。両親のほか、兄夫婦が群馬から出てきて、御守りを枕《まくら》もとへ置いていった。兄と会うのは久しぶりで、夢に現れたのも、たぶんそのせいだろう。仕事があるので「もう行くよ」と、夢と同じ言葉を口にして病室を去ったのは、確か昨日だったと覚えている。職場の上司と同僚たちも、それぞれ游子のからだを気づかってくれた。だが、無断で駒田に会おうとした件については、退院後、あらためて処分が下されるらしい。石倉真弓につづいて、ひと足違いで、馬見原も一昨日来てくれた。犯人は駒田だと、彼は警察関係者に聞いたのだろう、すでに知っていた。游子が刺されたことについて、彼は多少責任を感じている様子だった。資材置場で働いていた駒田に、強引な職務質問をしたことが、今回の遠因になっていると受け止めているようだ。游子はかえって心苦しく、馬見原さんのせいではありませんと否定した。彼は、それには何も答えず、お大事に、とだけ言葉を残して帰っていった。

「いま、清《せい》ちゃんが看護師さんを呼びにいったから、もう少し待ってね。食事時で、ナースコールを押しても、すぐは来てもらえないみたい」

顔の上で、老婦人が言う。祖父と、彼のガールフレンドも、毎日のように見舞ってくれていた。名前がとっさに出なかったが、祖父の清太郎《せいたろう》を、くだけた感じで呼ぶ相手は、確か柿島《かきしま》スミ江《え》といったと思い出す。

「すみません。もう大丈夫です」

相手に気づかれないよう、腹部に手を当てる。包帯の感触があった。

「いやな夢だったの？」

スミ江が訊いた。

游子は、うなずきかけ、首をかしげた。同僚が持ってきてくれた雑誌に、難民の少女を撮影した写真があった。こちらをじっと見つめる目の輝きが心に残り、自分の怪《け》我《が》と合わせて、夢のなかに現れたのだろう。だが、現実にどこかで起きてもいることを、いやな夢だと言い切ってよいのか、疑いが残る。

「游子、どうした」

祖父が、女性看護師をともない、病室に入ってきた。なんでもないとは答えたが、看護師が游子の脈をとり、血圧を計った。異常はなかった。

「トイレは、まだ一人では無理でしょうか」

游子は看護師に訊《たず》ねた。できるだけ自分の力で排泄《はいせつ》したほうが、治りは早いと言われている。精神的な苦痛も小さくない。看護師は、担当医に相談すると言ってくれた。

祖父たちと話していて、ベッド脇《わき》に新しい花があるのに気づいた。

「彼氏が来たのよ。あなたが寝てたあいだに」

スミ江がいたずらっぽい笑みを浮かべる。

だが祖父は、いやそうに顔をしかめて、

「ありゃ、だめだ。いい年して、定職にもついてないなんて」

「游子ちゃんを助けてくれたのよ」

スミ江が言い返す。

「それとは別だ。教師をクビになったと言ってた。問題を起こしたに違いない」

浚介のことだと察し、

「彼、もう帰ったんですか」

游子はスミ江に訊いた。

「亡くなった生徒さんのお墓参りへ行くみたい。三ヵ月前に亡くなって、祥月命日《しょうつきめいにち》だとおっしゃってた。でも祥月って、一周忌以後のはずだから……なんて呼ぶのかしら。ともかく生徒さんが亡くなるなんて、おかわいそうね」

「墓参りのついでに見舞いにくるなんぞ、縁起でもない。游子、あれはやめとけ」

「アルバイトのお休みが取れないから、今日に重なって申し訳ないですって、謝られてたじゃないの」

スミ江が祖父の肩を叩《たた》いた。彼女は、游子に目を戻し、

「あなたのお父様がからだが不自由な分、父親代わりの気でいるみたい」

と、祖父をからかうように笑った。

ほどなく担当医の許可が下り、游子は車椅子でトイレまで行けることになった。祖父とスミ江と看護師が見守るなか、彼女はベッドから車椅子にからだを移そうとした。床に足をつけて立ったとたん、めまいがして、ベッドへ戻った。

「無理をしないで。また明日にでもね」

看護師が言い、祖父たちも明日また来るから、と帰っていった。

二時間ほど休み、游子はふたたびトイレに挑戦した。慎重にベッドから足を下ろし、立つというより、腰を平行移動させるようにして、車椅子に移る。隣の患者から、できたじゃない、よかったわね、と声をかけられた。彼女たちに会釈《えしやく》をして、車椅子を

動かす。左膝《ひだりひざ》を手術したときのこともあり、扱いには慣れていた。

病室を出て、トイレを探す。想っていた以上に広い病院だった。このフロアはビルの高層階にあり、窓から差し込む西日が、長い廊下を照らしている。三つに分かれた廊下の中央で、どちらへ進めばよいか迷った。

「もうそんなことができるの？」

背後で声がした。エレベーター・ホールの前に、浚介が立っていた。ジーンズにTシャツ、軽いジャケット姿で、こちらへ歩み寄ってくる。

「すごいね。もう車椅子サッカーもできそうじゃない」

游子は、とっさのことで言葉が出ず、ともかく礼を言おうと頭を下げた。

「ありがとう、来てくれて……」

「いつもタイミング悪くてさ。ようやく起きてるきみと会えたね」

「お見舞いのことだけじゃないの。あの夜……公園に来てくれたでしょ」

彼が少しつらそうに顔をしかめた。

「もっと早く行けてれば、こんなことにはなってなかったのかもしれない」

「とんでもない。あんなメールで、わざわざ来てくれて……。あと少し発見が遅れてたら、手遅れの可能性もあったと聞きました」

「もし、そうなってたら、こっちはもう立ち直れなかったな」

浚介が、苦笑しながら、ため息をついた。

游子は、言おうかどうしようか迷ったが、

「声も、嬉《うれ》しかったです」

「声？」

「かけてくれて。あのとき……」

「聞こえてたの？」

「少しだけ」

「なんて言ったかな。こっちはもうパニックになってたから……覚えてる？」

意識が遠のくなかで聞いた言葉は、いまもしばしば思い出す。だが、照れくさくもあり、首を横に振った。

「生徒さんの、お墓参りに行かれたって、さっき祖父たちからうかがったけど」

游子は話を変えた。

「ああ……」と、浚介が口ごもる。

「もしかして、一家で亡くなられた？」

「家の前で祈ってきたんだ。家はまだそのままでね。学校に勤めていた頃、校内で亡くなった生徒の命日のたびに、祈っている人がいたんだ。つらい出来事を、忘れて頑張ろうとする人が多いけど、反対に、忘れないように努めている人の存在が、新鮮だったし、励まされるようにも感じたから」

「そう……」

安易な受け答えはできないと思い、一度だけうなずいた。

浚介が急に表情を崩した。

「車椅子でどこへ行くの。散歩？　だったら、つきあうけど」

游子は、困惑して、言葉を濁した。

彼は、それで察したらしく、

「あ、そうか……でも、もう平気なの」

「初挑戦ってやつ」

と笑って、恥ずかしさをごまかした。

「じゃあ、こっちだ」

浚介が、車椅子の後ろに回って、押してくれた。トイレの近くまで進んだところで、

「待ってようか、ここで」

と、気づかうように言う。

「平気」

「廊下の奥の、面会コーナーにいるよ」

游子は、うなずき、トイレに進んだ。

自分の意志で日常的な行為が可能になったことに、あらためて生の実感を得る。ふと父のことが思い出され、退院したら、できる限りトイレへ連れていってあげたいと思った。

面会コーナーへ車椅子を操ってゆくと、浚介の隣に、見覚えのある男女が立っていた。山賀《やまが》葉子《ようこ》と、大野という男性だった。

葉子とはセミナーで会い、彼女の主催する家族の集まりで会った。同じ集まりで、大野の話を聞き、駒田のことで山賀家を訪問した際にも会った。だが、その程度のつながりで二人が游子に会いにきたとも思えず、別の人への見舞いだろうと考えた。

「こんにちは」

游子は頭を下げた。

二人も、こちらに気づいて、嬉しそうな表情で挨拶《あいさつ》を返してくる。

「きみのお見舞いに見えたそうだよ。ちょうどここでお会いしたものだから」

浚介が取り次ぐように言った。彼は、葉子と児相センターで会っている。

「このたびは、ご災難でしたわねぇ」

葉子が言う。「ニュースを見て、もうびっくり。その日のうちに駆けつけたかったけれど、かえってご迷惑かしらと思って……。でも顔色はずいぶんよろしいみたい」

「ありがとうございます。多くの方々のおかげで順調に回復しています」

「さぞ恐ろしい思いをなさったんでしょうね？」

「そのときのことは、よく覚えてないものですから」

すると、大野が姿勢正しく頭を下げた。

「わたしたちのところで一時的にしろ勉強していた駒田君が、今回の犯人と聞き、さらに驚きました。あなたには、申し訳ない気持ちでいっぱいです」

「本当に」

葉子もそれにならう。

游子は、恐縮して、頭を上げてもらうよう手を差しのべた。

「すべてわたしの不注意です。駒田さんの娘さんを保護したいばかりに、つい先走って、皆さんに迷惑をおかけしました」

と、二人へ、また浚介にも頭を下げた。

大野が、いやいやと手を横に振り、

「上野警察署から刑事さんが見えましてね。駒田君の話を訊《き》いていかれたんだが、そのときあなたが一般病棟へ移ったと知らされ、ほっとして、うかがった次第です」

「かさばるかもしれませんけど、部屋に色があると、気分も明るくなるものだから」

葉子が、背後の椅子《いす》に置いてあった花束を持ち上げる。

游子は、礼を言って、受け取った。活《い》けましょうかと言われ、自分から動くようにしたほうが治りも早いそうですから、と遠慮するかたちで答えた。

「駒田君は、まだ行方がわからないらしいが、娘さんは保護されたそうですね」

大野が言う。

「ええ。その点だけは少し安心しました」

「駒田さん、いまどこにいるのかしらねぇ」

葉子が深々と吐息をついた。

游子は、口にこそしなかったが、駒田がいつかまた戻ってきて、ふたたび玲子を連れ出すのではないかと、それをいまも気に病んでいる。

「それでは、長居をしても、なんなので」

大野が会釈をし、葉子も帰りじたくをするようだった。

せっかく来てくださったのにと、游子は口にしかけたが、引き止めても何もできない状態では、あとがつづかない。二人に対して緊張していたこともあり、正直、帰ると聞いて安堵《あんど》するところもあった。

葉子がそれを察してか、気をつかわないようにと言った。彼女は、浚介にも挨拶し、何やら思い出した様子で彼を見つめ、もしかしてテレビに出てらした、と訊ねた。

＊

葉子は、巣藤浚介のことを実際にテレビで見たわけではない。芳沢《よしざわ》家を訪問していたとき、ちょうど彼も訪ねてきて、亜衣《あい》の母親が、高校の元美術教師で、テレビで問題発言をして辞《や》めさせられたと話した。

葉子には、テレビのことより、亜衣と彼の関係のほうが気になった。いま母親と連絡を重ねながら亜衣の問題に取り組んでいる。他人に干渉されることは避けたかった。

二人が電車を乗り継ぎ、帰路についた頃には、日はすっかり落ちていた。そろって家に入り、葉子は夕食の準備をはじめた。大野は、留守番電話に録音された声を聞き、主だった内容をノートにとった。

七時半、子どもの写真に向かって祈りを上げ、食卓につく。ふだんは、このまま無

言で食事をする二人だが、

「あの子は、この先、どうなるんでしょう」

「ああ。どうなるかな」

駒田の娘のことを話し合った。

二人は今日、游子を見舞う前に養護施設へ行き、駒田玲子と会おうとした。彼女が施設にいることは、事情聴取に訪れた上野署の捜査員から教えてもらっていた。

だが、玲子とは会えなかった。駒田が警察に追われていることが本当の原因らしいが、大野たちが父親の駒田から委任を受けていないことを表向きの理由にされた。

施設を去るおり、二人は裏庭へ回ってみた。庭の隅にうずくまっている玲子を、葉子が見つけた。垣根越しに見ていると、玲子は左手首からおもちゃのブレスレットを外し、庭の一角に埋めた。手を合わせ、長く目を閉じていた。

「たぶん、父親が早く帰ってきてくれるように、祈っていたんだろうな」

大野は、少女の姿を思い出しながら言った。

「お母さんに帰ってきてほしいって、祈っていたのかもしれませんよ」

葉子は、もう食事をつづける気になれず、箸《はし》を置いた。

「しかし、あの男はいまどこにいるのか」

「駒田さん、捕まったらどうなるのかしら」

「彼女が死んでれば大変なことだったが、あの様子なら傷害罪か……。問題は金を盗んだことだな。強盗傷害になる。前科もあるし。七、八年にはなるんじゃないか」

「玲子ちゃん、うちで引き取ること、本当にもう無理なのかしら」

その可能性を探るためにも、施設を訪ねてみたのだが、相手側の対応は厳しかった。

「一時的にしろ、うちで働いていた人間が、児相センターの職員を刺したわけだからな。こちらの印象はよくないだろう」

「刺された側にも落ち度はあったと思うけど……。彼女には相談事は無理なのよ」

「いまさら言っても仕方がない。わたしらも、あの日の昼間、駒田君に会ってたんだ。誰もこんなことになるなんて思わなかった」

「あのとき、玲子ちゃんを連れてくるように言っておけばねぇ……」

二人は食事を早々に切り上げ、葉子は電話相談につき、大野はシャワーだけを浴びて、家を出た。彼が資材置場へ向かおうとしたとき、『家族の教室』を開いている小屋の窓に、小さな明かりが見えた。小屋のなかには、集まりで使用するろうそくが、備品として用意されている。

大野は、家のなかへ戻り、葉子を呼んだ。懐中電灯と鍵《かぎ》を持ち、小屋に近づく。出入口の戸は閉まっていたが、窓がひとつ割られていた。

二人は窓からなかをのぞいた。ろうそくのそばの人影を確認して、玄関戸の鍵を開ける。大野が、先になかへ踏み込み、

「いいから、そのままにしてなさい」

腰を浮かせた駒田に言った。

大野は、懐中電灯を自分に向け、葉子にも向けてから、

「二人だけだ。ほかには誰もいない」

葉子が後ろ手で戸を閉める。

駒田が腰を床に戻した。食事中だったらしい、封を切った菓子パンが、ろうそくのそばに置かれている。脇《わき》にB五判程度の紙が広げられ、缶ジュースで飛ばないように押さえられていた。

二人は、パイプ椅子を彼のほうへ向けて置き、それぞれに腰を下ろした。

「きみも、椅子に掛けたらどうだね」

大野は勧めた。

駒田は、猫背をさらに丸めた恰好《かっこう》で、

「こっちのほうが楽なんで」

と答えた。厚手のシャツと綿《めん》パンツを身につけ、泥だらけの運動靴をはいている。ろうそくの火だけでは、はっきりと確認できないが、ずいぶんやつれて、目が落ちくぼみ、髪の毛がさらに薄くなったように見えた。

「ここで何をしていたんだね」

大野は柔らかい声で訊《たず》ねた。「家のほうへ来れば、よかっただろう?」

駒田は、うつむいたまま、首をかしげた。

「誰かいると、やべえし……なんて話せばいいか、わからなかったから。ひとまず、どう話すか、考えようと思って」

葉子は、責める口調は避け、相手の心情に寄り添うよう心がけた。

「いままでどこにいたの。なぜ、あんなことをしたの。わけがあるんでしょ?」

「……死んだん、ですか。あの女」

駒田がぼそりと訊く。

「いや。一時は危なかったが、いまは車椅子で動ける程度には回復しているよ」

大野が答えた。

駒田の肩からやや力が抜けたように見える。だがすぐに彼は、首を大きく横に振り、

「じゃあ、おれのこと、もう手配されてるんですね」

「本当に彼女を殺す気だったの？　事情によっては、罪の重さも変わってくるはずよ。何があったのか、話してみない？」

電話相談のときと同じ口調で、葉子は語りかけた。

駒田は、手で顔の汗をぬぐうようにして、

「勝手に、飛び込んできたんですよ、あの女が。こっちの包丁の前に、自分から、からだをぶつけてきた。罠《わな》なんだ。あれは、ひどい女だから、玲子をおれから取り上げるために、仕組んだんだ。けど……こんなこと、誰も信じちゃくれないでしょ」

「あの方の場合、そういうことだってあり得《う》ると、わたしは思いますよ」

葉子はうなずいた。

「けど、サツも、裁判所も、信じやしない……」

駒田が泣きだしそうな声で言う。

「決めつけるのは、いけないな」

大野は、駒田のほうへ身を乗り出し、「警察へ出頭して、真実はこれこれこうだから、事故だったんだと主張すればいい。情状はきっとくんでもらえる」

「無罪になりますか」

駒田の問いに、大野は答えを迷った。

「……それは難しいかもしれないね。実際に、相手は大怪我《おおけが》をしてるわけだから」

「刺したあと、お金を持って逃げたことの説明はできる？」

葉子は訊いた。

駒田が面倒くさそうに吐息をつく。

「いきなり血を見て、何も考えられなくなったんです。酒も入ってたし、気がついたら、もうタクシーに乗ってた……」

「それから？」と、大野は促した。

駒田は、思い出そうとしてだろう、しきりに目をしばたたき、

「新聞で血を隠して、コンビニでシャツを買った、かな。女の金が少しあったから、いろいろ泊まり歩いたけど……カードは使えないし、金を増やそうと競馬をしたら、すっちまって……。そんなこんなで、ほかに行くところもなくて」

彼は、割れた窓のほうを振り向いて、すみませんと頭を下げた。

「自首したまえ」

大野は語気を強めて言った。「酔った上での出来事だ。模範囚なら二、三年というところだろう。判決での情状面を考えて、きみが盗んだ金は返しておいたほうがいい。その金は、わたしたちが立て替えておくよ」

「問題は、玲子ちゃんのことよね」

葉子がつづけて言った。「彼女、施設に戻ってるの。施設が悪いとは言わないけど、一人一人こまやかに成長を見届けるには限界があるでしょ。事情に通じた者が、お世話するのがいいと思うの。ただ保護者の委任がないと、許可されないみたいだから、どう、いまから三人で施設へ行って、あなたの口から施設側へ直接、玲子ちゃんは、わたしたちに任せると言ってもらえる？　そのあと、一緒に警察へ出頭しましょう。あなたが刑を終えて戻るまで、玲子ちゃんのことは責任を持って育てます」

駒田はうんざりした表情を浮かべた。

「玲子のほうを、連れてきてくださいよ。施設の前でもいい、道で待ってますから」

「ひと目会って自首、ということかね。しかし、わたしたちが彼女を呼び出すのは、難しいよ」

大野は答えた。相手の真意がはかれない。

「あと、金を貸してください」

「氷崎さんから盗んで、使ってしまったお金ね。総額おいくらになるの」

葉子は訊ねた。

「うるせえな……違うよ、ばか」

駒田が苛立《いらだ》った口調で言った。彼は、紙を押さえていた缶を取り、喉《のど》を鳴らして飲んだ。まさかとは思ったが、わずかに酒の匂《にお》いがする。ジュースではなく、アルコール飲料だったらしい。

「おれは、ムショに入る気なんかねえ。このまま玲子を連れて、逃げるつもりだ。そのために、あんたらに玲子を連れてきてほしい、金を貸してくれと言ってんだよ」

「そんなことができるわけないだろ」

大野はたしなめた。「駒田君、きみの酒癖は病気だよ。アルコール依存症という病気なんだ。いまきみが口にしている言葉も、誤った行動も、病気のせいだ。治療をすれば、きっとよくなる。更生もできる」

「玲子ちゃんのことを考えてあげて。逃げてたら、学校へも行けないでしょう」

葉子も言い添えた。

駒田が鼻で笑った。

「あんたら……玲子が欲しいんだろ」

二人は虚をつかれて言葉が出なかった。

「前に、こっそりあんたらの家に入った。子どもの写真をいっぱい飾ってあったな。赤ん坊のときから、高校生くらいの頃まで……子ども、死んだんだろ？」

駒田は、目の前に置いてあった紙を拾い上げ、大野たちのほうへ放り投げた。葉子の作った『家族の教室』のチラシだった。

「あんたら、ほかの家族に幸せになってほしいって、いろいろ世話を焼いてた。金も取らずに、偉いもんだと思ったよ。けど、あんたらの本当の望みは、子どもが欲しかったんだ。あの写真を見て、わかったぜ。他人《ひと》の子の相談に乗ることで、心の親ってやつを楽しんでたんだ。問題児の、養い親のような気分を味わってたんだろ？　で、とうとう満足できなくなって、本物の子どもが欲しくなった。そうじゃねえのか」

大野は椅子から立った。

「出ていきたまえ。逃げたければ勝手にするがいい。ただし、一人で逃げなさい。娘さんにまで、つらい想《おも》いをさせるんじゃない」

葉子も立った。

「駒田さん、あなたは早急にお酒を断つことが必要よ。わたしたちのことで、ひどい妄想までしゃべりはじめて。子どもを宿に置き去りにしたあなたが、どんな責任を取れると言うの」

駒田が、アルコール飲料を飲み干して、缶を床に叩《たた》きつけた。

「ギャーギャーうるせえな。子どもが心配なら、あんたらが月々送金してくれよ。そうすりゃあんたら、玲子の養い親だ。こりゃいいや」

「くだらない冗談を言ってる場合かね」

駒田も、床から立ち上がり、

「あんたらが、玲子を連れてきてくれねえなら、自分で連れてくるさ」

「ばかを言うもんじゃない。無理に決まってるだろ」

「誰かに邪魔されたら、玲子も刺して、おれも死ぬ。その覚悟はできてんだ」

「嘘《うそ》をつきなさいっ」

葉子は叱《しか》りつける口調で言った。「あなたが自分を刺せるものですか。玲子ちゃんだけを死なせて、自分は逃げてしまう人です」

「へ、てめえらはどうなんだよぉ」

駒田が醜く顔をゆがめた。「写真を並べてたテーブルの下に、書類の束が積まれてたぜ。大野なにがしの減刑嘆願って書いてあった。あんたらこそ、子どもを死なせたんじゃねえのか」

「あなたって人は……」

葉子は駒田へ歩み寄った。

「なんだよ、ババア。やんのか」

駒田が、酔ってふらつきながらも、綿パンツのポケットから果物ナイフを出した。

大野は、葉子を止め、代わって駒田のほうへ踏み出した。

駒田は、不安のためか逆に肩を怒らせ、

「来るなっ」

と、ナイフを突き出すしぐさをした。

大野は、子どもの頃から柔道を習い、二段の腕前だった。駒田が前に突き出した手をつかんで、ひねり上げ、素早く背後に回って、頸動脈《けいどうみゃく》を絞めた。ほんの短い時間で、駒田は意識を失い、大野の足もとに崩れ落ちた。

【十月三日（金）】

馬見原は、歩く途中でゆるめていたネクタイを直し、病院へ入った。受付に進み、妻との面会を申し込む。

昨日、担当医から連絡があった。佐和子が夫と話し合いたいと申し出たという。

待合ロビーの椅子《いす》に、娘の真弓が腰掛けていた。ジーンズにブルゾンをはおり、腕に赤ん坊を抱いている。隣には石倉がいた。背広姿にネクタイという正装で、椅子から立って、馬見原へ頭を下げる。すぐに真弓が、彼の背広の裾《すそ》を引き、腰を戻させた。

馬見原はまっすぐ入院棟へ進んだ。ナース・ステーションを訪ねると、男性看護師が現れ、

「お待ちしてました。こちらです」

佐和子は担当医の許可を得て、中庭で待っているという。看護師の案内で、リハビリテーション棟へ向かう手前の廊下から、中庭をのぞんだ。北西の方角にある、小さな竹林の奥に、あずまや風の休憩小屋があり、彼女はそこにいるらしい。

空一面に灰色の雲がかかり、庭の木々が暗く見える。かすかに霧雨《きりさめ》も降っていた。駅から歩いてくるあいだは、大した降りでもなく、傘をささずにいたのだが、そのため肩のあたりが重く湿っている。

「よかったら、これをお使いください」

看護師が傘を貸してくれた。

馬見原は、礼を言って受け取り、中庭へ出た。教えられたとおり、竹林の奥にはこぢんまりとした小屋が建っていた。あるのは知っていたが、これまで訪れたことはない。傾斜の浅い屋根を太い柱で支えているだけの空間に、テーブルと長椅子が置かれている。

椅子のひとつに、佐和子が腰掛けていた。白いブラウスに水色のカーディガン、紺のスカートをはき、ひと昔前の女性教師を思わせるような恰好《かっこう》だった。考え事をしているのか、虚空《こくう》に視線をやっている。その横顔に、焦《あせ》りや無理をしたところはなく、さっぱりとして、無垢《むく》な印象を受けた。

小屋の前で傘をたたみ、彼女の前の椅子に無言で腰を下ろす。

「あら」

佐和子がこちらへ目を向けた。

一瞬、彼女の左肩を見る。突き放したときの感触は、まだ手に残っていた。何か罪のしるしのようなものが刻まれていないかと危ぶんだが、むろん何もない。

「大変、だったそうだな」

彼女の顔に視線を戻し、喉《のど》から無理に押し出すようにして声をかける。

佐和子がすまなそうな笑みを浮かべた。

「皆さんに、迷惑を、かけてしまって……。今日、お仕事は」

「明け番だ」

「じゃあ、寝てないの？」

「いや。何も起きなかったから、たっぷり寝たよ」

「お休みのときでも、よかったんだけど、早く、話したほうが、いいと思って」

途切れ途切れに、佐和子は話す。以前も薬を飲みはじめの頃、同じようになった。言葉に関する機能が、薬の副作用で一時的に円滑に働かなくなるらしい。言いたいことはあふれてくるのに、言葉にできずもどかしい、といった話し方になる。ひと月もすれば、語尾がやや伸びるほかは通常に戻り、さらに時間が経過すると、まったく問題はなくなる。

「コーヒー、飲みます？」

佐和子が見慣れない水筒をテーブルの上に出した。

「真弓たちの、プレゼント」

彼女は、蓋《ふた》をカップの代わりにして、コーヒーを注ぎ、「庭に、素敵な、場所があって、コーヒー、飲めると、いいなあって話したら、先週、買ってくれたの」

「待合ロビーにいたよ」

「そう。今日、会うって……あの子にも、話したから」

真弓の険《けわ》しい表情を思い出し、

「あれは、会うことを反対しなかったのか」

「先生と、石倉君が、賛成、してくれて。あの子たちには、本当に、面倒かけたの。石倉君は、池に落ちるところを……」

「ああ。聞いたよ」

「勲男《いさお》が、手を差しのべて、くれたって思ったけど」

彼女が寂しげに笑う。深くなった目尻《めじり》の皺《しわ》を、馬見原は黙って見つめた。

「二人で、外でコーヒー、何年ぶり？　あいにくの、雨と、場所だけど……」

コーヒーが彼の前に置かれた。佐和子は、もう一つの蓋にも注ぎ、

「使わない、でしょ？」

カーディガンのポケットから、袋に小分けされた砂糖とミルクを出した。

「うん」

手でさえぎり、コーヒーに口をつける。ややぬるく、薄いような気がした。

「ぬるくない？」

「こんなもんだ」

馬見原はもう少し飲んだ。息をついて、彼女の手もとを見つめる。さっき見ることのできた左肩が、なぜかもう見られない。彼のしたことを妻は覚えているだろうか。詫《わ》びたい一方、病気の再発によって、あのときの記憶も失っていてもらえないかという、卑劣な願いを抱えていた。喉もとまで出かかった、謝罪の言葉を呑《の》み込み、

「調子は、どうだ」

佐和子は、お辞儀をする人形のような滑稽《こっけい》な動きで、頭を下げた。

「……なんだ。どうした」

「すみません。言われてたのに、薬、飲まなくて」

「よせ。おまえのせいじゃない」

手もとさえもう見られず、「ずっと、こっちの面会を断ってたろ？　怒ってるんだろうと思ってた」

「わたしが、ですか？」

佐和子が驚いたような声を発する。

「ああ。そうじゃないのか」

「申し訳なくて、合わせる顔、がないと、思っただけです。でも、会わないままだと、頭のなかだけで、言葉があふれて、つらいから……」

小屋のなかに、翼を濡《ぬ》らした小鳥が舞い込んできた。目の周りが白く、愛嬌《あいきょう》のある顔をしている。馬見原たちのことを警戒しつつも、屋根の下で翼を休める様子だった。

「ちゃんと、食べてます？」

佐和子が訊《き》く。

馬見原は、愛らしい小鳥の動きから、テーブルへ目を戻した。彼女の指先だけが視界に入る。ああ、とうなずいた。

「洗濯とか、掃除とかは」

「前のとおりだ。不自由はない。それより、いつ、戻ってこられそうなんだ」

しばらく答えはなかった。

「……戻って、いいの」

かすれた声が返ってきた。

思わず顔を上げた。佐和子がはかなげな笑みを浮かべて、彼を見つめている。

「何を言ってるんだ」

後ろめたさから、声は逆に強く出た。

びっくりしてだろう、小鳥が飛び立った。

佐和子が、鳥の行方を目で追って、

「戻らない道も、考えたほうが、いいんじゃないか、そう思ってるの」

「……つまり、真弓のところへ行くということか」

「いいえ。あの子にも、負担を、かけたくないし」

彼女の言葉の意味がよくわからない。

「じゃあ、どうする気だ」

佐和子自身も迷いのなかにいるのか、すぐには答えず、両手を顎《あご》の下で組んだ。

「入院も、お金が、かかるんだし、心苦しいけど……少しばかり、時間をもらって、考えられたらなあ、って思ってる、ところなの」

「金のことなんか気にしなくていい。だが、家へ戻ってくればいいじゃないか」

佐和子の目がまっすぐ彼に向けられた。

「繰り返す、だけじゃない？」

返事につまり、目をそらした。

冬島綾女には、今度はもう本当に会えないと、電話で伝えていた。佐和子の入院を理由にすると、彼女が罪悪感を抱くと思い、仕事の都合にした。だが、油井がどういった行動をとるのか、あれだけ釘《くぎ》を刺しても先が読めず、不安はなおつきない。それでも、

「繰り返しはしない」

馬見原は言った。声が微妙にこもってしまい、自分に腹が立つ。

「考えたいの」

佐和子が言い返した。「これから、どう生きて、ゆくのが自分に、本当にいいのか。わたしに合う、社会って、どんなところか……」

彼にもそれは切実な問題だった。いや、誰にとっても、なのかもしれない。

「入院してて、叱《しか》られちゃう？」

佐和子が照れたように笑った。

「いや。しかし、具体的に何をどう考えてゆくつもりだ」

佐和子は、考えをまとめるためか、一度深いまばたきをした。

「たとえば、ここには、治療が必要な、人だけじゃなく、外の世界から、逃げて病気

に、なった人もいるの。病気のふり、の人もいるみたい。弱い人たち、って思われてる。でも紛争、もひどい犯罪、も人種差別も、外の世界で、起きてるでしょ」

風が竹を揺らした。葉にたまった水滴が落ちる音がする。

「入院費、払ってもらって、言えないこと、かもしれない。でも、少し落ち着いた、からといって、まっすぐ外へ、戻ることが本当に、正しいのかしら？」

「それは……ずっと病院にいたいということか」

馬見原はまだ真意をつかみかねていた。

佐和子が困ったように首をかしげる。

「わたしもまだ、わかってない。だから、考えたいの。ごめんなさい。お遍路の、接待場で、つかめた気がした、新しい生き方を、思いつきで、終わらせたくない」

「離婚、のこともか」

「ええ。すべてを考え、直したいの。入院費は、そのあいだお借り、できたら……」

「金のことはいい」

「すみません」

佐和子は頭を下げずに言った。いまは好意に甘えても、いつかは返すつもりだという意志が伝わってくる。

彼女とのあいだに距離を感じるのは、初めてではない。夫婦だからといって、精神的な部分をすべてすり合わせるようなことはしていないし、物理的な感覚においても、仕事を邪魔されたくなくて、彼のほうで一定の距離をとってきた。いまは、佐和子が病院に入っていながら、いや、入っているからこそなのか……精神的な自立を模索して、彼にはっきり背中を向けはじめている気がする。そこには、あの日彼が犯した罪も、やはり影響しているのだろうか。

「少しやせた、感じだけど」

佐和子が話を変えて言った。「仕事、無理してません？　追ってた事件、のせいですか」

「追ってた事件？」

「そのために、四国へ、行かれたんでしょ」

「ああ。いや、うまくいってない」

大野たちに対する捜査は行きづまっていた。だからか、つい愚痴めいて、

「或《あ》る男が、数年前、わが子を殺した。子どもが、家で暴力をふるうようになってたらしい。つらいことだと思うが、いま、男とその妻は、自分たちと似た問題家庭の相談を受けている。これはどういうことかな。いやじゃないのか」

「さあ……家は、それぞれだから。直接会って、お話し、できないんですか」

「どうかな。切り出し方が難しい問題だ」

「何を、なさってる方」

「男は、白蟻《しろあり》なんかの害虫を駆除してる」

「うちも、気になってましたね。畳とか、廊下とか。見て、いただいたら？」

そのとき、竹林が揺れ、先ほどの男性看護師が現れた。今日はそろそろ面会を終えたほうがよいという、担当医の言葉を伝えにきたのだった。

「じゃあ、また来る」

馬見原は腰を上げた。

「お義母《かあ》さん、のこと、すみません。お見舞いへ、行けなくなって」

佐和子が心苦しそうに言う。

「気にするな。いまは、しっかり療養することだ。コーヒー、おいしかったよ」

馬見原は、傘をさして、小屋の外へ踏み出した。

「あの」と、佐和子の声がする。

足を止め、振り返った。

「水戸へは？」

十三年前、馬見原は殺人犯を射殺したが、その母親のところへだと察した。

「……いや」

首を横に振った。

「風邪をひくなよ」

霧雨のなかを、病棟へ戻った。看護師に傘を返し、担当医の話を聞くために、ナース・ステーションを訪ねた。

窓口の向かいに置かれた長椅子《ながいす》に、真弓と石倉が腰掛けていた。真弓は、待ちかねていた様子で立ち上がり、赤ん坊を抱いたまま、馬見原の前へ憤然と歩み寄ってきた。

「二度と来ないで」

怒りにだろう、声がふるえていた。「今日だって本当は会わせたくなかったけど、お母さんが何度も言うから、仕方なく、一度だけのつもりで許したんだから」

馬見原は、彼女を無視して、ナース・ステーションの窓を指先で叩《たた》いた。

「聞いてんのかよ。あんたのせいで、お母さん、死ぬところだったんだろっ」

ついに感情が爆発してか、真弓は声を張り上げた。「お母さんが、池に落ちそうだったとき、てめえはどこにいたんだよっ」

「真弓」と、石倉の声がする。

「家族のところだろ。そっちの、別の家族のところにいたんだろっ」

耳を疑った。振り返ると、ちょうど真弓の手が飛んできた。胸に強く拳《こぶし》が叩きつけられる。彼女が握りしめていた紙が、ひらひらと二枚に分かれて落ちた。小学校の入学式のとき、綾女と研司の三人で手をつないだところを、人に撮ってもらった写真だ。破れて、皺《しわ》が深く入っている。

「お母さんを裏切って、ほかに家族を作ってたなんて、ひどすぎる。のこのこ顔なんか出すなよ。そっちはそっちで楽しくやればいいだろ」

「これは、佐和子も……」

「見たに決まってるだろ。子ども部屋に捨ててあったんだから。それを見て、池に飛び込もうとしたんだよ、ばか野郎」

「真弓、もういいから」

石倉が真弓の腕に手をかけた。周囲の看護師や患者の一部も、こちらを見ている。

赤ん坊も目を覚ましたのか、ぐずりはじめた。真弓は、まだ何か言いたそうだったが、泣きそうに顔をゆがめて、奥へ小走りに去った。

馬見原は、何も言えず、遠ざかる娘の背中を見守った。姿が見えなくなっても、赤ん坊の泣く声がしばらく聞こえつづけた。

「あの……」

石倉がそばに立っていた。破れた写真を持ち、手のひらで汚れを取るようなしぐさをしてから、馬見原に差し出す。

どうすべきか迷ったものの、ほかに仕方なく、黙って受け取った。

石倉は、困ったような顔で頭を下げ、真弓が去ったほうへ歩いていこうとした。

「きみ。石倉君」

馬見原は呼び止めた。

石倉が振り返る。彼を名前で呼んだのは、初めてだった。髪を黒く戻していたのは聞いていたが、いま初めて気がついた。背広を着ているのは、馬見原が来ると知って、挨拶《あいさつ》をするためだったのだろう。

「佐和子のこと、どうもありがとう」

「あ。いえ……」

「真弓を、よろしく頼みます」

しぜんと口をついて出た言葉だが、馬見原自身納得できるものがあった。驚いている石倉に、彼は丁寧に頭を下げた。

【十月五日（日）】


自分のなかの、得体の知れない焦燥感《しょうそうかん》のようなものを持てあましていた。皮膚の下に、別の生き物がいて、そいつが暴れ、のたうつのだと思うほうが、当たっているような気がしたし、気持ちも楽だった。

自分のなかの別の生き物……という表現は、これまでも何かで見聞きしてきた。たいてい道徳に反する行為をした人間の、告白のたぐいだ。そう考えることで、ふだん平穏に暮らしている自分を守れるからだろう。

綾女は、仕事を終えて帰宅を急ぐ途中、街なかや駅ですれ違う人のなかに、精悍《せいかん》な印象の年上と思われる男性を見つけると、しばらく目で追った。

抱きたい、抱かれたい、という言葉にすると、肉体的な感じが強過ぎて、求めているものとは微妙にずれてしまう。といって、乱れる想《おも》いを、現実に行動に移せば、抱いた、抱かれた、という形にしかならないこともわかっているから、もどかしい。

いや。もどかしくてもなんでも、誰かに抱きしめられることで、自分のなかの焦燥感を、一時的にでも抑えたいという衝動にかられる。

研司。研司。研司。

わが子の名前を呪文《じゅもん》のように繰り返し、その衝動を抑え返そうと努める。

研司、お母さん、どうかしてる。研司、お母さん、どうかしてる。

だが、呪文も効かなくなる瞬間がある。たとえば、相手がこちらに気づいて、視線が合うと、皮膚の内側で何かが燃え立つように、からだが熱くなり、足も止まる。もしそのとき手を引かれれば、後先を考えず、身を任せたかもしれない。人ごみが相手と近づくことを遅らせ、我に返って、ぎりぎりで逃げだすということが、ここ一週間ほどつづいていた。

二週間ほど前の九月二十二日の夕方、馬見原から電話があり、油井を締め上げ、組のほうへも注意したから、奴《やつ》はもう現れないと言った。だが、どんなに懲《こ》らしめようと、生きているのなら、あの油井がもう連絡してこないとは信じられない。馬見原も完全には信じていないことが口調から感じられた。まさに翌日、嫌悪《けんお》をおぼえる声で電話が掛かってきた。

「頭のいかれた馬に、危うく消されそうになったぜ」

油井はおかしそうに報告した。

死ねばよかったのに、と綾女が言い返すと、

「知らないのか。馬の奥方、また入院したらしいぞ」

彼が陰険な笑い声を響かせながら言った。どうして、いつ、と彼女が訊《き》く前に、

「いかれた旦那《だんな》ときみとのことで悩んだあげく、調子を崩したんだろう。お見舞いにいく義務があるんじゃないのか」

油井はわざわざ病院名まで告げた。

馬見原の妻は、二年ほど前に一度退院していた。同じ時期、綾女たちのトラブルに馬見原を巻き込んだことが、彼女の再入院のきっかけになったらしい。そして今回も、自分たちのことが原因で……少なくとも原因の一つとなって、再々入院したという。

「奥方の写真を前に渡したろ。奴の家族を救ってやれと言ったじゃないか。娘がどれほど苦しんでいるか。奴の孫がこの先大きくなって、近くにおばあちゃんがいないことをどう思うか。ようく考えてみろ」

油井からの電話をどう切ったのか、綾女はよく覚えていない。

馬見原からあらためて電話があったのは、その数日後だ。仕事の都合でもう会えない、今度こそ終わりにしようと、彼は言った。妻の再々入院のことは語られず、彼女のほうから口にしそうになった。謝りたかった。だが、どっちが悪いか罪悪感を奪い

合うだけの気がして、最後までこらえた。心の底に、彼が妻のもとに戻ることへの嫉《しっ》妬《と》もあったかもしれない。いっそおまえのせいだと言われたほうが、別れやすかった。もう会うことは許されない。今度という今度は甘えられない。だとしたら、東京を離れるしかないと思った。現実に相手とは遠い場所へ離れてしまったのだと自覚しないかぎり、関係を断つことはできないと、これまでの経験から学んでいた。

簡単なことではなかった。引っ越し先を考え、生活環境を整え、研司の転校などの手続きも必要になる。学歴も資格もない三十六歳のシングルマザーを受け入れてくれる働き口も探さねばならない。いまの仕事をやめることからして、気の重い作業だった。社長や主任の若田部《わかたべ》をはじめ、多くの人によくしてもらった職場を、急にやめるのは心苦しい。研司のほうも、学校に慣れ、ようやく友だちもできたと聞いている。

悩むばかりで、行動に移せないうちに、馬見原に会いたくなった。彼にすべてをぶつけた上で、いいんだ、ゆっくりやればいい、と言ってもらいたかった。それができないと思う心がいっそう火をつけるのか、何度も彼へ電話しそうになった。少し前までは我慢できていたものが、遠くへ離れてしまうと決めたため、かえっていますぐ会いたくて仕方がなくなる。

その想いが、皮膚の下の生き物を起こすきっかけになったのだろう。だが、行きずりの男と寝たところで、気持ちは収まらないことも予感していた。悩んだ末に、恐ろしいことを思いついた。

もし、それをすれば、彼女はきっと工場をすんなりやめられるだろう。ひどいことだから……それは本当に悪いことだから、東京にもいられなくなると思う。

「研司。あなた、その新しいお友だちのところへ、よく遊びに行ってるの？」

「うん。まいにちいくよ」

「こないだの日曜日も？　日曜日に遊びにうかがっても、迷惑じゃないの？」

「うん。ひとりっ子だから、さびしいんだって。こんどの日よう日もいいでしょ」

綾女は、小学校の名簿で相手の番号を調べ、電話を掛けた。ちょうど母親が出た。挨拶《あいさつ》をし、研司がよくしてもらっていることの礼を言う。相手は、好人物の様子で、自分の子どもに友人ができたことを素直に喜んでいた。日曜日のことを訊《たず》ねると、研司のほうで問題がなければ、ぜひ朝から遊びにきてほしいという。近所の児童館で、地域の子ども会が開かれるらしい。夕方五時半に終わるから、六時に研司を迎えにくればどうかと勧めてくれた。

日曜の朝、綾女は化粧をほとんどせず、地域で休日を過ごす母親に似つかわしい、地味な服を着た。研司を連れ、相手の家まで一緒に行く。出てきた母親に、礼を言った。同年代の母親は、なんでもないことだと笑顔を返し、これからもよろしくお願いしますと頭を下げた。いいえこちらこそと笑いながら、相手のいわゆる健全なふるまいが、綾女には心苦しかった。自分はひどい女だと思う。この健全さの前では、生きていてはいけないような人間として、自分を感じる。だが、もう後戻りもできない。

いったん団地に戻り、髪をブローして、丹念に化粧をした。ふだんはもう着ることのない、ベージュ色のタイトスカートに、ブラウン系の襟ぐりが開いたセーターを着た。同色系のニットジャケットをはおり、イヤリングをつけ、香水を使い、靴箱の奥にしまっていたハイヒールをはいて、部屋を出る。

バスと電車を乗り継ぎ、一時間後に池袋に着いた。大型薬局で買い物をして、駅から近い高級なシティホテルに入り、

「予約をしていた冬島ですが」

受付で手続きをすませ、化粧室で髪を直してから、喫茶ラウンジへ進んだ。

若田部は、空のコーヒーカップを前に、窮屈そうに腰掛けていた。二週間前に団地を訪ねてきたときと同じ背広を、ネクタイだけを替えて、着ている。

「こちらからお呼びたてして、遅れてしまい申し訳ありません」

笑顔で詫《わ》びながら、彼の向かいの椅子《いす》に掛けた。

ふだんと違う彼女の姿に、相手が驚いているのがわかる。そのことに安堵《あんど》と満足をおぼえ、同時に自分のいやらしさを感じた。ジュースを注文し、簡単な挨拶程度の話をしただけで、

「お昼をごちそうさせてください」

と、最上階にあるレストランへ誘った。予約は事前に入れてある。

「研司によくしてくださってるお礼と、先日訪ねてくださったのに、失礼な別れ方をしたので、お詫びをと思ったんです」

「でも、そのことは、もう工場でも……」

若田部が戸惑いを口にする。

「きちんとした形で、受けていただきたかったんです」

綾女は、かつて身につけた誘い込むようなほほえみを、相手へ投げかけた。

フランス料理のランチセットを頼み、ワインかビールをどうかと勧めた。若田部は車で来たといい、ノンアルコール飲料を二人で飲んだ。ランチとはいえ豪華な料理に、

「盛りつけがきれいですねぇ。もちろん味も、すごくおいしいですし」

若田部は、どう言えばいいのか焦《あせ》っている様子で、ほめたり、ため息をついたり、落ち着かなかった。綾女は、彼が何を言っても否定せず、本当ですねと相槌《あいづち》を返した。

実際には、料理を味わうことなどほとんどできずにいた。

食事を終え、コーヒーを飲みつつ話すことは、おおむね子どものことだった。ただし、しゃべっているのは若田部ばかりで、綾女は適当に返事をしながらも、いまなら引き返せるということばかり考えていた。

話が途切れたところで、居心地が悪そうに笑みを浮かべた若田部に、

「話のつづきを、聞かせてください」

綾女は言った。彼を促すように、椅子から立つ。カウンターで部屋のキーを見せ、伝票にサインをした。若田部は、まだ財布を出そうとして、レストランを出たところでうろうろしている。その彼の先に立って歩き、

「あの、ごちそうになって、本当にいいんですか」

という声を背中に聞いて、エレベーターのボタンを押した。部屋のある階で降り、表示にしたがって廊下を進む。若田部がついてくるのは、足音でわかった。部屋の鍵《かぎ》を開け、先に入り、ドアを押さえて相手を待つ。若田部が固い表情で入ってきた。

綾女はドアのフックを掛けた。振り返ると、若田部は窓辺に立って外を見ていた。午後二時の光が、室内を白々《しらじら》と照らしている。窓に歩み寄り、カーテンを閉めた。若田部が、よける姿勢で、椅子に腰を落とす。

ニットジャケットを脱ぎ、彼の向かい側の椅子に掛けた。

「先にシャワーを使わせてください」

相手を見ずに言った。

「あの、冬島さん……」

こちらをさとそうとする印象の声が届く。いまさら決心を鈍らせる言葉は耳にしたくない。聞こえないふりで、シャワールームに入った。汗を流して、ガウンだけを身につけ、部屋に戻る。若田部は同じ姿勢で腰掛けていた。

二十歳《はたち》前後の頃なら、男のこうした姿はカッコをつけているだけだと思ったろう。当時の男たちは、確かに彼女と寝たがっていただけだ。だが彼女も結婚し、子どもを産み、馬見原を知った。男のなかにも、やせ我慢とは違う形で、セックスを自重しうる人物がいることを理解できるようになった。若田部は、こちらへ気をつかっているだけでなく、何か警戒もしているのだろうか。あるいは誰かに対して、たとえば亡《な》くなった妻や二人の娘に対する罪悪感のようなものを感じているのかもしれない。

「お願いします」

彼の横顔に言った。利用している後ろめたさを隠すため、演技めいたことを口にすべきかもしれない。だが、誠実な人柄を前に、抵抗を感じて、それ以上は何も言えなかった。若田部は、彼なりに察してくれたのか、上着を脱ぎ、無言でシャワールームへ進んだ。

綾女は、薬局で買った品物を持って、ベッドに入った。

若田部がガウンを着て出てきたところで、ベッドの中央から左にずれた。彼が、少しためらったあと、空いた場所に腰を下ろす。申し訳ない気持ちで、やせた背中を見つめた。最後には相手もいやがらないだろうと読んでもいるから、二重、三重にひどい行為だった。だが、ひどい行為をすることに、彼女自身はほっとする心持ちもある。

〈しょせん、その程度の女なのだ……〉

馬見原の家庭を壊したり、こちらが何かを期待したりできる女ではない。いっそ若田部に、わたしが欲しいんでしょと言ってしまえれば楽だったが、そこまで開き直れない。自分可愛《かわい》さだけでなく、若田部にすまない気がした。

綾女は、彼の肩に手をかけ、そっと後ろに引いた。彼がベッドに横になる。

「何か、あったんですか」

若田部が天井を向いたままで言う。

彼の胸に手を置いた。優しくしてほしいなどと言える立場ではない。だが、ひどくされるのもつらかった。

「そっと……すみません」

「もしかして、これが、最後ってことはないですよね」

若田部が彼女の手を取った。

綾女は、質問には答えず、一度手を引いて、

「これを、お願いできますか」

枕《まくら》の下から、薬局で買った避妊具を出した。

彼も、このベッドの上には、愛情や性衝動とは別のものがあると感じたのだろう。何も言わずに受け取り、時間をかけて装着しはじめた。まるで綾女から、やっぱりだめです、帰りましょうと、断ってもらうのを待っているかのようだった。その彼の姿に、恋愛とはまた違った感情を抱いた。

かつて、自分をいやな家から遠ざけ、安全な場所にかくまってほしさに、次々と愛してもいない男を利用してきた。それと同じように、馬見原から別れ、離れるために、若田部を利用している。悲しみと自己嫌悪《けんお》で胸が軋《きし》むように苦しい。

彼にからだを添わせ、唇を重ねた。臆病《おくびょう》な手をつかみ、自分の胸へ引き寄せる。

やがて、相手の体温を感じた。

「痛いですか?」

彼が訊ねた。

綾女が泣いていたためだろう。首をわずかに横に振り、彼の腋《わき》の下から腕を回して、背中を抱いた。馬見原のときにはふれられなかった肩甲骨《けんこうこつ》の奥のくぼみに、指が届いた。

夕方、部屋へ戻り、化粧を落として、午前中着ていた服に着替えた。研司を預かってくれていた家には、駅前の商店街で買った菓子折りを持参した。

「奥さん、こんなこといいのにぃ」

相手の母親が笑った。二人でしばらく学校の保護者会のことについて話したあと、研司と手をつないで帰った。

「しりあいの人、どうだった？」

研司が訊く。昔の知り合いが入院したので、隣町へ見舞いにゆくと話していた。

「元気そうだったよ」

綾女は答えた。「研司は楽しかった？　児童館ではどんなことをして遊んだの」

研司は、どれだけ話しても話題がつきないらしく、夕食のあいだはもちろん、寝る時間になるまで話しつづけた。

化け物を退治する勇敢なお姫様の物語を、児童館で話してもらったんだよと、彼が

話すのを聞いて、

〈彼女も、一匹、退治しましたとさ〉

心のなかでつぶやいた。

「お母さん、おやすみのチュー」

布団《ふとん》のなかで研司がせがんだ。

「この甘えん坊」

わが子の鼻を指先で軽くつまみ、額にそっと唇をつけた。

【十月七日（火）】

巣藤浚介は、昨夜遅くから仮眠をはさみ、午前中いっぱいかけて、テレビ局のスタジオ内に、セットの建て込みを終えた。

テレビの番組制作会社で働く友人の世話で、美術セットを建てたり、ばらしたりのアルバイトをしている。

テレビといっても、報道や討論番組が多く、予算の少ない、地味な職場だった。今回のセットも、予算が足りない一方、若いディレクターの要望で写真パネルが多用され、結果的に人件費が削られて、彼を含めた三人での徹夜仕事となった。

両腕をクラスター爆弾で吹き飛ばされた女の子が、じっとこちらを見つめている。その姿を大写しにしたパネルを吊《つ》り上げたところで、仕事は終わった。浚介は、床を掃きつつ、戦争の様々な被害を訴える写真パネルと、その中央に吊られた『10・7』という、数字の大看板を見上げた。

二〇〇一年の今日、九月十一日のテロに対する、アメリカ合衆国による報復爆撃が、アフガニスタンで始まった。その後、望まれていたような平和は訪れず、むしろ暴力と不安が世界的に広がっている現実を前に、〈平和のための戦争とは何か〉というテーマで、討論番組が収録されるとのことだった。

『9・11には記念式典がおこなわれます。記念碑が作られ、いまも関係者が当日の悲惨な状況を語る場面が放映されます。遺族や生き残った人々の心の傷についても語られます。大切なことだと思います。でも、10・7に爆撃された人々の追悼式典はどこで開かれているのでしょう。誤爆されて亡《な》くなった人の記念碑はどこにあるのでしょう。遺族や生き残った人々の心の傷を、誰がケアし、世界に知らせるのでしょうか。10・7はだからこそ、9・11と同様に、もしくはそれ以上に、わたしたちが記憶しておくべき日かもしれません。』

浚介が見た番組台本の、冒頭の企画意図のところに、そう書いてあった。

「巣藤さん、ぼつぼつ上がろうや」

同僚から声をかけられ、スタジオをあとにした。収録を終えるとすぐセットをばらすため、深夜にまた出てくることになっている。

「あんな日付、誰も覚えてねえよなぁ」

会社の車を運転しながら同僚が言った。「来年はもうあの企画はねえな」

浚介は、黙って、愛想笑いを返した。

適当な場所まで送ると言われ、氷崎游子が入院している病院の前をたまたま通るため、そばで降ろしてもらった。

病室をのぞくと、游子のベッドは空いていた。ナース・ステーションで訊《き》いたところ、訪ねてきた友人と庭へ出たという。面白いお友だちでしたと、看護師は思い出し笑いをした。

エレベーターで一階に降り、緑がやや色を変えてきた中庭へ出る。すでに紅葉した木の下に置かれたベンチに、紅葉よりも鮮やかな赤が見えた。

「仕事をさぼってきたのか、ケートク」

教師時代の教え子の、とさかのように立てた髪が、こちらを向いた。隣で笑っていた游子も振り返る。

「なぁんだ。せっかく口説いてたのにな」

ケートクが悔しそうに顔をしかめた。

「もう歩けるんだって？」

歩み寄りながら、游子に訊いた。

「まだ三本足だけど」

彼女が補助杖《ほじょづえ》を見せる。一週間前、初めて車椅子《くるまいす》に乗ったばかりなのに、彼女のことだから、痛みをこらえて歩く練習を重ねたのだろう。

「ケートク、こんな時間にどうした。とうとう失業したのか」

「鬼だね。この近くに越したお得意さんから、ビデオが故障したって電話があったんすよ。ばあ様だから、引っ越し先で見てもらえってのも、言いづらくて」

「ケートク君に会いたかったのよ。お年寄りは、多少不便でも、知り合いがいるところがいいらしいもの。いまもその話をしてたの」

説明する游子の顔色は悪くなく、

「調子がよさそうだね」

「食事も少しずつ口からとれるようになったの。そっちは疲れてるみたいだけど」

「徹夜だったからね。帰る途中にちょうど通りかかったもんだから」

「よお、よお。見つめ合っちゃって、まあ」

ケートクがからかうように言う。「さ、帰るっぺ、帰るっぺ」

「ケートク、車で来てるの？」

「送らないっすよ」

なおしばらく三人で話したあと、車は玄関に回しておくと、ケートクが駐車場へ去った。游子も病室へ戻るため、杖を支えにゆっくり立ち上がる。手を貸そうかと迷ったが、彼女は断るだろうし、必要もないようだった。

「家庭菜園のほうはどんな感じ？」

游子が一歩ずつ慎重に歩きながら訊く。

浚介は、彼女と歩調を合わせ、

「かんかん照りの日に、仕事の都合で水をやれない日があってね、ほとんど全滅だよ。育てるっていうのは、やっぱり難しいね」

瞬間的に、芳沢亜衣を思い出した。育てるという言葉からの連想だろう。最近は芳沢家へも電話していない。バイトの忙しさと、游子が入院したことなどを言い訳に、解決が容易でない行為から逃げていたとも言える。懸命に自分の足で歩こうとしている游子の、額ににじんだ汗を見て、今日あたり電話してみようかと考えた。

游子を病室のある階まで送ってから、玄関へ回る。ケートクが車内で待っていた。

「巣藤さん、昼めしは」

午後一時を回ったところだった。都心を離れ、郊外のすいたカレー屋に入った。

「ケートク、聞きたいことがあるんだ」

席に着いてから、切り出した。

「いいっすよ。ここ、おごり？」

「ちょっと聞くだけだぜ」

「チビが二人っすよ、ご協力よろしく。よお、こっちビーフ大盛りね」

浚介はポークの並盛りを注文した。

「前から気になってる不登校の生徒がいてさ、何かできないかと思ってるんだ。おまえは年も近いし、不登校の友だちもいたろ。どう関わっていけばいいと思う」

「ちょっとどころか、めっちゃヘビーな相談っすね。コロッケつけていいっすか」

「相手の親に警戒されて、家を訪ねてもなかなか会えないんだ。電話でも話せない」

「教師にいろいろ言ってこられると、面倒は面倒なんすよね。本気で心配してんのか、そっちの体面のためなのか、疑っちまう部分もあるし」

「こっちは本気だよ。ただ、相手がこっちの関わりを、どこまで望んでいるのか、それがわからなくて、足踏みしてるところはある」

「こういうのは人それぞれで違うからね。とりあえず、こっちの気持ちと、関われる範囲とを伝えたらどうっすか。無制限に関われもしねえのに、何でもするなんて言われると、腹が立つんすよね。だったら試してやろうかって、無理を言って、結果的に自分もつぶれるケース、けっこうありますよ。メールはどうっすか？」

「携帯の番号もメールも知らない」

「電話、家には何時くらいに掛けてんすか」

そう聞かれても、よく思い出せなかった。

「不登校になると、たいてい昼夜逆転っすよ。起きて十二時。トイレに入って、喉《のど》が渇いて冷蔵庫。親はパートか買い物に出て、意外に子ども一人って時間帯なんすよね」

「じゃあ、昼どきに掛ければ、本人が出る確率が高いってこと?」

「あくまで可能性っすよ。あと、おれら若いのは、思いがけない幸運が転がり込んでくるのを、いつも待ってんすよね。スカウトの電話とか、誰かの告白電話とか。苦しんでるなりに、変わるきっかけを待ってんだな。お、来た来た」

カレーが目の前に置かれたが、浚介は外へ出て、芳沢家に電話した。

十回ほどコールしたが、誰も出ない。母親はやはり不在ということか。もう一度掛ける。十五回コールした。いったん切って、三たび電話した。十回コールしたところで、受話器が取られた。

「もしもし、芳沢さんのお宅ですか」

返事はない。

「……芳沢、亜衣さん、かな。巣藤です。巣藤浚介。少しのあいだ、話を聞いてもらえるだろうか」

相手の答えはない。だが切られもしない。話しつづけることにした。

「僕はもう教師じゃないし、何かの資格や権利や義務で、電話したわけじゃない。きみのことが気になって掛けたんだ。学校へ戻るかどうかでもない。きみが自分を不当に傷つけていないかが気になってる。前にきみは、偽善で訪ねてくるなと言った。偽善とは違うと思うが、自己満足的な感情が少しはあるのも、確かなんだろう。生活のすべてを、きみのために割くこともできないわけだから。それでも……きみのことが心配な想《おも》いに、嘘《うそ》はない。きみが、納得できる生き方のほうへ進めているなら、嬉《うれ》しく思う。もしそうでないなら、僕に何かできることがあるだろうか。希望を知らないと、エゴの上塗りになるから、聞きたいんだ。きみは、いま、他人に何か望んでいることがあるだろうか。自分以外の者に、せめてこうしてもらいたいと願うものがあれば、話してみてくれないか」

言葉を切り、返事を待った。

ない、と突き放されても仕方がない。それはそれで胸が痛むが、他者を拒否せざるを得ない相手のほうが、傷は大きい気がする。

「シブヤ……五時」

ささやくような細い声が聞こえた。

「え。もう一度言ってくれる?」

「ハチ公のしっぽ……」

「それは今日だね。渋谷のハチ公で、午後五時に会って、話し合う。で、いいよね」

しばらく間があいたが、

「……どうか、わかんねえよ」

独り言のようなつぶやきが聞こえた。

「わかった。二時間待つよ。九時から仕事があるんだ。それでどうかな。もし変更があるなら、電話をもらえると有り難いんだけど」

浚介は携帯の番号を告げた。相手がメモしたか確かめる前に、電話が切れた。少なくとも相手は、受話器を叩《たた》きつけずに、静かに置いた。

ひとまずほっとして、店に戻った。ケートクはもうほとんど食べ終えている。

「通じたよ。今日、会えるかもしれない」

「へえ、まじっすか。でまかせを言っただけなのになあ」

「会ったときは、今度どうしたらいいと思う?」

「じゃあ、家族へみやげもいいっすか」

「好きにしろよ。で？」

「傷ついてる娘には手を出すな」

「何だよ、それ」

ケートクは、先に二人分のカレーの持ち帰りを注文して、

「女の子と会って、エロいこと考えないなんて、おれにはあり得ないっすよ。けど、傷ついてる子は実際に手ぇ出すと意味が違っちゃうから。なかには、こっちを試す気でエロエロ光線を出す子がいるんすよ。引っ掛かると、その程度にしか自分を考えてないって、二度と信用しなくなる。そういう傷つき方してる子、少なくないっすよ」

「想ったくらいは、許される？」

この夏、亜衣を訪ねたときのことが思い出された。

「当然っしょ。想うだけで罪なら、おれなんかもうエロエロ罪で懲役五千年すね」

冷めたカレーを食べたあと、ケートクに送ってもらい、自宅へ通じる手前の、大通り沿いで下ろしてもらった。

彼の車を見送り、家へとつづく未舗装の道に入る。亜衣との待ち合わせまで、時間に余裕があるため、家庭菜園の土を少しいじるつもりでいた。

家の前の空き地に、見慣れない高級車が止まっていた。庭のほうで物音もする。不審に感じて近づくと、畝《うね》を作り直した家庭菜園のところに、スーツ姿の男が立っていた。

男は、いきなり畝を蹴《け》り、支柱を引っこ抜いて、地面に叩きつけた。

「おい、こら、何やってんだよ」

浚介は驚いて声をかけた。

男が振り返る。二十代半ばの印象で、端正な顔だちをしている。彼は、浚介を見つめ、表情を強張《こわば》らせたかと思うと、急に肩の力を抜き、冷やかな笑みを浮かべた。

顔の造り、からだ全体からにじみ出る雰囲気が、懐《なつ》かしい記憶と重なった。

午後五時、浚介は渋谷の駅前に立った。

今年の四月末に生徒の補導のために訪れて以来だ。ここへ来るまで、自分の病気のことを忘れていた。ケートクたちとも普通に話せているため、もう治ったと思い込んでいた。だが傷ついた心というものは、たやすく回復するものではないらしい。渋谷の一つ手前の駅から、電車内で若者のグループと一緒になり、動悸《どうき》がして、足がすくんだ。

渋谷駅での停車時間が長かったため、なんとか電車を降りることはできたものの、改札を抜けるまでがまた大変だった。若者の集団が見えると、ホームの隅にしゃがんで、気分が悪いかのようにふるまった。改札を抜けたあとは、ビルの壁に手を当てて歩き、ようやく約束の時間までにハチ公の後ろに立った。

亜衣を目で探しながらも、若者が騒いでいる姿が見えると、顔を伏せる。

こんな彼の姿を、弟はどう思うだろうか。

弟の梓郎《しろう》と会ったのは、十一年ぶりだった。

両親の家を出たあと浚介は、梓郎の誕生日ごとに、彼が通う学校まで迎えにゆき、下校途中に会った。近くのファミリー・レストランなどで、弟がふだん口にできないはずのケーキをおごり、誕生日を祝った。それが兄として義務のようにも感じていた。

だが中学三年のとき、もう来るなと梓郎は言った。浚介は当時美術大学に進んでおり、一枚の絵が何億もする画家の話をして、いつかおれも、などと語っていたときだ。

梓郎は、心底いやそうな顔をして、吐き捨てた。

「もう来んなよ。そんな話、聞きたくもない。あんたは逃げたんだ」

翌年の弟の誕生日、浚介はまた会いにいったが、梓郎はこちらを見て走り去った。以来ずっと彼には会っていなかった。

教職についた直後、何度か両親のアパートへ電話し、両親が出たら無言で切り、梓郎が出たおりに、就職先と住所と電話番号を伝えた。困ったときは連絡するように言ったが、一度も電話はなかった。

五年前、浚介があらためて電話したときには、すでに電話番号が変わっていた。

見違えてしまった弟と、家庭菜園の前で再会して、動揺からうまく話しかけられなかった。ひとまず家に上がるよう勧めたが、梓郎はさげすむような目で家を見回し、

「いいよ。すぐ帰るから」

と、初めて聞く野太い声で言った。

せめて縁側に座るようにと言って、台所でコーヒーをいれ、彼に勧めた。

「おたくが、出てたテレビ、ちらっと見たよ……まだあの学校に勤めてんのかと思って、訪ねたら、ここの住所を教えてくれた」

しばらくして、梓郎が言った。どういった状況で放送を見て、何を思ったかは話さない。懐かしく見たわけではないのは、固い表情から伝わってきた。いまどこにいるのか、いままで何をしていたのか、訊《たず》ねても、なかなか答えようとしなかった。

「二人とは、一緒に住んでるのか」

両親のことを訊《き》いたとき、ようやく反応らしい反応として、梓郎は冷笑気味に唇を

ゆがめた。

「こっちに押しつけといて、いまさらそんなこと、よく普通の声で訊けるよ」

「押しつけたわけじゃない。あのとき、おまえも一緒に連れていきたかったんだ。ただ隙《すき》がなかったし、おまえも家を離れるのはいやがってるようだったから……」

浚介の言い訳めいた言葉を、梓郎は鼻で笑った。

あの両親のことだから、浚介が家を出たあと、弟に対する禁欲的な教育は、さらに厳しさを増したに違いない。弟を犠牲にして、自分だけが自由を得たと責められても、言い返すことはできなかった。

コーヒーに口もつけず、二十分ほどで、梓郎は縁側から立った。名刺が床板の上に置かれている。浚介は手に取った。表には、コマーシャルなどでもよく目にする金融会社の名前が印刷されていた。

「ここに勤めているのか」

梓郎は、それには答えず、

「連中が、おたくに会いたがってる」

両親のことだと察し、

「……なぜ。何かあったのか」

「さあね。気弱になっただけだろ」

「一緒に暮らしてるのか」

「ああ。向こうが勝手に転がり込んできた」

「……父さんは」

久しぶりにそう呼んで、「もう働いてないのか」

「去年やめたよ。からだを壊したってね」

「からだを？　ひどいのか」

「べつに。なまけたいだけさ。弱い人間なんだ」

梓郎は吐き出すように言った。抑えていた感情がつい噴き出してきたのか、

「少しの病気もストレスも我慢できずに、連中はすぐに逃げる。逃げ場所は、いつだって子どもだった。子どもに当たって、自分の弱さを隠してたのさ。その子どもが、一人はいなくなって、一人は自分たちより強くなったもんだから、おたおたしてる。こっちが言いなりにならないから、おたくに会いたいなんて言いだしたんだろ。勝手に会《あ》やいいのに、昔のプライドが邪魔すんのか、連絡してくれと頼んでばかりいる。あんまりうるさいから、仕方なく訪ねることにしたんだ。おれのいない、平日か土曜の午後でも会いにいってやれよ。二人がただの負け犬だったことが、よくわかるさ」

名刺の裏に、彼らがいま暮らしているらしい住所が、下手な字で書かれていた。

「おまえは、仕事はどうなんだ。順調なのか」

彼が少し話したのをきっかけに訊ねてみた。

「まあ、おたくよりはましだろうね」

「ずっと心配してたんだ」

「学校をクビになったんだろ。他人より、自分の心配しろよ」

「おまえは他人じゃない。弟だ」

梓郎が、眉間《みけん》に皺《しわ》を寄せ、浚介を見た。すぐに庭のほうへ目をそらす。面白くなさそうに、ふんと鼻先で笑い、

「おたくの出たテレビ、あの連中がたまたま見てて、慌《あわ》ててビデオに録《と》ったんだ。おかげで録ってたお笑いが台無しさ。最後のほうだけ、ちょっと見たけど、えらくまた青くさいことを言ってたな……。もしかして、まだあの連中の影響が抜けないの？　先に出てったくせに、なんでだよ。こっちはとっくに抜けてるぜ」

彼は、つづけて少しだけ自分のことを話した。奨学金をもらって大学を出たあと、いまの会社に勤めた。だがそれも近く退社して、仲間とネット金融を始めたいという。

「その若さで独立なんて、大丈夫なのか」

「金の貸し借りに年は関係ない。客層も若い連中さ。若い奴《やつ》らは、ローンに抵抗がないし。中学生まで視野に入れたら、かなりの発展が見込める」

まだ構想の段階だとしても、危うい話に聞こえた。弟も警戒してか、それ以上は話そうとしなかった。過剰なまでに禁欲を説く両親のもとで育った彼が、金銭にからんだ仕事で独立しようと図ることが、不可解であり、またよく理解できる気もした。

浚介自身、あの両親のもとで育って、しぜんと社会問題には敏感になった。日本や欧米では多くの食事が無駄にされるのに、なぜ別の国では餓死者が出るのか。一部の少数者が特権的な生活をし、大多数は中流以下の暮らししかできない場合も、なぜ皆黙ってそれを受け入れるのか。いくらか勉強して、わかったことのひとつが、人間の基本的な弱さだった。欲望にもろく、イメージと噂《うわさ》に左右され、いつかは誰かが救ってくれると根拠のない希望をあてに、みずから苦労して何かを変えようとはしない。現在所有している生活水準を手放すくらいなら、悪いとは思っても、他人の悲劇に目をつぶるほうを選ぶ。

浚介は、両親の影響もあり、そうした社会の流れから少し距離を置いて生きてきた。だが、両親からさらに厳しく育てられた梓郎は、たぶんどこかの時点で我慢が限界を超え、嫌っていた世界の、逆に最も流れの早い渦のなかへ、自分から飛び込んでゆくような生き方を選択したのかもしれない。それが両親への、いわゆる復讐《ふくしゅう》となり、幼い頃からの影響に打ち勝つ方法だと、無意識に感じ取ったのだろうか。危うい道だった。内心嫌っている世界の、嫌ってきた価値基準で、いくら〈成功〉をおさめても、充実感は得られないはずだ。梓郎をそこへ追い込んだ因《もと》は、浚介にもあると思うと胸が痛む。

梓郎がここを訪れたのは、両親の願いを叶《かな》えるためだけでなく、彼自身、自分のいまの状況を少しは自慢し、兄に頭を下げさせたい想《おも》いもあったのではないか。あるいは、自分はこんな風に世界に呑《の》み込まれつつある、それはおまえのせいでもあるんだと、当てつける気持ちもあったかどうか……。

梓郎は、帰り際《ぎわ》に家庭菜園を見て、

「まったく、くだらないことをやってるよ」

とつぶやいた。そのときの怒っていながら、寂しげでもあった表情に、彼の内面の苛立《いらだ》ちや、困惑した感情が、かいま見えた気がした。

「おまえは偉かったな。よくがんばったよ」

正直な気持ちを、弟へ伝えた。「父さんや母さんのことも、本当にありがとう。おまえには感謝してる。それに、よくわざわざ会いにきてくれたよ」

梓郎には、偽善に聞こえたかもしれない。彼は、表情のないまま、何も言わず車に乗り込んだ。

「また来てくれよ」

浚介の言葉は、高級車の低くうなるようなエンジン音にかき消された。

弟の出現に、驚き、当惑したが、ともかく元気な姿に安堵《あんど》した。だが両親のことまで考える時間がいまはなく、よそゆきに着替えて、渋谷へ出てきた。

約束の二時間が過ぎた。亜衣は現れなかった。電話もない。仕事にぎりぎり間に合う八時まで待つことにした。

渋谷の街の、騒々しく、楽しげな様子には、今日が『10・7』という悲しい記念日であることを感じさせるものは何もない。

9・11が忘れてならない日なら、確かに10・7も覚えておくべき日なのだろう。

一方で、いまこうして亜衣を待ち、弟のことも考えていると、いろいろな時間や場所において、9・11や10・7と似た重みを背負わされた人々がいるように思えてくる。クラスター爆弾の被害にあった少女と、平和な地域に暮らす誰かを、安易に比べるつもりはない。それでも、たとえば傷ついている身近な誰かのために、わが身や時間を削って何かしら行動することが、遠い人のためにもつながってゆかないかと、夢想のように考える。

だが、そうそう願うようには何事も進まないということか。亜衣は現れなかった。八時過ぎ、浚介は渋谷を離れた。

＊

巣藤浚介と会う、会って話すと思うと、気おくれし、その気おくれした自分に、亜衣は腹が立った。緊張もあったのかもしれない。ついには気分が悪くなり、渋谷の手前の原宿駅で降りた。

この日の昼、部屋を出て、トイレをすませ、キッチンで水を飲んだ。母親は家にいたら息がつまりそうだと、またパートに出はじめていた。

世界がひっくり返るような、すごいことが起きてればいい。そう思って、テレビをつけた。学校へ行かないことが普通になるような、何が正しくて悪いか、誰もわからなくなってしまうような、ものすごいことが起きてればいい。だけど、テレビでは人が笑っていた。女性二人が楽しげに料理を作り、街ゆく人がファッションの自慢をし、嘘《うそ》っぽい恋愛話が演じられ、アメリカでは野球をしていた。

何か起きてるはずなのに……。

でも、平和のために活動してるはずの国連事務所が爆破されたときも、別のチャンネルでは人が笑っていた。環境破壊が原因だっていう異常気象でヨーロッパの人が大勢死んでも、街ゆく人はヨーロッパのブランド品を手に自慢をしていた。とっても安い給料で戦ってる兵士が自殺してるのに、何十億ってもらってる人たちの野球のほうが大事そうだった。

だったら何が起きればいいんだろう……何があれば、いろんな事が変わるの？

そのとき電話が鳴った。コール数を機械的に数えた。十回のコールで、電話は切れた。また鳴った。十五回のコールで切れた。受話器を取ってください、テレビを信用しちゃだめです、大変なことが起きてるんです、あなたにだけお伝えしたくて、電話してます、世の中めちゃくちゃになってます、あなたが正しいんです、それをお伝えしたいんです、受話器を取ってください。

また電話が鳴り、十回目のコールのあと、恐る恐る受話器を取った。

浚介だった。すぐに切ってもよかった。だが何かを期待していた。彼の話は理解できず、音だけを聞いていた。嘘くさい響きはなかった。だから聞いていられたし、もう少し聞いていてもいいかと思った。目の前のテレビの画面に、渋谷の街が映っていた。

ハチ公の銅像も映り、反射的に「渋谷」という言葉を口にしていた。五時という時間も、画面内に現れたものだ。

本当に外へ出るつもりか、電話を切ったあと自分を疑った。手は無意識に、浚介の携帯の番号を書き取っていた。そのメモを持って、部屋へ戻ると、カーテンを引いた暗い部屋が息苦しく感じられた。彼女を守ってくれる場所は、ときおりひどく窮屈な空間へ変わってしまう。

もう何日、学校へ行っていないだろう。二学期の始業式の日以来だから、三十六、七日目。休みだった日を引くと、ひと月程度だった。意外にあっけなかった。十年、二十年と家を出られない人がいると、テレビで見た。自分なんか取るに足らない。両親のようにうるさく騒ぐこともない。一方で、こんなに苦しみ、悩んでいるのに、他人から見れば「たったひと月」である現実の、その軽さ加減に苛立った。

ささくれた心に寄り添ってくれる音にふれたい。嘘のない、彼女を理解しようと努めている響きを聞いてみたかった。トレーナーとジーンズに、デニム地のジャンパーを着て、机の引出しにあるだけの金をポケットに入れ、外へ出た。

原宿で降りた彼女は、人々の歩くスピードについてゆけず、目の前を暴力的に走り抜けていった少年たちにはじき飛ばされる感覚で、人けの少ない明治神宮の方向へ進んだ。線路の上にわたされた橋に、亜衣と同年代の少女が、アニメのキャラクターと同じ服装をして集まっている。平日でも、いるんだと驚いた。別の場所では、パンク歌手の服装を真似《まね》た少女のグループが、彼女たちだけの世界を作っている。

亜衣は、自分がその輪に加われないことに対して、

「変なの……」

と負け惜しみのようにつぶやき、陸橋を渡った。日はもう暮れていた。部屋にこもるようになった頃と比べ、夜の訪れが早くなっている。

代々木体育館の前を通り、渋谷駅へと坂を下ってゆく。車を避け、ビルのあいだの道へ入った。人の数が次第に増え、ことにカップルや、若者のグループが目についた。同じ年頃の少年や少女が道いっぱいに広がって、互いを叩《たた》いたり、笑ったりしている場所に出くわした。彼らが話しているのは、亜衣のことだという気がした。そんなはずはないと思うほど、疑いが強まる。

知ってるか、芳沢亜衣っておかしいのがいてさ、世界がめちゃくちゃになればいいと思ってんだって、自分が変なくせに、周りがおかしいと思ってんだって……。

浚介との約束の時間はとっくに過ぎていたが、坂を下りてゆくことができなかった。途中まで行っては戻り、ついにはめまいをおぼえた。空腹のせいかもしれない。

ファーストフードの店に入り、メニューを指すだけで注文した。隅の席で、ハンバーガーとジュースを口に入れる。満腹感はなく、別の店でまたハンバーガーを食べた。店員におかしく思われそうで、一人前しか注文できない。そこを出たあと、コンビニを見つけて入り、菓子パンやドーナツを三千円分ほど買った。心おきなく食べられる場所を求め、坂をのぼる。代々木公園の近くには、人けのない場所もあるはずだったが、そばの音楽ホールでコンサートが終わったところらしく、周囲には人があふれていた。

亜衣は、コンビニの袋をさげたまま歩きつづけ、疲れもあって、無人のテニスコートの裏手で足を止めた。金網と植え込みのあいだに隙間《すきま》があり、逃げ込むように入って、腰を下ろす。食欲はもう失《う》せていた。顔を膝《ひざ》のあいだにうずめ、目を閉じる。何も考えたくない。のしかかる疲労感のなかに、全身を浸していようとする。

からだが冷え、くしゃみをした。顔を上げる。近くにもう通行人の姿はなかった。車もまばらにしか通らない。亜衣は茂みから出て、あてもなく歩きだした。三十分近く経《た》った頃、どこからか楽しげな人の声が聞こえてきた。

夜間は閉めている広い駐車場の、屋根が設けられた二輪車用のスペースに、亜衣と同年代か、少し年上らしい少女たちが六、七人、思い思いの恰好《かっこう》で地面に座っている。

彼女たちは、話したり、笑ったり、うなずき合ったりしている。だが、騒々しくはなく、どこか遠慮があるような、慎《つつ》ましい印象を受けた。

引きつけられるように、その輪に向かって歩いた。少女たちは、髪を染めたり、濃い化粧をしたりはしているが、服装は普通だった。ほかに人の姿もなく、少女たちも亜衣に気づいた。一斉に向けられた視線におびえ、目をそらして、彼女たちの前を通り過ぎる。しばらく進んだところで、駐車場の端に行きつき、柵《さく》にさえぎられた。いまさら引き返すこともできず、柵を背にして、しゃがみ込んだ。

「何やってんの」と聞こえた。

少女たちが亜衣を見ている。

「ひとり？　こっちに来ればいいじゃん」

輪のなかで一番からだの大きい、髪を長く伸ばした少女が、声をかけてくれた。

「よしなよ、ほっときなって」

ボーイッシュな髪をした少女が止める。

「べつにいいじゃん。寂しそうだしさ」

大柄の少女が言って、亜衣を手招いた。

それを断る勇気もなく、立ち上がって、彼女たちに近づいた。

「あんた、何持ってんの」

大柄の少女の言葉に、さげていたコンビニの袋を差し出す。

「わっ、菓子パンばっか。食って吐く気？」

大柄の少女が笑った。

「酒はないの」と、別の少女が訊《き》く。

亜衣は首を横に振った。

「こういうのを、何も聞かずに、うちらのなかに入れないほうがいいって」

髪だけでなく、雰囲気もボーイッシュな少女が、拒絶的な態度で言う。

「だったら、テストを受けさせようよ。ねえ、ちょっと座んな。座れって」

大柄の少女に手を引かれ、亜衣は腰を下ろした。少女たちは全員で七人だった。

「あんたさ、名前は。嘘でもいいよ」

大柄の少女に訊かれ、つい面倒くさく、

「亜衣」

と、本名で答えた。

「アイはさ、誰かにやられた？　ここは、やられてないと、仲間に入《はい》れんのよ。やられたサークルだかんね。この子は父親、この子はおかんの愛人、こっちは兄貴の友だちにまわされて、あの子はどっかの知らない連中……で、アイはどうなん？」

話を聞いているうち、ぼうっとした。周りにいるのは、どことい って変わりのない少女たちだ。夢にも似た不思議な空間にまぎれ込んだ感覚のなかで、この輪からも追い出されたら、どこへも行き場がないように思えて恐ろしく、口を開いた。

「教師。美術の教師に、やられた……」

「へえ。教師って、あんたと一緒じゃん」

大柄の少女が、ボーイッシュな少女に言った。ボーイッシュな少女は、いやそうに顔をしかめて、そっぽを向いた。

亜衣に、隣から煙草《たばこ》が回されてきた。入会の許しのようなものらしい。煙を吸って、すぐに咳《せ》き込み、周りから笑われた。ビールも回ってきた。

このサークルでは、大柄の少女が主に話題をふり、それにほかの少女たちが答えるような形で、会話が進んでいた。といって全員が話しているわけでもなく、ときおり黙り込んでひとりの世界に沈む者や、横になって目を閉じる者もおり、それが許され、責める者もいなかった。

亜衣は、このところ浅い眠りしか取れていなかった上、今日は緊張がつづき、酒も入ったためだろう、額の裏側が熱っぽく、瞼《まぶた》も重くなってきた。いま起きていることすべてが夢ではないのかと疑いもした。

「アイ、つきあってよ」

大柄の少女に手を引かれた。トイレだという。柵を越え、裏の茂みのなかですますらしい。あんたもしなよ、と言われた。だが、出そうになかった。

「アイさ、朝になったら、うちへ来る?」

大柄の少女が言った。「行くとこないんだろ。うちへ来ればいいじゃん。来なよ」

行ってもいいなと、亜衣は思った。

二人はまた輪のなかへ戻った。少女たちは、話したり、黙ったり、ときに歌ったりした。車がそばを通り、口笛を吹かれることもあったが、少女たちは無視した。人が通りかかったときも、

「絶対に無視しな。危ない連中だと思われるくらいが安全なんだ」

と、誰かが亜衣に教えた。

どのくらいの時間が過ぎたろうか、まだ夜は明けそうになかった頃、駐車場の入口付近にパトカーが止まった。少女たちは一斉に立ち上がった。

「三十分後、またここだよ」

大柄の少女が言って、全員がそれぞれ柵を越えてゆく。

亜衣も仕方なく柵を越えて走った。

いつのまにか、ボーイッシュな印象の少女がそばにいた。彼女が、亜衣の腕を取り、走ってくれていた。見たことのない建物の陰に入り、息をひそめる。少女は、亜衣を残して車道に顔を出し、吐息をついた。

「行ったの？」

亜衣は訊いた。

少女が振り返った。怒っているのか、表情が険しい。彼女は、亜衣を睨《にら》みつけ、

「てめえ、嘘ついたろ。誰にもやられてねえくせに。わかんだよ、そういうのは」

戻ってきた少女に、肩を押された。言い返そうとしたが、相手が怖く、言葉が出ない。

「さっき誘われたかよ？　トイレに行ったとき、家へ来いって言われなかったか」

相手がなぜそれを知っているのか、亜衣は戸惑いながらも、うなずいた。

「行ってもいいと思ったんだろ。ばーか。行ったら、やられちゃうんだよ」

何を言われているのか、わからなかった。

「あの子はさ、昔すっごくひどい目にあってるからね。てめえみたいな、おとなしくて可愛《かわい》いのを見ると、ぼろぼろにしたくなるんだ。何人もバージン奪って、二人ほど

自殺にまで追い込んでんだから」

「……でも、あの人、女じゃないの？」

少女が笑った。

「女同士がやる方法も知らねえの？　ばっかじゃない。てめえみたいなガキ、ぼろぼろにすんの、わけないよ。人間なんてすぐ壊れちゃうんだから」

亜衣はまた肩を突かれた。しぜんと道路のほうへあとずさった。

「帰りな。おうちに帰るんだよ。さっきのとこへは戻んなよ。知らないほうがいいことって、いっぱいあんだから。夢子ちゃんのままでいたほうが、いいこともあんだよ。ほら、帰れって」

さらに強く押されて、亜衣は足を踏み出した。方角もわからなかったが、相手が道路をさえぎるように立っているため、そのまま進むしかなかった。

「おい、いいか。車道側を歩くなよ。車が寄ってきそうだったら、すぐ逃げろ。連れ込まれたら、終わりだかんな」

亜衣は後ろを振り返った。

細い小さな影が、頼りなげに立っている。影は、胸もとのあたりで、一度だけ、小さく手を振ってくれた。

亜衣は泣きながら帰った。忠告どおり、車が走ってきたら、脇《わき》へ逃げた。やがて明るい通りに出た。タクシーを見つけ、手を挙げる。中年の運転手は、亜衣の年格好を見て、吐息をついた。自宅の場所を告げると、失礼だけど金は大丈夫かと訊《たず》ねられた。ポケットから金を出して見せる。運転手は、車を走らせはじめてから、
「運がいいんだよ、お嬢ちゃん。悪い運転手もいるんだから。夜遊びはやめなさい」
と、説教めいたことを延々と話した。

両親は起きて待っていた。叱《しか》られ、何度も同じ質問をされた。亜衣は無言を通した。父親は、あきらめたように彼女の前から離れ、警察へ謝りの電話を入れた。母親は、なお不安そうな様子で、かきくどくようなことをしゃべりながら、こちらへ手を伸ばしてきた。

いまからだにふれられたら、自分がこなごなに砕け散ってしまいそうで恐ろしく、亜衣はその手をかわして、部屋へ逃げた。ドアに掛け金を下ろしたところで、闇《やみ》と同じ重さの疲れに押さえつけられ、ベッドに倒れ込んだ。

【十月十一日（土）】


大野甲太郎《こうたろう》と山賀葉子は、約束した午後二時に、芳沢家のインターホンを押した。大野は背広の下をポロシャツにし、葉子は薄手のセーターにジャケットをはおるなど、あまり堅苦しくならないような服装を選んだ。手みやげは持たず、大野は仕事道具を入れたボストンバッグをさげていた。

ほどなく芳沢希久子《きくこ》が、恐縮した態度で、玄関ドアを開けた。彼女の背後に、夫の孝郎《たかお》が立っている。彼の挨拶《あいさつ》は少しぎこちなく感じられた。それぞれ品のよい服装をしているが、希久子がややよそゆきの一方、孝郎はわざとなのか、自宅でくつろぐような恰好《かっこう》で、夫婦の考え方の微妙な違いがあらわれていた。

リビングルームはきれいに整頓《せいとん》されていた。ただし、どことなく柔らかな雰囲気に欠けている気もする。大野たちは勧められてソファに腰を下ろし、孝郎が向かいに腰掛け、希久子はキッチンでお茶の用意をはじめるようだった。あらためて四人が挨拶を交わし、秋晴れとなった今日の天気のことなどを話したあと、

「ところで、お嬢さんは、いまどちらに？」

葉子が、正面の孝郎に訊《たず》ねた。

「え。ああ、二階の部屋にいます」

孝郎が固い表情で答える。

「からだのほうは、いかがなんですか」

大野は、キッチンのほうへ訊《き》いた。

「亜衣は大丈夫ですよ」

孝郎が代わって答えるのを、

「いいえ。少しも大丈夫じゃありません」

希久子がさえぎった。「あの日以来、ずっと起きてこないんです。きっと何かあったんです。それもひどいことが……」

「なんでも大げさに考えるな。トイレには下りてるし、自分で冷蔵庫から何やかや出して食ってるだろ。前と変わらないじゃないか」

孝郎が苛立《いらだ》ちをにじませた声で言う。

「前が普通だったとでも言う気？」

希久子が言い返した。「前もおかしかったし、いまはもっとよ。急に暴れたり、泣いたり、わからないことを叫んだり……前より絶対ひどくなってる」

三日前、希久子から、『思春期心の悩み電話相談』のほうへ電話があった。娘の亜衣が、前日、知らぬ間に家を出て、午前四時過ぎに帰ってきたという。亜衣は何も話さないし、不安がつのるばかりだと彼女は訴えた。

みんなで話し合いましょうと、葉子はそのおり勧めた。多面的な意見を聞くため、大野にも声をかけるから、父親の孝郎にはぜひ参加してもらう必要があると、希久子に強く申し渡しての今日だった。

「お嬢さんが、いきなり外出した、その理由に心当たりはおありですか」

大野は、正面の孝郎を見つめた。

「いや、まったく」

孝郎がまぶしそうに目をそらす。「娘のことは、基本的に家内に任せてますから」

「ほらね、いつもこうなんです」

希久子が、紅茶のセットをトレイで運んできながら、大野たちに目配せをした。

「何がこうなんだ。おまえさえしっかりしてれば、他人様《ひとさま》に迷惑をかけることもなかったんじゃないのか」

「このとおり、父親にも子育ての責任があるとわかってない、お坊ちゃんなんです。

これで会社ではプロジェクト・リーダーと呼ばれてるんですって。笑えません?」

希久子が大野たちに笑いかける。

「いい加減にしないか」

孝郎がソファから立った。だが大野たちの手前、また腰を下ろして、

「家内は世間知らずで、仕事の厳しさを知らないんです。わが家で、こうしてお茶を飲めること自体、どれだけ恵まれ、どれほどの仕事が必要か、理解できない」

彼はいらいらと膝《ひざ》を揺すりながら話した。

すると、希久子が鼻先で笑い、

「結局は、お金と仕事の話にすり替えるんだから。ごまかすときのいつもの手ね」

孝郎は、それを無視して、大野たちに会釈《えしゃく》をした。

「わざわざ来ていただいて失礼ですが、このまま帰っていただけませんか。家のことは家族で解決します。他人様に迷惑をおかけすることではありませんので」

「自分たちで、どうにもならないから、来ていただいたんでしょ」

希久子が、にがにがしい表情で、いさめるように言う。

「がんばれば、できるさ」

「あなたの頭のなかでは、がんばるのは、わたしだけなんでしょ」

「話し合うさ。亜衣と三人で話し合おう」

「いままでできなかったのに、なんで急にそれができるの。まだとりつくろう気？」

「一ヵ月ちょっと、学校へ行かないくらいで、大げさにすることはないんだ」

「だったら、二度とわたしを責めないでよ。亜衣がこのまま何年も家から出なくても、絶対こっちを責めないって約束してよね」

孝郎がふたたびソファから立った。

「おまえは、親として恥ずかしくないのかっ」

希久子も立って、

「あなたはどうなのよ」と言い返す。

双方が睨《にら》み合うなか、大野と葉子は、静かにカップを持ち上げ、紅茶に口をつけた。ずずっという音が、リビングに響く。芳沢夫妻は、毒気を抜かれた様子で二人を見た。

「ひとまず座られてはいかがです？」

大野はおだやかな口調で勧めた。

「せっかくのお茶をいただきましょうよ」

葉子も年下の夫婦へほほえみかける。

芳沢夫妻は、ばつの悪そうな表情で、ソファに腰を下ろした。

「申し訳ありません。お客様に、お見苦しいところを……」

孝郎が、膝の上に手を置き、あくまで職業的な感じの頭の下げ方をした。

「お仕事、大変なんでしょうね」

大野は彼に言った。

「ええ。まあ……いろいろありますから」

孝郎にはまだ外行きの構えがある。

「商社にお勤めだそうで。混乱した世界情勢ですと、時々刻々状況が変わるし、ことにエネルギー問題はそれぞれの国益が関係しますから、対応に苦慮されるでしょう」

「あ、何かそういった面にご関心が？」

「興味はあっても、わからないことばかりで。芳沢さんのような専門家に、教えていただきたいことが山ほどあります」

「ほう。たとえば、どんなことを」

「たとえばWTO、世界貿易機関ですか？　ネーミングからわたし、人権重視の国連機関かと思ってました。違うんですね。世界平和を標榜《ひょうぼう》する機関が、どうして巨大企業や欧米の農業関係者ばかりが得をするルールを、他国に押しつけ、ことに貧しい人々を追いつめるのか。不思議に思ってたんです」

「ああ。あれはもうグローバル企業が、世界中の人間に自社製品を買わせるために作った、強引な卸《おろし》業者みたいなものですよ。なんて、公《おおやけ》に口にしたら叱《しか》られますがね。ともかくWの文字に、人は弱いですから。自由貿易もそうですよ。元は知りませんが、いまじゃ資本力さえあれば、ちまちました農家や零細企業をつぶして土地ごと取り込める、そうした自由を奨励《しょうれい》する形で使われてます。しかし、自由とか世界とかWが頭につくと、それだけでいいものと思って、深く考えるのをやめる傾向が、これは日本人にかぎらず、どこの国の住民にもあるようです。ソ連の失敗の影響ですかね」

答えているあいだに、孝郎の表情も少しやわらいできた。

「ところで、お宅は、建てて何年になるのかしら」

葉子は希久子のほうへ訊ねた。

「嫁入り前からある家ですけど、床下まで直す大きな改築を、十年前にしました」

「例の、階段下の沈むところを、先に見ていただいたらどうかしら」

いいんですか、と希久子が答えて、隣の夫を見る。

「話したでしょ。大野さんは、害虫駆除の仕事をなさってて、今日、家の検査もしてくださるって」

「ああ、どうも。家内が勝手を言ってしまったようですが、しかし、うちはまだ大丈夫でしょう。わざわざお手を煩《わずら》わせては……」

孝郎が辞退しようとするのを、

「まあ、簡単に終わりますから。ともかく見るだけ見てみましょうか」

大野はバッグを持って立ち上がった。キッチンに床下収納があるのは、葉子が一度訪問して、確認している。食料品を出し、ネジ回しで収納ボックスを枠から外した。ボックスを引き出すと、床下の土が現れる。大野は、バッグから懐中電灯を出し、床下を丹念にのぞいた。

「おや、蟻道《ぎどう》らしきものがありますね。白蟻《しろあり》の通る道だと、ちょっと危険ですよ」

「本当ですか？」

希久子が不安そうに訊く。

「ともかく、下へ入って見てみましょうか」

大野は、ビニール製の合羽《かっぱ》の上下を出し、服の上から身につけた。軍手をして、地下足袋《じかたび》もはき、床下へ下りる。土の上を四つんばいで進み、キッチンから離れたところで、軍手をひとつ外し、ズボンのポケットから、白蟻の死骸《しがい》を三匹ほどつまみ出した。頃合いを見て、キッチン下に戻り、穴から顔を出す。

「いますね」

白蟻の死骸を、芳沢夫妻に見せた。

二人は、それぞれ驚きの声を上げ、透明がかった小さな蟻の死骸を見つめた。

「これが……白蟻ですか」

希久子が恐る恐る顔を近づける。

「土台の近くに転がってました。家にはもう白蟻の巣ができていると思われます」

「そんな……良質の建材を使ってるんですよ。改築もとてもうまくいったと、当時の業者に言われたんですから」

孝郎が信じられないというように首を横に振る。

「確かにご立派なお宅です。しかし白蟻には、良質の建材こそ好物なんです」

大野は、ごく簡単に白蟻の習性を説明し、もしかしたらこの家には、すでに一万匹近い白蟻がいるかもしれないと話した。

「本当にこの家に、そんな虫が……」

希久子が神経質な様子で家を見回す。

葉子は、彼女の肩を抱いて、

「だったら早く消毒していただきましょう。いまならまだ大丈夫だと思いますよ」

「本当ですか。間に合いますか？」

希久子がすがるように大野を見る。彼は、作業着一式を脱ぎ、穴から出た。

「ええ。きちんと作業すれば、まだ間に合うと思います。床下を消毒します。多少臭《にお》う薬ですが、害になるほどではありません」

大野は、使う薬剤の種類と、作業のおおむねの内容を説明した。

「あの、娘が部屋にいるんですが、問題ないんですか」

孝郎が心配そうに訊く。

「事情は承知しています」

大野は答えた。「こちらの作業中、お嬢さんが外へ出ているというのは容易ではないでしょう。その点を注意して、配慮を忘れず、処理させていただきます」

「ご近所にも知らせたほうがいいですか」

希久子が訊ねる。

「ごく親しいおつき合いをしていないかぎり、お宅に白蟻がいるとなると、ご近所は不安にも不快にも思われます。お嬢さんのことと合わせて、いやな噂《うわさ》の立つ可能性もあります。あえて知らせる必要はないでしょう。ともかく、もう一度座りませんか」

大野は、芳沢夫妻に勧めた。使った道具をバッグにしまい、葉子とともにリビングへ戻る。孝郎と希久子は、それぞれソファで身を揉《も》むようにして待っていた。

「なぜですか。なぜうちだけに、次々とこんな……」

孝郎が子どものように唇をとがらせる。

「信じられないのは、当然です」

大野は相手を落ち着かせる声音で言った。

「長い時間をかけて害虫は巣を作っていたんです。彼らの向かいに腰掛け、ここにいたるまで、幾つかサインはあったはずですよ。ご家族それぞれが忙しく、つい見過ごされてきたのでしょう。これは、亜衣さんのことでも言えるように思いますよ」

そのとき、まるで返事をするかのように、二階から何か重いものが倒れたらしい音が聞こえてきた。芳沢夫妻はソファから立ち上がり、大野たちも緊張して待った。だが、それきり何も起きなかった。

「いまのは、亜衣さん?」

葉子の問いに、希久子も孝郎も答えない。どちらも二階へ上がるのをためらっている。亜衣と対峙《たいじ》するエネルギーが失われているようだった。

「わたしたちが上がって、見てきましょう」

「え、でも……ねえ?」

希久子は困惑した表情で夫を見た。

「そう……わが家のことに、そこまでしていただくのは」

孝郎も迷っている口調で言う。

「他人が入ったほうがいい場合もありますよ」

大野はうなずいてみせた。

葉子も、二人にほほえみかけて、

「何か事故があっても、困るから」

一度訪問したことのある葉子が先に階段をのぼり、大野がつづいた。ドアには掛け金が下ろされているという話を聞き、念のために工具も入っているバッグを持った。

亜衣の部屋は、初めて見る大野にもすぐわかった。木製のドアの中央が、かすかに膨らんでいる。何かが部屋の内側からぶつかり、裂けて、出っ張って見えるらしい。

二人が近づくと、室内から物音がした。

「誰だっ」

かすれた声がした。

「亜衣ちゃん」

葉子はドアに唇がつかんばかりに近づいた。「こないだ伺ったおばさんよ。今日はいい天気だから、庭でお茶でもどうかと思って訪ねてきたの。すごい音がしたけど、怪我《けが》はない？ 今日はね、あなたのお父さんのお友だちも一緒に来てるの」

「やあ、こんにちは」

大野は柔らかい声で呼びかけた。「何か倒れたようだけど、本当に怪我はしていないかな」

「……誰だよ」

「お父さんの、仕事関係での知り合いだよ」

「嘘《うそ》つけ」

ドアに何かがぶつけられた。「どっかへ閉じこめようってんだろ。ぶっ殺すぞ」

葉子はどきりとした。声に覚えがある。

「……亜衣ちゃん、いまなんて言ったの」

「ぶっ殺してやるよ。てめえらも、うちのばかな連中も、みんなやってやる」

葉子は、大野の腕をつかみ、〈電話のあの子〉と、口の動きで告げた。

大野は、ポケットからハンカチを出し、指紋に気をつけてドアを引いた。ほんの少しだけ開き、掛け金で止まった。隙間《すきま》から、なんとか室内をのぞく。暗くてよくわからないが、見える範囲では、本棚や椅子《いす》がひっくり返されているようだった。絵の具の匂《にお》いがする。バッグから懐中電灯を出し、室内を照らした。部屋の中央にベッドが引き出され、トレーナーにジーンズ姿の少女が、その上であぐらをかいていた。

彼女の顔を見て驚いた。絵の具を顔面に塗ったらしい。装飾的な仮面をつけたような顔が、細い首の上に乗っている。

「何やってんだよっ」

亜衣がベッドから降りてくる。大野は下がらずに待った。彼女がドアにぶつかってくる。大野は、逆に押し返して、

「きみは求めつづけてきた。でも理解されずに苦しんでいる。そうだね」

ペインティングされた顔に向かって言った。

亜衣の目が、不思議そうに、また戸惑った様子で、細められる。

「認められたいんだよね、存在を。きみのすべてを、受け入れてほしいんだよね」

「そう、つまり、あなたは真実の愛を求めているのよ」

葉子が言い添える。

「くだらねえこと言ってんじゃねえよ」

亜衣がドアに体当たりする。

大野は、いったん下がったものの、また押し戻し、

「きみの願いは、簡単には叶《かな》えられない。でも不可能じゃない。手伝ってあげよう」

「あなたの苦しみを、両親に共有してもらうの。愛によって昇華させるのよ」

葉子もドアの隙間に向かってささやいた。

ドアが蹴《け》られた。何度も蹴られ、ドアの裂け目がさらに飛び出しそうになる。

大野たちは、今日はここで帰ったほうがよいと判断し、ドアの前を離れた。

「電話の子よ」

葉子は、大野に説明した。「麻生《あそう》さんたちは自分が殺した、今度は自分の家族だって、電話してきた子。言い方も、声も同じだった。間違いないと思う」

階段下では、芳沢夫妻が待っていた。

「どうでした」

と、希久子がふるえる声で訊《き》く。

「怪我はしてないみたいだけど」

葉子は慎重な答え方にとどめた。

「……よくなってゆくんでしょうか」

孝郎が大野のほうへ訊く。二人にいったんリビングまで戻るよう勧めてから、

「亜衣さんは、自分を追いつめているようですね。心に受けた傷を、自分でさらに育ててしまって、耐えられる限界を超えてしまったのかもしれない」

大野は答えた。

「それは治るものなんですよね、よくなるんですよね？」

希久子がともかく答えを求めようとする。

「心の傷は、治すものではなく、抱えて生きるものです。しかし、それを可能にするには、ひとりでは無理です。身近な人の献身的な愛が必要なんですよ」

「具体的には、どういうことなんでしょう……」

孝郎もまた答えを求めて、すがるように大野たちを見る。

葉子は、芳沢夫妻を交互に見つめた。

「人を愛することは、実はとても難しいんです。亜衣さんは、普通のお子さんより、きっと感受性が豊かなんでしょう。ささいなことにも傷つき、自分を追い込むのじゃないかしら。そういうお子さんは、経験上申し上げますけど、もう通常の愛など信じられなくなっている場合がほとんどです」

「我々には、まったく何のことか……」

「教えてください。どうしたらいいんでしょう」

「他人が教えて、そのとおり行動すること自体、もう愛ではないの」

葉子は強い口調で告げた。「失礼ですけど、これまでお二人とも、人から言われたことに素直に従う形で生きてこられたのじゃない？　でも亜衣さんは、お二人が苦しみ悩んだ末の愛情や、幸せのかたちを、見せてほしいと願ってるんだと思います」

「わたしは、誰にも影響されてない、自分のやり方で生きてきました」

孝郎が言う。「家内はともかく、あの子を深く愛してきましたよ」

「わたしだって。わたしだってです」

希久子が言いつのる。

「よしましょう」

大野は止めた。「お二人を責めてるわけじゃないんです。誰もが皆、そうした形でしか生きられない状態に追い込まれてきたんですよ。自分で考え、自分で生き方を見つけ、自分なりの愛し方を選択する、それが難しい世界になってしまっている。でも、いま無理をしてでも変わらないと、お宅は本当に崩れかねません。害虫はこちらで駆除します。でも家族の問題は、ご自分たちで向き合うしかないんです」

葉子は、希久子の隣に座り、ふるえている肩を抱いた。

「勇気を持つの。子どもを救うには、一緒に滅ぶくらいの覚悟も必要ですよ」

「一緒に滅ぶ……？」

「昔から話があるでしょ。子どものために命を投げ出すことをいとわない親と、それに心を打たれ、更生する子どもの物語が……。親が命を捨ててでも、子どもに愛を伝えて家族をつなげてきたのが、日本の、そして人間の歴史なのよ」

なお三十分ほど、年下の夫婦に話を聞かせてから、大野たちは芳沢家をあとにした。

「どうなるかしら、この家族」

葉子は、門を出たところで、彼らの家を振り返った。

「子どもを含めた家族全員が、自分しか見ていない。自己実現などという言葉に惑わされてきた世代だからだろう。誰かの犠牲になることで、おのれをよく生かすという精神に乏しい。相手が家族でさえ、わが身を先に考える癖がついてしまっている。実に危うい状態だ」

大野も、彼女と並んで、亜衣がいるはずの二階の部屋を見上げた。

そのあと、二人は芳沢家の周囲を歩き、人目につかず車をとめられる場所を探した。

【十月十六日（木）】


椎村英作《えいさく》は、杉並署三階の小会議室で、刑事課長と地域課長に、これまでの捜査結果を報告した。

彼はずっと、日常の業務のほかは、民家やマンションの前にペットなどの小動物の死体が置いてゆかれる事件を、専従者として追ってきた。ペット・ショップでフェレットを買った男の似顔絵を作成し、被害にあった家庭を訪ねて回った。初期の事件の、被害家族の交遊関係も洗い直した。どちらも空振りだった。

犯人はかつてマイホームを所有し、何かの理由で失ったことが、動機に結びついていると読み、不動産業者を当たった。初期の事件周辺で営業する店を中心に、三年前までと時間も限定して、借金やローンの未払いなどでマイホームを手放さざるを得なかった者を探した。

結果、十二名がリストアップされた。だが、それぞれの現住所を突き止めることも容易ではなく、ともかく判明した範囲で、都内在住者に限ると、五人にしぼられた。

むろんこれも空振りに終わる可能性が高い。

刑事課長の笹木が、とりあえず五人の説明を求めたため、椎村は資料を読み上げた。

賃貸アパートで母親と暮らしている男は、四十二歳、三十代半《なか》ばで念願の一軒家を手に入れたものの、ローン返済のために無理な残業をつづけてからだを壊し、会社を辞めた。三年前に家は売ったが、高値がつかず、いまも失った家のローンを払いつづけている。妻とは二年前に離婚となり、娘も相手方が引き取ったという。

狭い借家に家族六人で暮らしている男は、五十一歳。かつて板金工場を経営し、業績は悪くなかったが、銀行が融資を中止し、長年暮らしていた家を取られた。銀行はもちろん、社会に対しても、いまなお激しい怒りを訴えている。

そして次は、と椎村がつづけようとしたとき、地域課長が面倒くさそうに止めた。

「五人に直当《じか》たりはしたの」

簡単におこなった。犯行につながりそうなものは何もつかめなかった。

「五人をさらにしぼれんのか」

笹木が頭をかきながら言う。

椎村は、デジタルカメラで五人を遠目から撮り、プリントアウトしたものを、二人に差し出した。同じものをペット・ショップの店員と被害者数人に見せたが、この人物という答えは出ていない。

「以上が、現在までの捜査状況です」

椎村は報告を終えた。

地域課長が、吐息をついて、テーブルの上で資料をそろえ、

「さて、ここからどうするか、ウマさんの意見はどう。きみの上についてんだろ」

椎村は答えに迷った。最近の馬見原は漫然と書類仕事ばかりをし、椎村の捜査に対してもまったく指示を出さない。彼のそうした態度を、笹木も許している感があり、椎村は一人で動かざるを得なかった。

「だいたい、なんでウマさんは同席しないの」

地域課長が不審そうに笹木を見る。

「少し別の頼み事があってね。ここしばらくは椎村に任せてたんだ」

笹木が答えた。

「へえ。一人じゃきついだろ。うちで引き継いだほうがいいなら言ってくれ」

「いえ。このままやらせてください」

椎村は、笹木が答えるより先に地域課長へ言い、あらためて笹木を見た。

「ほう、いっぱしのことが口にできるようになったんだ」

地域課長が笑った。「実際うちも人手が割けなくてさ。この資料を警邏《けいら》に渡して、巡回の際に気をつけるように言っておく。で、いいかな？」

「ああ、十分だ。よろしく頼むよ」

笹木がうなずいた。地域課長が部屋を出てゆき、笹木と二人になったところで、

「中途半端《はんぱ》な報告で、すみませんでした」

椎村は頭を下げた。

「いや。一人でここまでよくやった。署長のほうへは報告しておく」

「あの、課長……ひとつ聞いていいですか。馬見原警部補のことなんですが」

休暇明けで戻った翌日から、馬見原の態度は急変した。表情は暗く、署へも惰性《だせい》で出てきているようにしか見えない。四国まで行った件についても、椎村が聞いても何も答えず、大野たちをあのあと訪問した様子もなかった。

「課長、何かご存じなんでしょう」

馬見原に対する甘い処遇から、笹木が何らかの事情を知っているのは明らかだった。

「まあ、そうだな……おまえも、知っておいたほうがいいか」

笹木は、馬見原の妻の入院について語った。今年五月、彼女が精神科の病院を退院したことは、椎村も知っている。そのため、同時期に発生した麻生家の事件を捜査す

る際、馬見原が一日一度は帰宅できるよう、椎村たちがカバーした。

精神病について、椎村はほとんど知識がない。馬見原の妻のことを聞くまでは、知らないうちに偏見を抱いていたと思う。練馬の民家に猫の死骸《しがい》が置かれていったとき、犯人らしき人物を見たとして、彼女と初めて会った。その後、椎村の父を病院に見舞ってもくれた。上品で、落ち着いていて、とても精神科の病院を退院して間もない人には見えない……と、そう思った自分の心に偏見があったと、のちに気づいた。

「少し調子を崩した程度ではあるらしい」

笹木が言った。「休暇明けでバリバリやってもらいたかったが、ともかくそういう事情で、便宜をはかってほしいという話だ」

納得はいったものの、自分に事情を明かさなかった馬見原が、水くさく感じられた。あるいは信用されていないだけなのか。

「あの、お見舞いへいっては、だめでしょうか。奥さんが、以前うちの父を見舞ってくださってるんです」

「ウマさんに直接聞いてみたらどうだ」

「警部補、今日はどこへ」

「午前中、奥さんの担当医から話を聞く予定が入ったらしい。午後には出てくる」

「じゃあ、いま病院ですね。行ってみます。本当はこの写真も、奥さんに見ていただきたくて撮ったんですよ。病院を教えてください」

笹木は、病院の名前を口にして、

「ただし、奥さんと会うかどうかは、ウマさんに相談してからにしろよ」

椎村はその足で病院へ向かった。入れ違いになるのを危ぶんだが、病院の受付で訊《たず》ねていたとき、ちょうど奥から歩いてくる馬見原の姿を認めた。歩み寄って、挨拶《あいさつ》をすると、

「こんなところで、何をやってる」

馬見原は、呆気《あっけ》に取られた様子で、眉間《みけん》の皺《しわ》を深くした。口もうっすら開けている。

「奥様をお見舞いできたらと、伺いました。父のときに来ていただきましたから」

「……気持ちだけ、いただいとこう」

「お話があるんですが」

「署で聞く」

馬見原が先に立って病院の外へ出る。

「待ってください、警部補」

花壇の前で追いつき、「奥様に写真を見ていただきたいんです。ペット殺しの容疑

者としてリストアップした五人です。奥様は、練馬の事件では目撃者です。お願いできませんか」

馬見原が不機嫌そうに吐息をついた。

「そんな写真、本当に意味なんかあるのか」

「ひどくお悪いんですか。失礼ですが、人の顔の判断がつかないというような？」

「いま話してきたんだ。なんだと思ってる」

「すみません。だったら、ぜひお願いします」

椎村はあえて無遠慮を通した。「ご迷惑は承知です。でも大事なことです」

「こんな場所まで、なんだ。つまらん仕事のために人の暮らしを乱すな」

椎村は正面から相手を見た。

「警部補は、この事件を甘く見るなと言いましたよ。ペットを殺すうちにエスカレートして、人を殺したくなった者もいる。事件の大小を安易に決めるな、と」

馬見原が苛立《いらだ》ったように眉《まゆ》をひそめる。椎村は、構わずつづけて、

「警部補はこうも言いました。病気で気弱になった親父《おやじ》に何を言われたか知らんが、小さな仕事をこつこつやるなどと、なめたことを言うなと。ご自分はどうなんです」

「おれが、なんだと？」

「こっちに仕事を押しつけて、机に伏せてるだけじゃないですか。大野さんの件でも、失礼な疑いをあの人にかけ、四国まで行っておいて、知らんふりでおしまいですか」

「おまえには関係ないことだ」

「そうはいきませんよ。大野さんは家を救ってくれた恩人なのに、その彼を調べたのは自分です。彼をもう疑ってないんですか。警部補の見当違いだったんですね」

「……違えてやしない」

馬見原が、つぶやくように言って、歩きだす気配を見せた。

椎村は、彼の前に回り込み、

「疑いが残ってるなら、とことん調べればいいじゃないですか。でなきゃ、自分を手伝ってください。奥様の入院はお気の毒です。大変だと思いますよ。でも」

「おまえに何がわかる」

「こっちだって、親父の問題を抱えてます」

相手の生煮えのような態度がじれったくもあり、「警部補、しっかりしてください。らしくないですよ」

馬見原が鼻で笑った。

「おれに説教か。偉くなったもんだな」

「部屋でぐずぐずしている警部補なんて見たくないです。大野さんのことも始末をつけてください。疑ったなら、最後まで責任を持って調べるのが筋でしょ」

「尻《ケツ》の青い奴《やつ》に言われることじゃない」

椎村は、彼の前からからだを引いた。

「わかりました。どうぞお帰りください。自分はいまから、奥様が会ってくださるかどうか、病院側に訊《き》いてもらいます」

「勝手なことをするな。とっとと帰れ」

「この捜査は任されてるわけですから、自分の方針を貫きます」

馬見原が険しい目で睨《にら》みつけてくる。動じないそぶりを通した。

「……写真を貸せ。おまえの薄っぺらな勘で撮ったやつだ」

椎村が鞄《かばん》から写真を出すと、

「ロビーで待ってろ」

馬見原は、写真を持って、病院内へ戻っていった。

待合ロビーには、外来患者や見舞客だろう、二十人くらいの人が、静かに椅子《いす》に腰を下ろしていた。椎村は、内心の興奮を抑えて、隅の椅子に掛けた。心臓がまだ早く打っている。馬見原に毅然とした態度を通せたことに、彼自身ひどく驚いていた。

人は必ず死ぬのだから、尊敬できる相手でも、過剰な遠慮や恐れは意味がないと、死と向き合っている父の姿から教わった気がする。

二十分ほどして、馬見原が戻ってきた。

「見覚えはないそうだ」

写真が突き返され、椎村はため息を洩《も》らした。

「もういいな」

馬見原が言う。

「え。何がですか」

「おまえの使い走りは終わりかと言ってる」

「そんな、使い走りだなんて……」

父親とほぼ同世代の馬見原に言われると、本当の親を走らせたかのような後ろめたさを感じる。

「光毅さーん」

明るい声がロビーに響いた。

入院棟へつづく廊下の奥から、馬見原の妻、佐和子が小走りに現れた。ジーンズに白のトレーナーを着て、園芸用らしいエプロンをつけている。佐和子は、椎村の姿を認めて、あらと口を開き、親しみのある笑みを浮かべた。

「同僚の方って、椎村さんだったの。なかまで来てくだされればよかったのに」

佐和子が椎村の腕を取る。彼女に引っ張られるかたちで、ロビーの椅子に並んで腰を下ろした。彼女は顔色もよく、少しふっくらとしたように見える。

「お父さまは、いかが」

「ありがとうございます。落ち着いてます。このところなんだか元気になったようにさえ見えるんです」

父は、抗がん剤をやめたことで、からだも楽そうだった。精神的な免疫力の再生療法が効果を上げはじめているのか、ボランティア活動にまで意欲をみせている。

「病気で長く入院している子どもたちへ、何かできないかなぁなんて話してます」

「前向きで、素晴らしいお父様ね」

「いえ。具体的にまだ何かを始めたというわけではないんです」

「それはだんだんでいいのじゃない。まず他人《ひと》のことを想《おも》えるってことが素敵よ」

「おい。急にどうした」

馬見原が声をかけた。彼が立っているのを見て、椎村も慌《あわ》てて立った。だが、佐和子は腰掛けたままで、

「ああ、ごめんなさい。写真を見せていただいて、あることを思い出したの」

「見覚えはないと言っただろ」

「ええ。猫を可愛《かわい》がってた人は、写真のなかにはいないと思う。だから光毅さんに、ほかに写真はないのって、訊いたでしょう」

佐和子は、椎村にほほえみかけ、「今度から名前で呼ぶことにしたの。お父さんって呼んでたけど、娘はもう独立したんだし」

「そんなことはどうでもいい」

馬見原がさえぎった。

佐和子は、いたずらっぽく肩をすくめ、

「そうしたら、光毅さん、言ったでしょ。ほかに写真は、間違って撮られたやつだけだ、年寄りが写ってるくらいだって。思い出したの、公園へウォーキングにゆく途中、わたし、おばあさんと会ってるのよ。事件のあった家のほうから、大通りに向かって歩いてきたの。時間は、お年寄りの散歩には遅いし、近所では見慣れない人だった」

「写真を見れば思い出しますか」

はやる気持ちを抑えて、椎村は訊いた。

「暗かったし。ごめんなさい」――

佐和子が首を横に振る。

「いえ……いいです」

「それと、光毅さん、先生の前でも言いましたけど、わたしはわたしなりに、病気とつき合って、身が立つような生き方を手さぐりで探していきます。だから、こちらが気になって、やる気が出ないみたいなことは言わないで。心配されるほうが負担だし、自分の仕事に専念してください。家の消毒のことも、この際ちゃんとして、例の方とお話するほうがいいと思います」

「ああ……わかった」

馬見原が話を切り上げるように言った。

家の消毒とは、もしかして大野のことだろうかと頭をよぎったが、椎村にはそれを追求して考える余裕がなかった。おばあさんを見たという佐和子の話と、馬見原の「使い走り」という言葉が結びつき、記憶が強く揺さぶられていた。

その日の深夜、椎村は追っていた事件をついに解決し、一応の供述も取り終え、寮への帰路についた。

やりきれない想いに胸が苦しく、道を変えて、父親が入院する病院へ寄った。

ホスピス病棟は、病院の敷地の外れに建っている。家族は原則二十四時間、面会が許されていた。

椎村は、二重になっている玄関でスリッパにはき替え、玄関脇《わき》の洗面所で手を洗った。備付けの紙コップと薬剤でうがいもした。ナース・ステーションで、父親の状態が安定していることを聞き、個室のドアをノックする。

小さく返事があり、なかへ入った。六畳の洋間に、ベッドのほか、椅子とテーブルのセットなどが置かれている。

「どうした、こんな時間」

父はベッドのなかでテレビを見ていた。一時期ひどくやせたが、最近はずっと体重も、顔色も変わらない。

「お母さんは、今日はもう家?」

「ああ、ずいぶん前に帰ったよ」

椎村は、ベッドの向かい側に置かれた椅子に腰掛けた。テーブルの上の新聞を、ぼんやり眺めながら、

「何を観《み》てんの」と訊く。

「うん? お色気番組さ」

父が照れもせずに言った。

「なんだったら、今度アダルトビデオ借りてこようか」

「いや。いい」

「ああいうの、観たことあるの？」

「そりゃ、あるさ」

椎村は、意外に感じて、顔を上げた。

「……でも、若い頃はまだなかったよね」

「若い頃は、ポルノ映画だったな」

「じゃあAV、どこで観たの。家じゃ、さすがに観られなかったでしょ」

「押収品《おうしゆうひん》を、署の仲間と観た」

「悪い警官だなぁ」

椎村は苦笑した。「じゃあ、無修正のすごいやつだったんじゃないの」

「ああ。すごかったし……むごかった」

父は淡々とした口調で言った。「どう言っても、やっぱり人様の娘さんだからな。幼稚園でお遊戯してた頃もあったんだと思うと……。昔も、かたぎの娘さんをヤクザが犯す実写が出回って、ひどいことだった。いまは、自分からああしたビデオに出るんだろ。軽いものもあるらしいが、たまたま観たのは、重過ぎた。こっちも聖人君子じゃないが、つらい瞳《め》をした子をいたぶるようなものを、楽しむ気にはなれない」

「そう……」

「水着までで、いい」

「……うん」

「元気だったら、できなかった話だな」

椎村はしぜんと顔を伏せた。

「どうした」

「事件を……解決したよ。例の、動物を殺して、家の前に置いてくやつ」

「そりゃあ、ご苦労さんだったな」

父の声が明るくなった。「しかし、それで、どうして落ち込んでる」

「動機が、いやなものだったから」

父がテレビを消した。かすかに聞こえていた音声も絶える。

「お父さん」

相手を見ずに言った。「おれはラッキーだったね。つくづく思うよ。犬も飼えなかった、こづかいは少なかった、家は狭かったし、親は忙しくて旅行にも連れてってもらえなかった。兄貴には痛い目にあわされたし、台所の床に正座させられたこともあった。それでも……いろんなことを見て、いろいろ経験して、思うよ。おれはラッキーだった。本当にこの家で、ラッキーだったよ」

返事はすぐにはなかった。やがて、そっと咳払《せきばら》いする音が聞こえた。

「こっちこそ恵まれた」

おだやかな声が、まっすぐ椎村の耳に届いた。

【十月二十一日（火）】

秋の深まりにつれ高く感じられる空の青さに、夏の終わりの南の海を思い出した。もう十三、四年前になる。家族で九州を旅行し、桜島に渡った。子どもたちの夏休みが明ける寸前で、その頃にしか馬見原は休みが取れなかった。

真弓が小学校に上がったばかり、息子の勲男は四年生だったろうか。大きな事件が片づいたあとで、上司から休暇を取らされ、思いつきで口にしたことだった。

家族旅行は、さらにその四年ほど前、北海道へ旅行して以来だった。麻生家の事件のおり、あの家族も同じ北の岬から海を望んだことがあったと知って、驚いた。

結局、家族そろっての大きな旅行は、その北と南の二回だった。

勲男とは、もうどこへ行くこともかなわない。真弓とも、きっと無理だろう。佐和子とさえ、わからない。

車のエンジン音が聞こえ、馬見原は自宅の玄関先から細い通りへ顔を出した。見覚えのあるミニバンが、両側の民家の塀に気をつけながら走ってくる。相手もこちらに気づいたらしく、スピードを落とした。

馬見原の誘導で、家の前で車が止まり、運転席の窓から大野甲太郎が顔を出した。

「やあ、どうも、こんにちは」

大野がほほえむ。

「本日はわざわざありがとうございました」

馬見原は挨拶《あいさつ》を返した。

「車、ここでよろしいんですか。ご近所の方に迷惑ではありませんか」

「隣には言ってありますし、昼間はここまで入ってくる車はないですから」

馬見原は、ワイシャツにカーディガンをはおり、ズボンにサンダルばきという恰好《かっこう》だった。一方、大野は薄茶色の作業着を身につけ、地下足袋ではなく、白い運動靴をはいている。

「いい香りですね。キンモクセイですか」

大野が、深く息をして、あたりを見回す。

言われるまで、馬見原は気づかなかった。深く息を吸うと、確かに甘《あま》い香りを感じる。こんなに香っていたのにわからなかったのは、やはり緊張のせいだろうか。

佐和子の入院後、彼女や椎村にも言われたとおり、彼は仕事への意欲を失っていた。

佐和子を入院に追い込んだのは自分だと思い、綾女のところにいた罪悪感も重なって、自責の念に身を縛られた。大野たちのことについても、実際どんな罪を犯したかもわからないのに、捜査をつづけることの意味を疑うと、からだが動かなくなった。

だが佐和子に、やる気を失った姿は、かえって彼女を責める行為に映ると言われた。椎村からは、大野の問題を解決する責任があると、説教まがいのことまで口にされた。息子と言ってもおかしくない年頃の若造に、やる気のない姿は見たくないと意見され、腹は立ったが、気持ちが前に動いたのも確かだ。

大野と会うことにした。事態がどう進展するにせよ、彼と直接話すことが必要に思えた。電話を掛ける口実はあった。

「なかなか立派なお宅ですね」

大野が馬見原家を眺めて、「これだと、二十五年くらいですか」

「その通りです。さすがですね」

「慣れですよ。このあたりは、住宅地としては古いのでしょう?」

「本当かどうか、曾祖父《ひいじい》さんが百二十年前に薩摩《さつま》から出て、手に入れたと聞いてます。西郷さんが亡《な》くなった直後だそうですよ」

「ということは、日本があれですね、いわゆる国家として出発した時期と合うわけだ」

「まあ、そのあと何度も建て替えられましたがね。震災でつぶれ、大戦で焼け、朝鮮戦争の特需で父親が建てたあと、わたしがまた」

「あなたが建てられた頃は、ベトナム戦争が終わって数年でしょう。よく覚えてますが、経済的な豊かさも定着して、革新より保守というか……贅沢《ぜいたく》というものを享受《きょうじゅ》したい気持ちが、一般にも強まっていた頃でした。いい悪いは別として、あの頃の価値観が、いまも変わらず拡大しつづけてるように思いますね」

「ですかね……わたしにはよくわかりませんが」

「大きな戦争でもあれば、また変わるのかもしれませんけど。馬見原家も、どうやらそのつど建て替えられてるようですし」

「ハハ、ではまさに、いまその時期が来てるのかもしれない。いや、まあ冗談はともかく、どうぞなかへ」

馬見原が家のほうへ招くと、

「先に家の周囲を見せていただきます」

大野は玄関前から脇へとそれた。柱や壁を目で点検しはじめ、

「なぜ平屋を選ばれたんですか」

「家内の希望もありまして」

馬見原は答えた。「どんな家がいいか訊《たず》ねたとき、ふだん自分の意見など口にしないほうなのに、上と下で家族が分かれるのは好きではないと言いました。以前の家も平屋でしたから、じゃあそのままでいこうかと」

「なるほど」

大野が点検をつづけた。

「椎村の家も、消毒なさったとか」

「ええ。定期的に検査する必要はありますが、もうあのお宅は大丈夫だと思います」

「それは喜んだでしょう。椎村ですが、先日、或《あ》る事件の犯人を、単独捜査で逮捕したんですよ。お聞きおよびですか？」

「いや。どんな事件です」

「犬や猫の死体を、民家の前に置いてゆく事件《もの》です。うちの区周辺で続いてました」

「ああ、解決したというニュースをテレビでちらっと見ました。あれが椎村君の仕事ですか。そりゃあ、お手柄でしたね」

「ところが奴《やつ》は落ち込んでましてね」

「ほう。どうして」

大野が庭のほうへ回ってゆく。

馬見原は、あとをついてゆきながら、守秘義務にさわらない程度に説明した。

椎村は、犯人逮捕の数時間前、馬見原が口にした「使い走りにする」という言葉と、佐和子が現場近くで老婦人を見たという話を聞いて、頭のなかで二つを重ねるうち、何やら感じるものがあったらしい。リストアップした容疑者のなかで、年配の親を持つ者にしぼって、その親のほうへ会いにいった。三軒目の訪問で、椎村の前に現れた母親が、以前、事件現場前で撮った写真の老婆《ろうば》と同一人物だった。彼は、笹木の許可を得て、母親とその息子に任意同行を求めた。両者は犯行を自供した。

犯人は、四十二歳になる息子だった。三十代で念願の一軒家を手に入れたが、過労で倒れて会社をやめ、家を三年前に手放していた。だが家には高値がつかず、配送のアルバイトをしながら、失った家のローンを払いつづけている。そのことが原因で離婚にもなり、子どもは相手方に引き取られていた。

彼は、こうしたことから〈マイホーム〉というものへの恨み妬《ねた》みをつのらせ、新しい民家や高級マンションの前に、動物の死骸《しがい》と、自分勝手な考えを書きつけた文書を残すという、いやがらせ行為を始めた。みずから動物を購入するか、捕まえるかして殺害し、文章をパソコンで打つ。ただし、実際にそれを民家やマンションの前に置いてゆく行為は、七十三歳の母親にやらせていた。

母親を使ったのは、自分のアリバイのためと、年寄りが民家の前をうろついていても怪しまれないという理由からだろう……椎村や馬見原たちはそう考えた。だが、くわしい供述をとるに従い、真の動機は、家を所有する人々への妬み以上に、男自身は無自覚だったが、母親への復讐心《ふくしゅうしん》が大きいとわかってきた。

男は、幼い頃から母親に、自分の家を持て、一国一城の主《あるじ》になってこそ一人前だと言われつづけていた。成人後も、早く家を買え、借金を背負うのを怖がるなとせっつかれ、結果、ついに家を買えはしたものの、ローン返済のためにからだを壊し、女房子どもに逃げられて、失った家の借金をいまも払っている。下劣な行為を母親に手伝わせることで、こんな情けない状況に追い込んだのは誰だと、無意識に訴えかけていたようだ。だからだろう、手伝うのを拒むと、男は母親を殴ることもしていた。

「……やりきれんですな」

大野が言った。庭へ出たところだった。

三坪ほどの狭い庭で、佐和子が花を植えて世話をしていたが、いまは馬見原が手をつけていないこともあって、草が伸び、枯れた花や葉がそこら中に散っている。

「さらに、やりきれないことがあります」

馬見原は、庭に落ちた葉を足で集め、「母親も、子どものそうした心根を薄々感じてたんでしょう……犯罪を止められなかったどころか、逆に、子どもの復讐がそれ以上自分に及ばないよう、次はどの家に動物の死骸を置くか、彼女から目標となる家を探して、息子に報告するようになっていたんです」

最近の二件の事件は、母親が見つけてきた家が、被害者となっていた。

「それは、椎村君が落ち込むのも理解できますね。彼はとても親想《おも》いですから」

大野が、地面に膝《ひざ》をついて、床下の通風孔の奥を懐中電灯で照らす。

馬見原も、彼と並んで通風孔をのぞき、

「しかし……椎村はまだ若い。近視眼的と言うか、いましか見ていません」

「どういうことです」

「息子は昨日起訴され、収監されました。母親は高齢ですから、在宅起訴になります。たぶん執行猶予《ゆうよ》がつくでしょう。しかし、残った家のローンはどうなるか。保証人は、区の嘱託で自転車整理をしている母親の弟です。母親自身の暮らしもあります。息子は、母親との刑のバランスで、二年程度の懲役も充分考えられるでしょう」

「外へ出たあとの生活を含め、今後の親子関係もつらく感じられますね」

隣家とのあいだの狭い通路を、大野が玄関のほうへ戻ってゆく。

馬見原は、話の重心を大野のことへ移すつもりで、

「我々の仕事は、現在起きた事件に焦点を向けがちですが、事件後というのが実は大事だと思うんです。事件の経験を背負ってどう生きるかは、重い課題でしょう」

大野たちにとって、わが子を死なせるに至った事情は重大だろう。だが、子どもの死後、取り調べがあり、葬儀があり、裁判もあって、さらにはマスコミ取材や風評への対応など、別の大変さがあったのではないかと察せられる。

大野は、しかし聞こえないふりをしているのか、黙って台所の外側を点検していた。それを終えるとこちらを振り返り、

「では、お宅のなかを拝見できますか」

馬見原は、彼の脇を通って先に玄関へ戻り、引き戸を開けた。居間へ入る手前の廊下に足をのせ、床板がギイと軋《きし》むのを大野に聞かせる。居間の隅にも足をのせて、

「このような感じです」

と、わずかに沈む具合を見せた。

「畳を上げてもよろしいですか」

大野は、腰にさげた道具袋から千枚通しを出し、畳に刺して、周囲から浮かせた。あとは一気に持ち上げる。畳と床板のあいだに敷いてあった新聞紙はぼろぼろになっ

て形を失い、下の床板はほとんど腐っていた。さすがに驚いたが、表にはあらわさず、床板の奥をのぞき込み、

「白蟻《しろあり》ですか」

馬見原は訊《き》いた。

大野が、畳をいったん壁に立てかけて、

「もう少し調べてみないと何とも言えません。ほかに気になるところはありますか」

隣の寝室へ案内した。部屋の正面に仏壇を置き、息子の写真を飾ってある。大野は入ってすぐに目を止めたようだった。

馬見原は、彼を振り返り、

「息子です。十六になる直前でした。あなたのお子さんと、同じ年に生まれた子です」

大野が眉《まゆ》をひそめた。

「どういった理由で、亡くなられたのですか。おさしつかえなければ」

「交通事故です」

「……お線香を、上げさせていただいても」

「ありがとうございます。お願いします」

馬見原は、ろうそくに火を灯《とも》し、座を譲るかたちで後方に下がった。

大野が会釈《えしやく》をして前に進む。線香に火を移して灰壺《はいつぼ》に立て、手を合わせる。動きにむだがなく、日々そうしたおこないに慣れた人のしぐさに見えた。

「娘によると、つまり、この子の妹によると……父親のわたしが殺したも、同じだそうです」

大野の背中に言う。彼の姿勢に変化はない。話をつづけて、

「わたしの育て方に、息子は息苦しさを感じていたと、娘は言いました。確かに厳しかったでしょうが、子どもを正しい道へ導くつもりでしたから、わがままを抑えられた子どもが、多少の窮屈を感ずるのは当たり前だと考えてました。この考えが間違っているとは、いまもどうしても思えないんですが。息子は、高校入学の直前、友人と解放感から酒を飲み、他人のスクーターを運転してトラックにぶつかりました。センターラインを越えたのは、息子です」

「……なぜ、そのような話を、わたしに?」

大野が仏壇のほうを向いたままで訊く。

「あなたも、お子さんを亡くされている。あなたは……本当に悲しまれましたか」

返事に一拍の間があり、

「子どもの死を悲しまない親がいるとでも？」

大野の声は険しく響いた。

「失礼しました。あなた方はいま、問題を抱えた家族の相談を受けていらっしゃる。なぜ、それができるのか、不思議なんです。わたしは、とてもそんな気にはなれない。どういうお気持ちで相談を受けていらっしゃるのか……つらくはないですか」

「つらいですよ、もちろん。しかし、問題を抱えたほかのご家族も苦しんでらっしゃる。他人事《ひとごと》だと放っておけますか？　わたしもかつて苦しみました。つらかった。あのような想いを、なるべくほかの人に経験してほしくないのです」

「あるいは……お子さんへの、つぐないの気持ちもあるのかと思いましたが」

「人は、本当に誰かに対して、つぐなうということなど、できるのですかね。自己満足でなく」

大野が立ち上がった。こちらを見ないように振り返り、

「さて、この部屋に問題はないのですか」

「ええ。ここは大丈夫です」

「お風呂場《ふろば》を拝見させていただきます」

彼が風呂場の床や壁を点検するのを見ながら、馬見原はあえて同じ話をつづけた。

「最近、四国へ夫婦で旅行しました。お遍路さんを接待する場所で、妻は少し働きましてね。何を感じたのか、わたしが子どもを失ったことを、本当には悲しんでいなかったと言いだしました。腹が立ちましたよ。危うく手を挙げそうになったくらいです。しかし……心に突き刺さるものもありました。わたしは、病院へすぐ駆けつけなかった。息子の遺体を前にしても泣くことなく、来てくれた上司に礼を言い、泣いていた妻を叱《しか》って、迷惑をかけたトラックの運転手に一緒に詫《わ》びにいきました。真夜中でしたが、警察で聞いた、配送会社の営業所を訪ねましてね。翌朝早くには、スクーターの持ち主だった中学校の教師へも謝りにいきました。わたしも妻も一睡もしていない状態で……。あのときわたしは、息子の死を前に、何をしていたのか。体面を守っていたのか、あるいは息子の死と、真の責任から、逃れようとしていたのか」

大野が、小型ハンマーで風呂場と脱衣場のあいだの柱を叩《たた》き、反響音を聞いていた。

彼は、馬見原を見ないまま、

「自分を責めてらっしゃるんですか」

馬見原はうなずいた。

「愛《いと》しい者を亡《な》くすと、人は、自分を責め、残った家族を責め、関係者を責め、ついには社会まで責めてしまうものですね」

「仕方のないことでしょう」

大野が言う。「人は、生まれること、育つこと、働くこと、恋愛や結婚、ときに怪《け》我《が》や病気に見舞われ、ついには死んでしまうこと……そのすべての局面で、本人以外の人間や、周囲の環境が、まったく関わっていないことなどあり得ないんです」

「お子さんを亡くされたことで、いまも誰かを責めておいでなのですか」

「……隣にも部屋がありましたね」

大野が、風呂場を出て、隣の子ども部屋へ移った。馬見原も、そのあとを追い、

「大野さんたちが、いま相談を受けてらっしゃるご家族ですが、皆さん、問題を解決してゆかれるのですか」

「解決とはなんです」

大野が、部屋の柱や床を点検しつつ、「わたしは、家族間の愛情が、社会へ拡《ひろ》がってゆくのだと考えてます。だから、人は遠くや上ばかり見ず、足もとを見直すべきだと思います。それを親御《おやご》さんたちに促してるだけですよ」

「親たちに変化を求めている、ということですか」

「本来は社会の問題かもしれません。政治の問題、経済の問題、いまの世界をおおっている価値観の問題。しかし、アジアの小さな島国に暮らす一個人に、欧米を中心と

した世界の動向を、変えようもないでしょう。といって、変わらなければ、苦しむのは子どもです。だから、せめて親御さんに変わってもらえるよう話しているのです」

「しかし、全員が大野さんの話を理解できるとは思えませんね。たとえ理解できたとして、周囲の人間や社会のことなど、現実に何を変えてゆけるんです」

「周りのことより、自分の内面の変化を意識することが大事なんです」

「変われない人は？」

「相手から離れていきますよ。さて、今度は床下を拝見しましょうか」

大野が、玄関に戻って、たたきに膝をついた。上がり框《かまち》の下の縦板を、指の背で叩く。空洞を感じさせる音が響いた。

「昔の家では、ここから床下へ入れる場合がけっこうあるんです」

大野が、板の隅を確認し、小さな隙間《すきま》に千枚通しの先を入れる。板は簡単に外れ、床下の空間が広がった。湿った土の臭《にお》いがする。

「ここから入ってみます」

彼が道具袋から懐中電灯を出した。

「いつも運動靴ですか。地下足袋ははきませんか」

馬見原は訊いた。

「運動靴ですよ、いつも」

「サイズは」

「二十六です。なぜですか」

「麻生家と実森《さねもり》家の床下に残っていたのが、二十六センチの地下足袋の足跡でした」

わざと事実を告げた。

「それはどういうお宅でしたっけ?」

「一家心中のあった家です。前に一度お聞きしましたが、お忘れですか」

「年のせいか、近頃は物忘れが激しくて」

大野は、頭にタオルを巻き、匍匐《ほふく》前進の形で、床下へ入っていった。

馬見原もたたきに膝をついた。トンネルへ入ってゆく戦友か脱獄の共犯者を見送る、映画の登場人物になったような滑稽《こっけい》さを一瞬おぼえた。

「四国へ行ったときのことですがね」

床下へ語りかける。「面白い泥棒の話を聞きました。その男は、害虫駆除の仕事を持ってましてね、家を点検したり駆除したりする際に、部屋の位置や金目の物がある場所を調べ、隙《すき》を見て合い鍵《かぎ》も作り、あとで空き巣に入るんだそうです」

返事はなく、ハンマーで柱を軽く叩く音が返ってくるばかりだった。

「大野さん、さっきの話のつづきですがね。あなた方の話を理解できない家族に対し、もう一切関わりをもたんのですか。なかには自分勝手な家族もいると思うんです。椎村が逮捕した親子も、そうですよ。自分の都合ばかりで、ほかの家族がどうなろうと気にもしない。放っておけないから相談に乗るんだと、あなたはおっしゃいましたが、そうした家族だって、放っておけないんじゃないですか」

しばらくして、穴の奥から何やら声がした。

馬見原は、居間のほうへ進んで、畳を上げた場所に移り、そこから床下へ、

「なんですか」と訊いた。

「わたしも、自分たちのことしか考えられない家族は嫌いです」

少しこもった声が返ってきた。「家庭内で、人を愛することや支えることを学び、その愛や優しさを外の社会へも拡げてゆくのが、本物の家族のあり方です。それができない家族は、いわば機能不全なわけで……社会にとって害になりかねません」

「それは、少々過激なご意見ですね」

返事はなく、土をすって進む音だけが聞こえた。馬見原は、玄関から庭に回り、通風孔から話しかけてみた。

「確かに、他人の都合を考えられない者は、迷惑なものだし、ときに危険です。犯罪

者のほとんどが、他人のことを考えられないために、犯行に及ぶわけですから。大野さんは、そうした機能不全の家族に、何か働きかけたい気持ちがおありですか」

暗い穴、しかもわが家の床下に話しかけていると、妙な感覚にとらわれた。じっと返事を待つあいだ、まるで自己の内面と話しているかのような錯覚さえ抱く。

「あなたには、その心がないですか」

闇《やみ》の奥から静かな声が返ってきた。「未来を生きる子どもにとって危ういものを減らしたい、社会を少しでもよくしたい、そんな心は皆無ですか」

「いや。むろんなくはないですが、具体的に何をすればよいか考えつきませんし……何をしてもむだのようにも思いますしね」

「それは怠慢の言い訳ではないですか」

「かもしれません」

「リスクを負うことを、恐れてもいる」

「あるいは……」

「次世代や社会全体に対する責任の重さを口にしながら、立場に甘え、また自分の暮らしを優先させて、何もしない人、見て見ぬふりをする人は、実際とても多い。そうした態度の蓄積が、これまでも大きな悲劇を生んできたのかもしれないのにです」

「だったら、どうすべきだと、おっしゃるのですか」

「大きなことを言うつもりはありません。まずそれぞれが自覚することです。自覚していない人には、周囲の者が促すべきです。家族のかけがえなさを、他者への愛は家族から生まれるということをです。おのれを犠牲にしてでも人を愛するには、崇高な精神性が必要です。精神は、幼い頃から大事に育《はぐく》まなければ、低いところでとどまったままになる。なのにいまは自己満足としか思えないような愛情で、配偶者や子どもを縛る例が増えています。自分の欲求を抑えて献身する愛を、家族内に育てないかぎり、人は本当には幸せになれないし、世界から悲劇もなくなりません。周囲に苦しんでいる家族がいると知っていながら、自分たちは家族団欒《だんらん》でよかったと安堵《あんど》するのも、誤った幸福感です。傷ついたほかの家族の一員が、その恨みを晴らそうとしたとき、周囲に影響が出る可能性もあるのです。たとえば、罪のない子どもが被害者となるような形でです……。だからこそ、多少おせっかいでも、声をかけ、慰め、ときには叱って、家族を大事にするよう求めていかなければいけません。言葉は強いけれど、監視するくらいでなければだめです。親が子どもを叩いていたら、すぐにやめさせ、話し合うのです。甘やかして将来この子がおかしくなったらどうすると開き直られたときは、自分たちが面倒をみると言い切るくらいの勇気が必要です。そこまでいって初めて、わたしは家族を愛している、と言えるんです。周りの人すべてが家族を大切にするようになってこそ、自分の家族も守れるからです。世界中の家族が本物の愛を自覚し、周囲にもそれを求めてゆけば、戦争や飢餓さえなくなってゆくでしょう。富も資源も土地も、争うことなく、隣の家族と分かち合えるからです。世界は、家族のあり方次第で変わります。また変わらなければいけません」

声はそこで途切れ、いくら待ってもつづきは聞こえてこなかった。

馬見原はもう一度声をかけたが、返事はなく、仕方なく玄関へ戻ってみた。

大野が、いつのまにか外へ出ており、玄関先に立っていた。彼は、頭のタオルを取り、

「根腐れしてる柱が二本あります。土台から少し浮いている柱もありました。早い処置が必要ですね」

と、冷静な口調で言った。

馬見原は、先ほど聞いた床下からの言葉が、いまも耳を離れず、目の前の大野の職人的な恰好《かっこう》と結びつかないため困惑した。

大野は、作業着のほこりを払って、

「雨水が侵入していた場合が考えられます。改築して、傷《いた》んだ木をそっくり入れ替え

るほうが早いかもしれませんね。近所の工務店さんとおつき合いはありますか」

「ここを建てた工務店は廃業しましたが、近くに心当たりはあります」

「庭の水道で顔を洗わせていただいても？」

大野が、いったん庭に回って、庭木用の水道で顔を洗った。馬見原が後ろから見守っていると、彼はタオルで顔や手を拭《ふ》きながら、

「工務店さんと相談の上、今後どうするかご連絡ください。消毒もやはり必要ではありますので。ちなみに今日は検査だけですから、料金は実際に消毒をすることになったとき、見積もりを出させていただきます」

「しかし、わざわざ床下まで入っていただいて無料というのは、心苦しいですよ」

「まあ、そういう仕事ですから」

大野は、薄く笑って、玄関のほうへ戻った。彼は、居間に上がって、畳を元に戻し、上がり框の下の縦板も直した。

「いろいろご面倒をおかけしました。せっかくですから、お茶でも」

馬見原はもう少し彼と話してみたかった。

だが、大野は丁寧に断った。

「次の仕事がありますので」

彼が車に乗り込んだところで、もう一つ訊《たず》ねたかったことを思い出し、

「あなたのもとで働いていた駒田という人物、大変なことをしでかしましたね」

大野が困った顔でうなずいた。

「わたしの監督不行き届きです」

「いや。彼を挑発する形になったわたしにも、責任の一端はあります」

「氷崎さんの回復を祈るだけですね」

「駒田から連絡はありませんか。あなたを頼りにしていたようですから」

「いいえ。あれば、すぐ警察へ連絡するように言われています。では、失礼します。

おや……犬ですね」

大野の声に、馬見原は後ろを振り返った。

隣家の玄関先に、犬が出てきている。タローという名の柴犬《しばいぬ》で、いたずらをされて人間不信に陥っていたはずだが、もう一度人を信用してみる気になったのか……あるいは、そのことで迷っているのか、柵《さく》の向こうから馬見原のことを見上げていた。

【十月二十四日（金）】

ベッドの周囲にカーテンを引き、游子は入院着から落ち着いたグレーのブラウスと同系色のフレアスカートに着替えた。

ふだんはしない恰好《かっこう》だが、手術をした腹部を締めつけないことと、トイレの都合を考えた。上にジャケットをはおれば、今日はさほど寒くないため充分だろう。着脱が楽なサンダル型の靴をはき、折りたたみの杖《つえ》とバッグを持って、カーテンを開ける。

周囲の患者たちが、いかすじゃない、似合うわねぇ、と声をかけてきた。

やめてくださいよと年上の患者たちに答え、游子は病室を出た。院内であれば、もう杖を使わずとも歩くことができる。ナース・ステーションで外出を報告すると、

「本当にあと四、五日で退院なのにねぇ」

と、看護師長から苦笑された。

「六時までには帰ってきますから」

外出許可の条件を約束して、頭を下げた。いま午後一時だから、急がないと約束を

守れない。少し足を早め、病院の駐車場へ回る。彼女の青い軽乗用車が、駐車線からはみ出し、二台分を占領して止まっていた。

「昔から、車庫入れは苦手だったんだよ」

運転席にいた浚介がため息をついた。

「大丈夫？　運転、代わったほうがよくない？」

游子はからかうように言った。

「きみの家から来るまでに、だいたい慣れたよ」

彼が助手席側のドアを開ける。

游子は、手術の箇所に気をつかって、慎重にシートに腰を下ろした。

浚介が、あっと声を発し、

「どうしたの、その恰好」

「ほら。運転手は前を見なさい、前を」

ハンドルを叩《たた》いて、手術あとにさわらないようシートベルトを締める。

浚介が、こちらに気をつかってもいるのだろう、慎重に車を出したところで、

「……ありがとう。急な話なのに」

游子は礼を言った。

彼女の退院は、看護師長が言ったとおり、数日後のはずだったが、どうしてもそれまで待てなかった。一般病棟に移って以降、游子は定期的に駒田玲子が入所している養護施設に連絡をとってきた。昨日、五日ぶりに電話したとき、玲子が小さな怪我《けが》をしたと聞いた。

その三日前に、施設へ駒田から手紙が届いたという。施設側は児童相談センターと話し合い、駒田が強盗傷害事件の容疑者であることから、原本《げんぽん》を警察へ渡し、コピーを玲子に渡すことにした。玲子が暴れたのは、手紙のコピーを読んだ直後だった。本物を見せろと職員室に飛び込んできて、机の引出しを開けるなどしたあげく、勢いあまって窓ガラスを割り、手を切った。傷は絆創膏《ばんそうこう》を貼《は》る程度ですんだが、以来玲子はひと言も口をきいていないらしい。

話を聞いて、游子はいてもたってもいられなくなった。玲子の無事な姿を確かめ、できれば直接話したい。だが、施設は病院から遠かった。タクシーでは料金がかかり過ぎ、電車とバスを使うと乗り換えが五回もある。車の運転はまだ許可できないと担当医に言われていた。昨日、見舞いに訪れた浚介に、そうした事情を話したところ、

「だったら、運転しようか」

という答えが返ってきた。最近は引っ越しのときに軽トラックを運転した程度だが、

学生の頃は友人の車でスケッチ旅行をよくしたという。ちょうど今日バイトが休みだったため、彼は游子の自宅に寄って車を取ってきてくれた。

「家《うち》、すぐにわかった？」

最初の信号待ちのときに訊《き》いてみた。

「途中で電話して、きみのお母さんに聞いたから」

両親と浚介は、病院で顔を合わせている。娘の命の恩人へ礼を言いたいと、両親が求めたため、彼に都合をつけてもらった。

「お父さんは、左手でパッチワークのリハビリをしてた。きみは刺されたときにそんな夢を見たんだって？　お父さん、話を聞いて、頑張ってみることにしたらしいよ」

「そんな話までしたの」

「コーヒーをごちそうになって、きみの小さい頃の写真も見せられたな」

「嘘《うそ》でしょう」

浚介が、思い出し笑いを浮かべ、

「可愛《かわい》くないんだな、それが。カメラのほうを睨《にら》みつけてる写真ばっかりで」

游子は呆《あき》れて首を横に振った。

「まったく何を考えてんの」

「お母さんなりに、憎まれっ子を育てる苦労を理解してほしかったんじゃないの。けど、羨《うらや》ましかったよ。うちにはそんな家族の写真なんてないからね」

口調はからりとしたものだったが、游子は思わず彼の横顔を見た。考えると、彼の家族の話は聞いたことがない。

「お母さん、煙草《たばこ》をやめてるんだって。きみの退院までの願掛けらしい」

「……本当に。母が？」

心が少しふるえそうになり、「そのままやめてくれればいいけど。子どもの命をダシにやめるようじゃあ、無理かな」と、わざと悪びれた口調で言った。

母は、病院に見舞いにきたとき、こんな危ない目にあうなら、もう仕事やめたらと言った。游子の働きで両親の暮らしも成り立っているのだから、口先だけだとわかっている。表面的な思いつきを、すぐ口にしたり行動に移したりするのが母の悪い癖で、游子は昔からいやだった。今日も浚介にコーヒーを勧めたものの、話に困って、写真を見せたに違いない。煙草断ちの願掛けも、黙っていれば、のちにわかったときに感謝が増すというものを、つい客の前でいい母親像を見せようとしてだろう、言わなくていいことまで話してしまう。可愛いお母さんじゃないの、とこれまで何度も友人に言われたが、実の娘にとっては、気のきかない、うっとうしい母だった。

だからといって遠ざけることもできない。いい言葉ではないが、しがらみにも似た愛着を感じる。母の人生はかわいそうだと思い、もっと幸せになってほしいと願いながら、いざ面と向かうと、母の言動に振り回され、結果的に優しくできていない自分がいて、自己嫌悪《けんお》におちいる。ユウちゃん、ユウちゃん……と呼びかけてくる母の、甘えと母性が一体となったような包容感が、ときに嬉《うれ》しく、おおむね息苦しい。自分も女として、また母の娘として、同じような母性を持っているのだろうか。

駒田玲子への執着は、そうした母性のあらわれかもしれないと疑うことがある。ほかにも問題を抱えた子どもは大勢いる。なのに、四月末のあの夜、保護しながら逆に唾《つば》を吐きかけられて以来、玲子から突き放されると、かえって放っておけなくなり、過剰な干渉をしてしまっていた。

「巣藤さんは、お母様はご健在なんですか」

話を変えるつもりで訊ねた。

返事がなかった。渋滞にぶつかって、車が長く止まったとき、

「ずいぶん会ってないから」

浚介がつぶやくように言った。「この前、弟がひょっこり訪ねてきてね。別れたときは学生服だったのが、スーツを着てて、驚いたよ。そのとき、両親が会いたいって

言ってると、彼から伝えられた……だから、元気ではいるみたいだね」

游子は、言葉の背景にあるものを想像し、

「一緒に暮らしてなかったんですか……子どもの頃、ご両親が離婚されたとか？」

浚介は薄くほほえんだ。

「今度話すよ」

車は都心を離れ、郊外へ出た。道路がすいてきても、浚介はスピードを上げなかった。游子の体調を気づかってだろうが、運転から遠ざかっていたという彼は、確かに上手とは言えなかった。自分でもわかっているのだろう、交差点では確認を繰り返し、歩行者や自転車が見えるとスピードをゆるめ、早めにブレーキペダルを踏んで後続車両に伝えるなど、こまめに神経を使っており、游子が危険を感じることはなかった。

運転中、彼は少しだけ芳沢亜衣のことを話した。会う約束をしたのに、すっぽかされたという。その後も何度か電話をしたが、誰も出ないか、母親が出るだけらしい。

車が施設のある町へ入った。浚介は彼女の指示に従って、狭い通りも無難に進み、結果的に予定していた時間から五分も遅れず、施設にたどり着いた。

「ありがとう。お疲れさまでした」

初めての道にさすがに疲れたのだろう、ハンドルにもたれかかる彼をねぎらった。

「親が車を嫌いでね。排気ガスがどうの、事故がどうのと、うるさく言ってた。反発して十八ですぐ免許を取ったけど……いま思うと、車を好きになることは避けてた気がする」

彼の言葉を聞いて、游子はシートに背中を戻した。彼女自身、交通事故で親を亡《な》くした子どもたちの、心のケアについて何件も相談を受けたことがある。この施設にも、事故で親を亡くした子どもが何人か入所していた。たとえば映画やゲームなどからは、車を猛スピードで飛ばすことがかっこいいというメッセージがつねに届けられている。いわゆるヒーローたちは、ほかの車両が事故を起こそうと構うことなく、犯人を追ったり、逃亡したりする。巻き込まれて事故を起こした車を後ろに残し、歓声を上げるヒーローも少なくない。こうした表現にあらためて傷つく子どもがいることも、游子は職業上知っていた。

「ゆっくり走るヒーローがいてもいいのにね」

「おれの運転へのいやみ?」

浚介は近くを散歩してくると言い、三十分後に車の前で待ち合わせることにした。

游子は、杖を使わず、施設の玄関に立った。声をかけると、顔なじみの児童指導員が現れ、苦笑を浮かべた。

「やっぱり来ちゃったのね」

游子は園長室へ通された。園長と児童指導員から、駒田に刺された件について、優しい言葉をかけられた。

「つらい目にあわれて、家族問題に関わるのが怖くなったんじゃありませんか」

園長に気づかいのこもった笑顔で訊《たず》ねられ、

「いえ。そんなことはありません」

游子は正直に答えた。浚介はいまも若者グループを見ると動悸《どうき》などに苦しむらしいが、彼女はまだそうした経験はない。将来どんな症状が出るかわからないが、子どもを支える仕事をこれまでどおりつづける意志はくじけていない。

「玲子ちゃんのことが心配で、退院前なのに、訪ねてこられるくらいだものね」

児童指導員が、わざと呆れた表情で、首を横に振ってみせた。

駒田玲子はいま学校に行っているが、口はきいていないという。手紙のことだけでなく、父親の行方がわからないことに落ち込んでいるらしい。

駒田からの手紙のコピーを、見せてもらえた。施設の郵便受けに、無記名の封筒が届けられており、なかに自筆の手紙が入っていた。つまり、駒田は施設を訪れ、手紙を直接入れたことになる。

『れいこは ヤマガさんにおねがいします
おれは たびにでます
いろいろ めいわくかけました
れいこへ しあわせでくらせ』
あれほど娘に執着していた駒田が、あっさり他人に託して、自分は消えると告げていることが、釈然としなかった。
「これは本当に駒田さんの字ですか」
字はこまかくふるえており、漢字が使われていないことも不自然に思えた。
だが、やはり駒田が書いたものらしい。玲子が原本をほしがったため、園長が警察へ問い合わせたところ、手紙には駒田の指紋が残されているので、証拠物件として返せないとの回答をもらったという。
「山賀さんには、この手紙のこと……玲子ちゃんの養育のことを連絡したんですか」
「まだです」
園長が答えた。「玲子君の処遇は、児相と話し合って、このまま様子を見ることになってます。駒田氏の問題がどんな形にせよ解決しませんとね。ただ……」
「ただ？ なんですか」

「山賀さんは、大野さんという男性と、週に一度、玲子君の面会に来られてます。玲子君もなついているようで、双方の関係がうまくゆくようであれば、いずれ日帰りの交流を実施してみてはどうかという意見が、担当の福祉司さんから出ています」

游子は驚いた。初耳だった。

「でも、山賀さんは独身じゃないんですか?」

彼女の左手の薬指に指輪はなかった。家族がいるという話も聞いていない。養育家庭は、原則として夫婦であることが求められる。

「それとなくうかがってみたのだけれど、彼女には子どもの養育経験があって、保育士資格と幼稚園教諭の免状を持ってらっしゃるそうよ」

児童指導員が答えた。「実は彼女のほうからも、養育家庭についての問い合わせがあったの。夫婦であることが絶対条件なら、検討してみようかしらなんて笑っておられた。たぶん、大野さんという方とのことだと思うけれど」

からだがかっと熱くなる。なぜか、玲子を取られてしまうような気がした。

「わたしでは無理ですか。わたしが、彼女を養育することはできないでしょうか」

後先も考えず口にした言葉に、園長たちが困惑の表情を浮かべた。資格的に無理があるのはわかっていた。それでも突き上げてくる衝動を抑えきれず、玲子を引き取って育てたいという意志を、二人に伝えた。

「氷崎さん、それはできないと思うな」

児童指導員が冷静な口調でさえぎった。

「なぜですか。わたしは独身ですけど、両親と一緒に暮らしてます。家には空いてる部屋もあります。わたしなら心理面でのケアもできますし」

「玲子ちゃんが、あなたではいやじゃないかと言ってるの。彼女のお父さんが、あなたを刺したのでしょ。そして、警察に追われてる。二人が普通に暮らせると思う？」

返す言葉はなかった。熱が一気に冷めてゆく。

「氷崎さんのお気持ちはわかりました。大変な怪我をされながら、なお玲子君の幸せを願う想《おも》いには感心いたします。今後はそれをほかの子どもたちへ向けていただいてですね」

園長がとりなすように言う。

まだ話の途中で、玄関の方向から游子を呼ぶ声が聞こえた。

二人に断って、廊下へ出てみると、浚介が玄関内の土間に立っていた。

「きみの車を、子どもが勝手に洗いはじめたんだけど、知ってる子？」

游子は玄関先に出てみた。髪をお下げにした駒田玲子が、ランドセルを背負ったまま、游子の車を雑巾《ぞうきん》のようなもので一心に拭《ふ》いている。

「車の前に戻ったら、あの子がそばに立っててさ、ヒザキって人の車かって訊くんだ。そうだよ、よく知ってるねって答えたら、施設のなかからバケツと雑巾を持ってきて、洗いはじめたんだ。なぜそんなことするのか聞いても、何も言わないし」

以前、玲子が一時保護所を抜け出したとき、游子はこの車で捜しにいった。アパートから一時保護所へ戻るおりに乗せたから、それで覚えていたのだろう。

游子は、玲子のもとへ駆け寄ろうとした。杖《つえ》を園長室に置いてきたため、気ばかり焦《あせ》って、つまずきそうになり、浚介に支えられた。

「玲子ちゃん」と呼びかける。

少女が振り返った。こちらを見て、表情を強張《こわば》らせ、いきなりその場で頭を下げた。

「お父さんを、ゆるしてください」

玲子は懸命に叫ぶように言った。「わたし、なんでもします。だから、お父さんのこと、ゆるしてあげてください」

游子は動揺した。玲子は、父親の罪を軽くしてほしいために、車を洗っていたらしい。とっさに答えられずにいると、玲子はまた車を雑巾で拭きはじめた。

「やめて。そんなことしないでいいの」

浚介の手から離れ、彼女に歩み寄った。

玲子が、手を止めて、こちらを見つめる。

「お父さんを、ゆるしてくれる？ わるいって、けいさつに言わない？ お父さんはわるくないって、言ってくれるの？」

「お父さんのことは、怒ってないのよ」

「じゃあ、お父さんは、むじつ？ むじつだから、すぐもどってくる？」

嘘《うそ》をつくこともできず、言葉が出ない。真剣に見つめてくる玲子の瞳《ひとみ》がまぶしい。

「玲子ちゃん、一体どうしたの」

児童指導員が小走りに近づいてきた。話を聞いていたのか、玲子へほほえみかけて、

「お父さんのことは、大人に任せて、ここで静かに待ってる約束でしょう」

玲子が顔を伏せた。児童指導員は、彼女の手から雑巾を受け取り、

「さあ、なかに入りましょう」

手をつないで施設のほうへ歩いてゆく。

玄関に入る手前で、玲子が振り向いた。游子を見つめて、

「ぜったいぜったい、お父さんのこと、わるく言わないでよ。言ったら、ころす」

しばらくして指導員が一人で戻ってきた。

「もうこの件は忘れたらどうかしら」

彼女は杖を差し出し、「あなたは、相談機関の人間として、少し深入りし過ぎたと思うの。園長もおっしゃってたけど、ほかにも大勢あなたの助けを待ってる子がいるのだから。とにかく、いまはからだを大事にしてね」

游子は会釈《えしやく》を返すだけで精一杯だった。

病院へ帰る時間が迫っていた。だが、どうしても寄りたい場所があり、運転を代ってもらえないかと、浚介に頼んだ。体調のことだけでなく、精神が不安定なのも見抜かれてか、道を教えてくれればこのまま運転すると、彼は答えた。

駒田の手紙が、納得できなかった。子どもを取られた気になっている自分が滑稽《こっけい》であり、皮肉にも感じた。子どもを取るつもりかと、駒田から何度もなじられたことが思い出される。嫉妬《しっと》だという自覚はあったが、気持ちを抑えることができない。

目的の家に着いた頃は、もう日が傾いていた。門の前で止めてもらい、待っていてくれるよう浚介に頼んで、車を降りる。

杖をついて門の内側に入り、『家族の教室』が開かれる小屋を、先にのぞいた。外から鍵《かぎ》が掛かっていた。あらためて家の前に戻り、なかへ呼びかける。

三度呼びかけたが、返事はなく、玄関の戸に手を掛けた。音もなく開いた。たそがれどきの闇《やみ》と静けさが、家のなかへまでしみ入っているようだった。

「山賀さん、すみません、いらっしゃいませんか。氷崎です、山賀さん……」

なかへ踏み入り、声をかける。返事はなく、迷ったが、やはり帰ることにした。

そのとき、奥で物音がした。うめき声も聞こえた気がする。ともかくまず確認し、何か問題があれば、浚介を呼ぶことにして、サンダル型の靴を脱いで上がった。

「山賀さん、いらっしゃいますか」

和室の居間は無人だった。右側は台所。居間の左側にも部屋がある様子で、襖《ふすま》を開けた。六畳の和室だった。上座のあたりに、小さなテーブルがあり、きれいな布を敷いて、写真立てが十個以上飾られている。

写真は、赤ん坊から思春期の少年まで、年齢はばらばらだが、すべて同じ男の子のものだった。もっとよく見ようと踏み込んだとき、足が濡《ぬ》れるのを感じた。

テーブルの下には、書類の束が高く積まれていたが、その近くに空のグラスが転り、液体がこぼれていた。誰かが、水かジュースを写真の子どもに捧《ささ》げかけ、途中でグラスを取り落としたかのようにも見える。

がたりと音がした。うめき声も聞こえる。

奥の押入れからだった。游子は、喉《のど》が締めつけられるような息苦しさをおぼえながら、山賀さん……と、かすれた声を洩《も》らし、押入れの襖を開いた。

押入れの下の段に、影がうずくまっていた。その影が驚いた様子で首を起こす。顔がこちらを向く。

「なんなの……」

鬼女《きじょ》の能面に似た顔から、低くこもった声が発せられた。丸まっていた影が、手足をといて、押入れから滑るように出てくる。

游子は、思わず後ずさり、

「すみません、変な音がしたものですから。何かあったらと……すみません」

口ごもるように言って、玄関へ戻った。

「帰れ。帰りなさいっ」

厳しい声が、奥の部屋から飛んできた。

游子は、靴をつっかけ、外へ出た。杖はほとんど役に立たず、浚介が待っている車に、倒れ込むように歩み寄り、転げる寸前で助手席に腰を下ろした。

大丈夫かと、浚介が不審そうに訊《き》く。游子はうなずいた。車を出してと、喉《のど》からしぼり出すように言って、寒けのようなものを感じ、自分の肩を両腕で抱く。質問されるのがいやで、からだをやや横向きにした。

山賀葉子は泣いていたのだ。たぶん突然こみ上げてきたのだろう、強烈な痛みや悔いや悲しみといった、心を縛る感情に耐えきれなくなり、グラスを落として、闇のなかへ逃げ込み、泣いていたのだ。あの写真と関係があるのだろうか。あの子のために泣いていたのか。見てはいけないものを見たという感覚だけが強く残った。

しばらく走ったところで、シートベルトをするようにと、浚介が言った。言葉はそれだけで、ほかには何も言わずにいてくれたことがありがたかった。

【十一月三日(月)】

この日の早朝、関東地方に初霜《はつしも》が降りたというニュースが流れた。その後、太陽が出て、行楽日和《びより》の祝日となったが、正午近くになっても気温は上がらなかった。

油井善博《よしひろ》は、全裸に眼鏡だけを掛け、締め切ったカーテンを少し開いた。彼方《かなた》まで澄んだ空の青さに、吐き気をおぼえる。

新宿にある、短期滞在型マンションの四階の部屋だった。地上を歩く人の姿が意外に近く、笑顔まではっきり見える。

生唾《なまつば》を呑《の》んで吐き気をこらえ、ベッド脇《わき》のテーブルにかがみ込んだ。手鏡の上に残った白い粉を、短く切ったストローで鼻から吸う。吸いきれなかった粉は、指で丁寧にすくい取り、歯ぐきにすり込んだ。

ベッドから女の声が聞こえた。自分も欲しいと言っているようだ。油井は、からだじゅうに倦怠感《けんたいかん》が広がってゆくのを感じながら、これで終わりだと答えた。言葉にしたのか、心で思っただけか、はっきりしない。

眼鏡を外し、絨毯《じゅうたん》の上に横になる。虚《むな》しさも焦《あせ》りも含め、感情をすべて包み込むほどの、倦怠の底へ沈んでゆくのを待つ。なんで分けてくんないのよぉと、裸の女が油井の尻《しり》を蹴《け》る。この変態野郎と言いながら、小さい足で顔を踏んでくる。

長峰の店で働いていた女で、二十一歳と言ったが、化粧を落とした素顔は十六、七にしか見えない。両親は健在で、虐待《ぎゃくたい》もいじめられたこともなかったが、中学への登校途中、まじめに生きてゆくのが突然いやになったと話していた。しばらくふらふらしたあと、誘われるまま風俗の仕事を始めたらしい。だが、仕事となれば風俗も甘くない。いまさらまじめな暮らしにも戻れず、ストレスから薬を覚えたようだ。乳房は豊かだが、見かけだけで張りがなく、素顔以外は中年の疲れた水商売の女を思わせた。

この先どうする気だ、と顔を踏まれつつ女に言う。女が動揺した様子で動きを止める。痣《あざ》と黒ずみの目立つ裸を、哀れむ想《おも》いで見上げた。

きみや、おれみたいな人間には、人生はいやになるくらい長いぞ、何もしないことに耐えてゆくには、青空の下を笑って歩ける連中より、何倍も精神力がいる、中年になっても、すべてを無意味としか感じられないままで、生きていけるつもりか？

女が顔をゆがめてどこかへ去った。油井は、からだを丸め、全身の隅々にまで白く濁った血がゆきわたるのを感じ取ろうとした。閉じた瞼《まぶた》の向こうに、静かな水の広がりが見える。水のなかを黒い小石がゆらゆらと漂い、やがて水底にかちりと当たった。ああ、この黒い小石が自分の魂だと思う。

からだを起こし、女を捜した。洗面所で戻していた。空《から》えずきをつづけ、下腹を押さえている。少し泣いてもいるようだ。子どもか、と訊いた。女とは、ひと月前に長峰の店で会った。彼の子ではない。だが、産んだらどうだと口にする。産めるわけないじゃん、と女が吐き捨てた。それともおじさん、父親になってくれんの？

油井は、気だるさのなかで、それもいいかと考えた。じゃあどこかで所帯を持つか、と言う。ショタイって何よと、女が訊いた。油井は笑った。結婚して、家族になるかと言ったんだ。

女が腋《わき》の下から振り返る。立っていることがつらくなり、ベッドへ戻った。大の字になり、天井を見上げる。染《し》みが泣いている人の顔に見えた。肩をつつかれる。女がそばに立っていた。あたしと子どもには絶対ひどくしない？　絶対なんて、この世にはない。ただ全部あきらめて暮らすなら、誰かにひどくしても仕方がない。認めてほしいと願う心も、嫉妬《しっと》もあきらめるわけだから。

女が泣きそうに顔をしかめた。よくわかんないよと言う。

じゃあ賭《か》けてみるか。油井は、ふらつく感覚を押して、ベッドから下りた。クローゼットへ進み、鍵《かぎ》のかかるバッグを開ける。なかに、リボルバー式の拳銃《けんじゆう》が入っていた。馬見原に殺されそうになったあと、長峰に頼み、護身用に渡してもらったものだ。弾は六発入っている。一発を残し、ほかはバッグに戻して、弾倉を回転させた。ヤクのせいだろう、頭が混乱している。だが止められない……。

拳銃を見せて、女をベッドに座らせる。自分も向かい側に座って、おびえている女を抱き寄せ、相手の頬に、こちらの頬を押しつけた。これは口径が大きいからよ、至近距離なら、人間の頭二つくらい、簡単に貫通しちまうんだ。そう話して、自分のこめかみに、女の頭ごと撃ち抜ける角度で、銃口をつける。

当たりなら、全部終わりだ。外れなら……二人で誰も知らない町に越して、青空の下で、家族をやってゆこう、それでどうだ?

やめてよ、やだよ、と女がからだを離そうとする。相手の首に腕を回し、逃げられないようにする。いくぞ。引き金に指を掛ける。女が悲鳴を上げ、彼の腕を振り切って、ベッドにうつ伏せた。

油井は、声に出して笑い、後ろ向きに倒れた。窓のほうへ視線をやる。カーテンがめくれ、青空が見えていた。目を閉じる。青空の下で、子どもと手をつないで歩く、自分と女の姿が頭に浮かぶ。青空に向け、引き金を引いた。かちりと鉄の音がした。

しばらく眠ったらしい。インターホンの音がうるさく耳に響いて、目を覚ました。

「失礼します」

長峰が合鍵を使って入ってくる。

油井は拳銃を握ったままなのに気づいた。弾だけ抜いて、銃は元へ戻しておく。

「昼間から、お盛んっすねえ」

長峰が苦笑する。油井が裸なのを言っているらしい。

べつに服を着る必要も感じず、裸のまま冷蔵庫から缶ビールを取り、居間のソファに腰を下ろす。テーブルの上に、さっきの弾を置いた。

「なんですか、そりゃ」

長峰が向かい側に掛ける。

「御守りさ」

油井は弾を手に取り、「今日から、おれの神様だ」

「その弾がですか。お手軽ですね」

「粉が切れた。少し置いてけ」

「持ち歩いてないですよ」

「くだらねえ嘘《うそ》をつくな。全然ないわけがないだろ」

長峰がため息をつく。

「あとで、郵便受けに放り込んどきます」

「ああ、できた弟分だ。で、今日は？　帳簿で困ったことが出たか。やっぱりおれがいないと無理だろ？」

一時は名の知れた銀行に勤めていたこともある油井は、組直轄《ちょっかつ》の幾つかの会社の経理を管理し、節税対策のほか、粉飾決算や、関連会社を使ってのマネー・ロンダリング、また不良債券を抱えた中小企業の債務整理まで担当してきた。

「確かに兄貴がいないと大弱りです」

長峰が煙草《たばこ》をくわえて、「今度北海道にも拠点を置く計画ですが、そこの経理を任せたいというのが、上の総意です。ロシアのほか旧ソ連圏の国々へも今後はビジネスを展開したい肚《はら》なんで、兄貴くらいの大物でないと道筋がつかんでしょう」

油井は、テーブル上の煙草の箱をつかみ、長峰の向こうっ面《つら》にぶつけた。北海道にいまさら新しい組織が入ってゆける余地などない。

「裏の世界でも、リストラがあるとはな」

「そこで、薬とも切れてきてくださいよ。出直しのチャンスだと思って」

「いまでも最前線《フロント》でやれるのを、おまえらが閉め出してんだろ」

「兄貴はうちの功労者です。けど、兄貴が作ったシステムはもう古い。ムショへ入ってたあいだに、新しい連中の手でどんどん改良が進んでるんです。いまは治安にうるせえし、闇金《やみきん》なんかへの目も厳しくて、警察とは仲良くしときたい時期なんですよ」

「つまりは、馬見原の言いなりか」

「じきに切るつもりじゃいますが、まだ利用価値はある。奴《やつ》の件では、兄貴も悪さをしたでしょ。前の女房のことで、素人《しろうと》を脅す真似《まね》までして。訴えられて、組が手入れでも食ったら、どうすんです。上はもっと厳しいことも言ってますよ」

「破門か」

「させたくないから、頼んでんです」

「恩知らずどもが。こっちからやめてやる」

「勝手にやめたら、消されますよ。うちの経理の実態、そこそこつかんでんだから」

「おれを脅すのか」

長峰が、吸いかけの煙草を消し、

「人の手垢《てあか》がついた家族に、何の未練です。新しいのを作ればいいでしょ」

「粉を置いて、とっとと帰れ」

「兄貴、実戦はどうです。近頃の若いのは、相手の玄関先に一発撃ち込んで帰ってくるだけでも、びびってやがる。頭より、そっちで生き残る手もありますよ」

「女も連れてけ。もう用はない」

長峰が、肩をすくめて、ソファから立った。彼の命令で、女が服を着る。帰る間際《まぎわ》、油井のいる部屋の前で、女が足を止めた。

「ねえ。ひとつ聞いていい。さっきの、あたしと、どっかでって話……マジだった？」

油井は女を見た。瞳《ひとみ》がわずかに潤《うる》んでいる。青空を見たときと同じ感覚に襲われた。

「さっさとおろせよ」

女は、彼のセックスを下手くそなどと、けなす言葉を吐いて、長峰と出ていった。

じっとしているのも苛立《いらだ》たしく、服を着て、外へ出た。度の付いたサングラスを掛け、さらに日陰を歩いてゆく。綾女と研司に会いたかった。だが、綾女に騒がれ、それが馬見原を通じて組織まで届くことを考えると、さすがに今日は気が引ける。

いっそ馬見原を撃ってやるかと、革ジャンのポケットに忍ばせてきた拳銃を握りしめる。だが、ヘロインによる倦怠感で、憎しみが持続しない。

奴の家族はどうだろう。家族が傷つけば、あいつもおれの痛みがわかるはずだ。この夏、多摩川沿いで見た、馬見原佐和子のことが思い出された。

そうだ、彼女と会おう。通りかかったタクシーに、手を挙げる。入院している病院は、興信所に調べさせてあった。浴衣《ゆかた》をきれいに着こなしていた彼女が、どう変わり果てたか、この目で見て……誰を犠牲にして、いっぱしの正義面《づら》をしてるんだと、馬見原をあざ笑ってやりたかった。

油井は、精神科の病院を訪れるのは初めてだった。暗くて閉鎖的なんだろうと先入観を持っていたから、一般の総合病院と変わりない開放的な外観を見て、運転手が行先を間違ったのではないかと疑った。

玄関で病院名を確認したあとも、なおためらっていると、年配の夫婦が彼の脇を通り、院内へ入ってゆく。彼らについて、なかへ進んだ。ロビーは明るく、清潔で、クラシック音楽が流れている。年配の夫婦が奥へ歩いてゆくのに、彼も家族めいた顔で、あとを歩いた。『入院開放棟』と書かれたドアに突き当たる。年配の夫婦がドアを開けて入った。彼もつづいた。

ドアの内側は狭いロビーになっており、左へ進むとナース・ステーション、反対側に喫煙室がある。年配の夫婦が左へ歩いてゆくのとは逆に、油井は様子をうかがうため喫煙室へ入った。若い男が一人だけいた。革ジャンのポケットに煙草を探す。拳銃のほかには何もなく、舌打ちをした。

「あの、もし、よかったら」

若い男が煙草を差し出す。

「や、こりゃ、どうも」

相手を見て、驚いた。

馬見原の娘婿《むすめむこ》だ。奴の娘を確認するために花屋を訪れたとき、また花火大会のときにも、彼を見た。馬見原家を撮ろうとしたとき、追いかけてきたのも彼ではなかったか。だが、どれも一瞬だったし、油井がサングラスのせいもあるのか、覚えている様子はない。

「ご家族ですか、入院は」

油井はさりげなく訊《たず》ねてみた。

「あ、ええ。ヨメの母親です」

確か石倉という名前だったと覚えている。

「うちは、女房でしてね。冬島と言います。お互い、いろいろ大変ですね」

石倉が、うなずきかけた首を、途中でかしげた。

「でも……ないかな」

「ほう。大変じゃないですか?」

「義母《はは》のほうがいまは元気っていうか……自分らより活《い》き活《い》きしてますから」

意外なことを聞いたと思った。

「病気が、よくなられてるんですか？」

「ていうか……義母たちは、病気のままでも幸せに生きられないかって、考えてるそうです。奥さんから、聞いてませんか？　輪は広がってるそうだけど」

「そうなの？　うちは最近だからかな」

「紹介しますよ。奥さんも、友だちができたほうがいいかもしんないし」

「そうだね……。お義母《かあ》さん、いまどこに」

「庭で、会議っていうか……病院と、近くの商店街で使える、特別のお金を作れないかって、みんなと話してます」

するとと石倉は、何を思ったのか、急に煙草を消して、喫煙室を出ていった。見覚えのある若い女が、赤ん坊を抱き、こちらへ駆け寄ってくるところだった。

「ごめん、洩《も》れちゃう」

彼女はそう言うと、赤ん坊を石倉に預け、トイレがあるらしい方向へ走り去った。

油井も、煙草を消し、喫煙室を出た。

「可愛《かわい》いお子さんですね」と、声をかける。

石倉が、赤ん坊をあやしながら、どうもと嬉《うれ》しそうに会釈《えしやく》をした。

「義母たち、そこから見えます」

馬見原の娘が入ってきたのは、中庭へ通じているテラス窓からだった。石倉の後ろからついてゆくと、

「ベンチのところです」

彼が窓ガラスの向こうを指さした。

中庭に置かれたベンチの周囲に、二十人近い人間が集まっている。ベンチだけでは座りきれず、芝生の上に座ったり、寝転んだり、なかにはそっぽを向いてる者もいるが、一応は話し合っている様子だった。

馬見原佐和子はベンチの中央にいた。予想していた姿と違い、晴れやかな表情で、周囲の人に話しかけ、答えにうなずき、口を開けて笑っていた。地味なワンピースにカーディガンをはおっているだけで、化粧もほとんどしていないようなのに、おだやかな美しさに満ちている。

不意に、肩をさわられるのを感じた。

振り向くと、赤ん坊が手を伸ばして、油井にほほえみかけている。愛らしい口をすぼめ、小さな指を動かし、彼の肩にちょんちょんとふれている。何やら楽しい秘密を、語りかけてくるようだ。

遠くまで澄んだ青空の下へ、いきなり引き出されたような感覚をおぼえた。赤ん坊の瞳が、怖いくらいにまぶしい。混乱し、廊下を引き返した。叫びたいのをこらえ、病院から転がるように外へ出る。手で押さえても間に合わず、花壇のところで戻した。ジャンパーの袖《そで》で口をぬぐい、ふらつく足で病院の門を出る。

門の脇《わき》に大きな木があった。幹にもたれ、息を落ち着かせてから、長峰に電話した。実戦を引き受けるぜ、と奴に言う。リストラはごめんだからな、いますぐしめたい奴はいないか、誰でもいい、やらせろ、でないと勝手に人をやっちまいそうなんだ……。

「そうですか。だったら……馬見原に情報《ネタ》を流してる女がいるんです。風俗の連中に顔が広くて、おれの女のことまで調べたらしい。まあ、馬見原の前の女《スケ》だって噂《うわさ》もあるから、いまのところは泳がせていたんですがね」

殺していいのか、と油井は訊《き》いた。自分の声がちゃんと出ているのか、わからない。

「だめですよ。誰がやったかわからない形で、怪我《けが》をさせれば、それで充分です」

わかったと油井は答えて、相手の居場所を聞いた。

【十一月五日（水）】

ダッシュボードの時計が午前三時を指した。視線の先にある、資材置場の管理小屋も、隣の民家も、夜の闇《やみ》に沈んで変化はない。

自宅を検査してもらった日の翌日から、馬見原は大野を張り込むことにした。根拠となるものは何もないため、署の協力は求められず、路上駐車した車内から見張るほかはなかった。ただし車は持っていないので、椎村に貸すよう求めた。椎村は、父親の車だからと断ったが、

「親父《おやじ》さんに直接話してもいいが、責任をまっとうしろと言ったのは、誰だ」

と迫り、強引に承知させた。ほかにも車を所有している知り合いはおり、大野をかばう後輩へ、多少意地になっていた部分もなくはない。

四月の麻生家、七月の実森家、さかのぼって二月の埼玉、昨年十二月の千葉と、一家心中の扱いとなった、子どもによる家族の殺害と自殺の事件は、被害者の死亡推定時刻が、午後十時から午前三時の範囲におさまる。

大野の犯行と仮定した場合、移動時間や、家に忍び込む時間を考慮して、午後七時前後から午前三時までを張り込みの時間とした。通常の勤務後では、それが限界でもあった。

資材置場の管理小屋と、山賀葉子の家の両方を見渡せる場所に、初めて車を止めたのが、先月二十二日の水曜日。地域署のパトカーが回ってきたとき、説明が面倒なために移動したが、それ以外はずっと見張りつづけている。今日で十五日目、大野がどこか外へ出掛けたということはない。

午後七時半頃、元夫婦は夕食を一緒にとるのだろうか、大野が山賀家へ入る。十時頃に大野は管理小屋に戻り、午前一時頃には明かりが消える。あるとき、午前二時頃に山賀家をのぞくと、電話の置かれていた部屋の窓に明かりが見えた。番号を特定できないようプリペイド式の携帯電話で、悩み相談に掛けてみた。葉子がすぐに出た。彼女の親切そうな声を聞いて、馬見原は黙って切った。

三日前、馬見原は休日となるため、たまたま四時過ぎまで張り込んだ。すると、管理小屋から大野が出てきて、山賀家へ入った。もしやと思い、電話相談に掛けてみると、思ったとおり大野が出た。二人は交代で電話相談を受けているらしい。そのときは黙って切ったが、本当は社会一般のことなどを、彼とじっくり話し合いたかった。

馬見原は、あくびを押し殺し、時計に目をやった。三時を十分ほど回っている。今度は声に出してあくびをし、エンジンを掛けた。

自宅に戻って、三時間ほど仮眠をとる。若い頃に比べて無理がきかず、からだが重い。帰宅途中にコンビニで買ったおにぎりを、朝食に食べ、七時過ぎに家を出た。

隣家の犬が、鉄柵《てっさく》の向こうから彼を見ていた。大野が訪ねてきた日以来、犬はよく馬見原のことを見ている。そのくせ一度も吠《ほ》えない。数日前、試しに近づいてみると、犬は素早く離れていった。

「馬見原警部補、ちょっと」

刑事課の部屋に入ったところで、笹木に呼ばれた。妻の様子を問われ、

「おかげさまで、ひとまず落ち着いてます」と答えた。

「だったら、そろそろ宿直を頼めるかな。人手の問題で、やりくりが苦しいんだ」

「申し訳ありませんが、まだ宿直は、どうかひとつ」

馬見原は頭を下げた。

「しかし、奥さんは落ち着いてるんだろ。毎晩、病院につめてるのかい?」

「いえ。そういうわけでは」

「だったら、夜は何をしてるんだ。勝手に、何か始めてるんじゃないだろうな」

「自宅で待機してます。ですから、宿直の件はご配慮願います」

「あの、自分が警部補の分は、宿直します」

後方から、椎村が口をはさんできた。

「尻《しり》の青いのが、首を突っ込むんじゃない」

笹木がさえぎる。だが、椎村は前へ進み出てきて、

「警部補の奥さんには、例のペット殺しの捜査でお世話になったので……。恩返しに、宿直をやらせてください」

笹木は、馬見原と椎村を交互に見た。

「何を企《たくら》んでるか知らんが、シフトを乱して犯人を挙げても、評価しないからな」

馬見原は、笹木の前を離れて、トイレへ進んだ。椎村が追ってくる。

「一ヵ月でどうですか」と、彼が言う。

「なんのことだ」

馬見原は便器の前に立った。

「張り込みですよ」

椎村も隣に立ち、「そのあいだは、自分が代わりに宿直をつづけます」

「一ヵ月で何がわかる」

「じゃあ、今年いっぱい。それで何もなければ、あきらめてください。いいですね」

自分なりに、そのあたりが潮時だろうとは考えていた。

昼過ぎ、携帯ではなく署のほうへ、馬見原を呼び出す電話が入った。綾女が勤めている会社の社長からだった。彼に綾女を紹介したのは、馬見原だ。会社がある町の地域署に勤務していた頃、チンピラが会社へ因縁をつけてきたのを、彼が収めた経緯があった。

社長の用件は、綾女のことだった。彼女は先月初め、退職を申し出たらしい。社長はなんとか翻意させようと努めてきたが、今月末の納期が終われば退職すると、昨日、強い口調で訴えてきたという。しかも今日になって、工場の主任である若田部という男までが退職すると言いはじめ、社長としてほとほと困ったとのことだった。

「綾女さんに退職理由を聞いても、要領を得ませんでね。仕事は好き、給料も充分、人間関係も問題ないという。トムって子がうちにいるの、ご存じでしょ。あの子と別れるのは、とくにつらいと話すんです。じゃあ、なぜやめるんだと。前の旦那《だんな》のことなら、馬見原さんに入ってもらえばいいし、子どもの教育問題なら、みんなで協力すると言ったんです。なのに……東京を離れなきゃいけないの一点張りで。馬見原さん、何か知りませんか。主任だけでなく、そのトムまでやめると言いだしてんですよ」

すべて初めて聞くことだった。九月下旬に四国から帰ってきた夜以来、綾女とは会っていない。電話も、その翌日と十日後に掛けただけだ。

綾女と話してみると、馬見原は答えた。だったらいま、工場のラインも止まっているから、申し訳ないが電話をもらえないかと社長は言った。彼女には、社長のほうから三十分の休憩を言い渡すという。

馬見原は署の屋上へ出た。十五分ほど煙草《たばこ》を吸うなどして時間をつぶしてから、綾女の携帯に掛ける。一回のコールで、相手が出た。

「もしもし……」

声が固かった。社長から妙な休憩を与えられて、彼女なりに察していたらしい。

「退職の話、聞いたよ」

屋上の柵越しに、曇り空の下に広がる街並みに目をやる。

「すみません、黙ってて」

「何があった。油井のことかね?」

「それも、あります」

あれ以来油井が現れていないか訊《たず》ねた。現れていないし、電話もないと、彼女は答えた。

「仕事をやめたいという、ほかの理由は何だい」

返事はない。子どもたちの歓声が電話の向こうで聞こえる。綾女は公園にいるらしい。子どもたちが飛び回る姿を、彼女が眺めている様子が、思い浮かぶようだった。

「大人に、なりたいんです」

消え入りそうな声が届いた。何かを思い切るように、綾女は長く息を吐き、

「わたしは、子どもでした。研司が生まれてからは、できるだけあの子のことを優先してきたつもりです。でも、馬見原さんと会うと、子どもに戻ってました。小さい頃、心の奥へ、押さえ込んだきりの子どもが、馬見原さんの前で、出てきていたと思うんです」

彼女が言葉を切る。子どもたちの声が聞こえる。いやだよぉと泣く声も響いてきた。

「でも、そのために、多くの人を傷つけてきたように思います。このままだと、どんなに人を傷つけても、それがわからない人間に、なってゆく気がしたんです」

彼女の話は具体性を欠いていたが、痛みや後悔の感情が、共感できるかたちで伝わってきた。妻の再々入院のことを、彼女には話していない。罪悪感を抱くのではと危《き》惧《ぐ》したためだが、彼女はもう知っている気がした。悩んだ末に出したであろう答えを、いまはただ尊重するしかないのかと思う。

「それで、どこへ行くつもりだい。まったく決めてないわけではないのだろう」

「……ひとまずですけど」

綾女の声に明るさがにじんだ。胸に溜《た》めていた想《おも》いを、わずかにしろ口にできたことの安堵《あんど》感《かん》かもしれない。

「富山の実家に、顔だけでも見せようかと」

「ご家族はどうだったかな」

「義父《ちち》は亡《な》くなり、弟ももう独立して、市営の狭い住宅に母が一人です」

「そこに、ずっとのつもりなのかね」

「わかりません。先々のことは、まだ何も」

「働かなきゃ、いかんだろ」

「ええ。でも……」

大丈夫だと答えて、彼の質問をもう終わりにさせたい彼女の想いが伝わってくる。責任を持てるわけでもないのに、質問を重ねることは、つまるところ自分が安心したいためだと気づく。未練を断つように、町並みから目をそらし、

「行く前に、もう一度会ってもらえるかね。渡したいものがある」

「……わかりました」

「社長にはうまく伝えておく。ただ、トムという子まで、やめると言ってるそうだ」

「トム君ですか……」

綾女のほほえむ気配が伝わる。「彼とは、挨拶《あいさつ》をせずに別れることになるかもしれません。それがちょっとつらいです」

「あと、油井のことは心配いらんよ」

「……すみません」

研司の様子など、もう少し話を聞きたかったが、それもすべてエゴであり、未練なのだと思い、電話を切った。

ともかく油井をもう一度締めておく必要を感じ、長峰へ連絡をとった。

「やあ。意外に遅かったですね」

長峰の苦笑まじりの声が返ってきた。何のことか、とりあえず黙っていると、

「油井の兄貴は、今回の件でたぶん破門です。まあ、それで勘弁してください」

馬見原は、なおも無言で、相手の話のつづきを待った。

「おや。もしかして、ご存じじゃないのかな?」

長峰が軽薄な笑いを響かせ、「馬見原さんと古くからおつき合いのある、シャンソン好きの女性のことを、兄貴が何かで知ったようですよ」

ピアフの歌声が、耳の奥のほうで聞こえた気がした。

「油井が、彼女に何かしたのか」

「きっと薬でもやってたんでしょう」

「油井はどこだ」

「わたしはもう知りません。ともかく、早くお見舞いにいかれたらどうです」

その足で、大久保にあるソープランドを訪ねた。受付にいた老人が、馬見原を見て、泣きそうに顔をゆがめた。

近所に昔からある古い病院の、四人部屋の窓際《まどぎわ》に女はいた。カーテンが閉め切られていたため、

「馬見原だ」

と告げ、カーテンをかき分けてなかへ入った。

女はベッドに横になっていた。誰かわからないほど顔が腫《は》れ、それでも耳にイヤホンをして音楽を聴いている。周囲に多くの花が飾られているのは、大勢から慕われている証《あかし》だろう。彼女は、腫れた瞼《まぶた》の奥から馬見原を見つめ、表情をわずかにゆるめた。

受付にいた老人の話では、二日前の夜、サングラスを掛けた細身の男が現れ、わざわざ油井と名乗り、馬見原のことで話があると、彼女を指名したとのことだった。彼

女が応対に出て、個室に案内したとたん、油井は殴りかかり、散々暴力をふるってから立ち去ったという。周囲は警察を呼ぼうとしたが、彼女が止めたらしい。

「どうして、おれにすぐ連絡しなかった」

馬見原はベッド脇《わき》の椅子《いす》に掛けた。

女が、聞こえないというように、首を横に振る。顔の傷にふれないよう、イヤホンを外した。興味半分で耳に当てると、ピアフの歌声が聴こえた。枕《まくら》もとにCDプレーヤーが置いてある。そのスイッチを切った。

「おれのせいだ。すまなかった」

彼女の腫れた顔をまっすぐ見つめた。

「三十年も前になるかな……」

女が力のない声で言う。「一緒に運動してた連中に、まわされたよね。オトコがさ、同志の金を使い込んで、逃げちゃって。あたしまで、ぐるに思われてさ。もう風俗やってたのに、どこかまだうぶだったから、ウマちゃんに来てもらった……」

馬見原は、彼女の布団《ふとん》をめくり、からだの傷を確かめた。看護師から聞いた話では、鎖骨と肋骨《ろっこつ》を一本ずつ骨折し、打撲は多数だという。

「あんときに比べたら、全然ましだよ。ここが、痛まないからさ」

女が自分の胸を指さす。

「あの頃のきみの仲間は、ろくでなしばかりだった」

怒りを押し殺して言った。「くだらん連中を支える運動など、早くやめろと言ったのに、きみは聞かなかった。あんなことがなきゃ、いまとは違ったんじゃないのか」

女の表情が固くなったように見えた。だが、それについてはふれず、

「油井を訴えろ。被害届を出せ」

女がブラインドを下ろした窓のほうへ目をそらした。

「ウマちゃん、困らないの？」

油井のことだ、裁判沙汰《ざた》になれば、動機について、馬見原と綾女の関係まで持ち出しかねない。綾女や研司が法廷に呼ばれることが、まったくないとは言えなかった。

「そんなことは気にするな」

と言ったが、口調の変化は、長いつき合いの相手には伝わっただろう。

「こういう、人生の……必要経費かな」

女はつぶやくように言った。「それよりウマちゃんさ、あんた、奥さんと離婚してあげた？　もう家を出たの？」

答えに迷った。だが、彼女に対しては正直になるほかなく、彼が薬の管理をおこた

った上、大事なときにそばを離れてしまい、結果、妻が再々入院したことを話した。

女は、明らかに怒った様子で、顔をそむけた。帰れというように、手を何度も振る。

彼がそのまま腰掛けていると、

「なんで、あんたここにいるの」

女がきつい口調で言った。

やや病的かもしれないが、さらに責められたほうがいっそすっきりするように思い、油井の元女房と何年もつき合っていたことを打ち明けた。佐和子はたぶんその裏切りを知っており、再々入院の大きな原因にもなっただろうということ、そして、駅のホームで佐和子を突き放した前後のことも、いまのこの勢いに任せて話した。

女は、しばらく黙っていたあと、

「最低の男だ」と吐き捨てた。

そのとおりだ。馬見原はうなずいた。

「女とは……まだ？」

「いや。もう終わった」

「傲慢《ごうまん》な奴《やつ》だね。油井ってのより、タチが悪いよ。怪我人《けがにん》を懺悔《ざんげ》の相手にしてさ」

確かにこれは懺悔だった。だからだろう、恥をさらしながらも、ざわついていた心が少し鎮《しず》まった感がある。女には、これまでも恥をさらしてきたつもりだが、本当の弱みは隠していたのかもしれない。

罪や痛みをごまかして、正しく認めてこなかったために、自分を苦しめ……苦しいあまりに、誰かにその苛立《いらだ》ちをぶつけてきたのではないか。遍路の場所で、佐和子に言われたことが、心にすとんと落ち切るように、納得できる気がした。

「あーあ、殴られ損だ。こんな男のために殴られたかと思うと、ほんと腹が立つ」

女が声を荒らげた。イヤホンを払い落とし、からだを起こそうとする。痛みが走ったのか、顔をしかめ、くやしそうに元へ戻った。彼女は、ベッドを手で強く叩《たた》いて、

「ちくしょう……。おい、ウマ公、さっき昔の運動家の連中を悪《あ》しざまに言ったね。そうだよ。ひどい奴が多かった。でも、あんたにそれを言う資格があんの？」

「何のことだ」

馬見原は、イヤホンを拾って、椅子に座り直した。

「あんた、あの当時、どれほど物事を考えてた？　右とか左とか、タカとかアカとか、思想の底にあるもの、ちゃんと理解できてたの。理想とされる社会のあり方も、経済の方法も、どっちも良い面もありゃ悪い面もあるんだよ。それを勉強した上で、自分の頭でどっちがいいか決めてたって言うの？」

「おれは……そんな立場にはいなかったからな。職業上は、とくに」

「ばか。人間として、どんな社会を望んでるかって問題だろ。肝心な考えを、誰かに丸投げしてたんなら、あんた、悪しざまに言った連中と同じだよ。奴らも、時流や他人の影響から、勢いで反抗してただけさ。けど、あんたや、あんたの周りはどう？　全員が自分の頭で考え、それぞれ胸んなかに、こうあってほしい社会の姿を思い描いて行動してたって言える？　ひとまず安全そうなほうを選んだだけだろ。あんた、子どものしつけも仕事の選択も、似たようなもんだったじゃないの」

「もういいから、黙ってろ」

「人を懺悔の相手にしといて何さ。今日は言わせてもらうよ。あんたはね、決められた道だと頑張るんだ。熱心で、根は優しくて、ちょっと悪《わる》で……だから、みんなが一目置いた。物事を深く考えないのも受けたのさ。敵か味方か安易に決めて、ともかく敵をやっつけてたから、評価されたんだよ」

「いったい何の話だ」

「あんたさ、子どもが風俗やるのを禁じるのはいいけど、風俗に勤めるほかなかった子どもの気持ちは、どう考えてんの。親父《おやじ》にやられて家出したかもしんないのに、また親父の餌食《えじき》にするために、家に帰すの？　そこまで考えてたって言える」

馬見原はすぐには答えられない。

「犯人をいっぱい捕まえて、いい気になってたけど……事件そのものをなくす気はどうなのよ。経済が背景にあるならさ、格差を減らすこと考えずに、事件のあとばかり走り回って、意味あんの。生きてく環境、どんだけ悪くしても、取り締まりを強めりゃ、少年犯罪は減ると本気で思ってんの。外国人犯罪がどうの、テロがどうのって、あたしらの過去の行いとか、いまの暮らしのあり方とか、原因になる問題もあわせて考えなくてさ、塀を高くしただけで防げんの？」

「待てよ。そんなことまで、おれの考えることじゃないだろ」

「だったら誰が考えるの」

「……どこかのお偉いさんさ」

女がいきなり声に出して笑った。

「びっくりさせないでよ。あんた、主権在民って言葉、知ってんの。民主主義の国の人間なんだろ。市民の一人一人に主権があるってことはさ、市民より上に偉い奴がいないって主義だよ。どんな厄介な問題も、あんたに考える責任があるんだ」

「ばか言え。そんなに何もかもできるわけがあるか」

「行動は、それぞれの職場の人間がするよ。けど、考えることと、選ぶことには、一人一人責任を持つのが、民主主義だろ。上の言われたとおり動くなら、全体主義の人民じゃないか」

馬見原は、不快だったが、痛いところを突かれた気もして、言い返せない。

「民主主義ってのはさあ、えらく面倒で、一人一人がしんどいんだよ。世界中で、本当に民主主義が達成できてる国なんて、本当はまだないんだ。お偉いさんに任す、リーダーに導いてもらうなんて言ってる時点で、もう民主主義を放棄してんだから」

「……急にそんな話を持ち出されて、わかるか。おれに、どうしろと言ってる?」

女は、ブラインド越しの外を見通すように、斜めに差す光のほうへ顔を振り向けた。

「そりゃあさ、いまのあんただって全然悪くないよ。そこそこ好きだよ。けど、本当の好きじゃない。本当の男《ひと》じゃない。いままでのあんたを、変えろなんて言わないよ。プラスしなって言ってんの。いろんなことをさ、自分でちゃんと考えだしたら、善悪なんてそうそう安っぽく決められなくなるんじゃないの」

「だったら、犯罪も追えなくなるな」

「それでも追うから、あんたって人間に、価値が出るんだろ? いろんな人の、どうにもならない悩みを背負ってみなよ。この国の隅っこにいる、弱い人たちの苦しみを、自分のことみたいに担《にな》ってゆきなよ。それでも自分には、これしかできないって……

恐る恐る足を踏み出す人が、あたしは好きなんだ。本当にあたしの待ってる男《ひと》なんだ」

彼女は、そこまで言うと、ぐったり疲れた様子で頭を枕に預け、深く息をついた。

「大丈夫か」

相手の顔をのぞき込む。

女は、目を閉じたまま、

「言ってやった」

と、満足そうにつぶやいた。彼女が、静かに手を挙げ、バイバイと横に振る。

いまは何も言い返す気力が湧《わ》かず、素直に腰を上げた。カーテンを開いたとき、

「ウマ公」

と呼ばれた。振り返ると、女がかすかに首を振る。イヤホンのことらしい。ベッド脇へ戻り、彼女にイヤホンをつけ、CDプレーヤーのスイッチを入れた。

「奥さんに謝ってさ、そばにいな」

女が目を閉じたままで言った。

馬見原は、乱れて顔にかかった彼女の髪を直してやり、カーテンの外へ出た。シャンソンの鼻唄《はなうた》が聞こえてきた。

【十一月十一日（火）】


鏡のなかに、化け物がいる。

大きく裂けた口が二つある。瞼《まぶた》の上に、二つの瞳《ひとみ》が輝き、計四つの目がある。

亜衣は、部屋のドレッサーに備付けの鏡を見つめ、まだいたの、と口のなかでつぶやいた。

「いるさ。おまえを乗っ取ったんだ」

鏡のなかの化け物が答える。声は口から出ているが、そのすぐ下にある口も、顎《あご》の動きに応じて動く。

この先どうするつもり、と訊《き》く。

「おまえたちを滅ぼす」

化け物が吐き捨てる。

部屋の外で音がした。ドアがノックされ、

「亜衣……亜衣ちゃん……」

と、細く不安そうな声がする。

うるさい、と言い返すのをこらえた。静かにしていろ、と化け物が命じた気がした。からだ。

「いま、害虫駆除の業者さんに来ていただいて、床下を消毒してるの。前に話したでしょ？　少し臭《にお》いのする薬を使うらしいから、ママ、お買い物してくるわね。業者の方、大野さんといって、とてもいい人だから。あなたが部屋にいることもわかってて、慎重に作業してくださるの。薬は害にならないそうだけど、一応は窓を開けて、換気しなさい。じゃあ、二時間くらいで帰ってくるから」

母は、こちらの反応をうかがうようだったが、ほどなく遠ざかってゆく足音がした。

亜衣は鏡の前に戻った。化け物が笑っている。

「この家を食い荒らす虫を消毒するんだ。つまり、おまえさ」

違う、と言い返した。

「ドアの隙間《すきま》から毒が流し込まれる」

亜衣は、窓辺に寄り、カーテンを引いたまま窓を少し開けた。鏡の前に戻り、これで大丈夫だと言い返す。

「こんな人生に、しがみついていたいんだ？」

化け物があざ笑った。

違う。事故みたいなかたちで死ぬのが、くやしいだけだ。自分が存在している意味が、少しもまだ納得できないまま消えてしまうのが、いやなだけ。死ぬなら死ぬで、せめて自分で決めたい。方法も時期も。

「その前に消毒される」

違う、白蟻《しろあり》を消毒しにきてるんだ。

「おまえが、この家の白蟻さ」

だったら、確かめてくる。下ではちゃんと作業されてるはずだから。

彼女は、絵の具で汚れたスウェットとトレーナーのまま、掛け金を外し、慎重に廊下へ出た。

音を立てないよう注意して、階段を下りてゆく。階下に人の気配は感じられない。

足音を忍ばせ、リビング・ダイニングへ進む。やはり人の姿はなかった。

キッチンの床下収納庫が、外に引き出されている。近づいて、穴をのぞいた。灯油に似た刺激臭を感じる。

好奇心から、キッチンの床に腹這《はらば》いになり、穴に首を突っ込んで、家の底を確かめてみた。換気孔のようなところからわずかに光が差すだけで、中央付近は真っ暗だった。人のいる様子はないが、何か別の生きものが、床下の闇《やみ》に生息していたとしても、不思議ではない。

亜衣は、この想像に心をひかれ、自分もいっそ床下で暮らすことはできないだろうかと思った。

からだを起こし、穴のなかに裸足《はだし》で下りてみる。足裏がひんやりと冷たい。床下と床のあいだは、見た目以上に狭かった。穴の縁に手を置き、両足をまっすぐ前に伸ばす恰好《かっこう》で地面に腰を下ろしてゆく。そのまま滑り込む感じで、穴の奥へからだを入れた。

灯油に似た刺激臭で息がつまりそうになる。鼻と口を、腕でおおう。仰向けの姿勢で床下に横たわり、後頭部を地面につけた。

顔の上に、四角く切られた穴があり、その上にキッチンの空間が広がり、白い天井に突き当たる。

このまま床下で暮らしはじめたら、一体何が見えるだろう。両親が右往左往する姿を、床下から見ているところを想像する。なんでそんなにあくせくしてんの、と両親を笑ってしまいそうだ。

自分の一日の様子も想像する。起きて、顔を洗い、トイレをすませ、学校へ行く用意をして……時間に追われ、不安な雰囲気にせかされている自分が見える。

次第に気分が悪くなった。想像のせいか、灯油に似た刺激臭のせいかわからない。

「ここで、何をしてるんだね」

低い声が、穴の上から聞こえた。

顔が、上下逆になった形で現れる。髪に白いものが混じった男性だった。目尻《めじり》や眉間《みけん》に深い皺《しわ》が刻まれ、顎に切り傷の痕《あと》がある。

「きみは、亜衣さんかな。顔にまだ絵の具を塗ってるんだね……。わたしは、大野と言って、ご両親に依頼されて、床下の消毒をしている者だよ。害虫を駆除する話は、ご両親から聞いているね」

この人が虫を殺しにきたのかと、床下から見上げる。その視点のせいか、自分が殺される虫のように錯覚した。

「わたしを、駆除しにきた？」

亜衣の問いに、相手が顔をしかめた。

「いや、違うよ。白蟻の駆除にきたんだ」

「だから、わたしでしょ」

「どうしてそんなことを言うのかな。何か、そんな風に思ってしまう理由があるのかい。だったら少し話してみないか。おじさんでよかったら、聞くよ」

理由はある。だが、理解してもらえるように話せる自信はない。

「ともかくいったん外へ出てきなさい。油剤《ゆざい》という薬を、さっき床下の土台や柱に塗ったところなんだ。薬はたくさん吸わないかぎり害にはならないが、まだほとんど揮《き》発《はっ》してない。頭が痛くなってもつまらないだろう」

大野と名乗った男性が、穴のなかに手を差しのべてきた。

その手が、自分を巣から引き出し、光のなかでのた打つ姿を楽しんだあと、ひねりつぶすものだと感じた。首を横に振って、手を拒《こば》む。

「ここにいさせて」

床下に生息する生きものとして、家のなかにいる人間を見上げる。

「そっちは怖い。光は嫌い。もう蓋《ふた》をして。誰の邪魔もしない。けど、誰にも利用されたくない。わたしを隠して。お願い、早くっ」

やや強く言った拍子に、刺激臭を吸い込み過ぎて咳《せ》き込んだ。

「さあ、からだに悪い。上がってきなさい」

原宿と渋谷のあいだにある駐車場で出会った、少女たちのことを思い出す。

生きるのがとてもつらいと思うような経験をした人たちを、見ないようにしたり、忘れたりしないと、〈幸せ〉には生きられないんだろうか。

「仕方ないね」

大野が、亜衣の腋《わき》の下に手を差し入れ、穴の外へ引きずり出そうとした。

恐怖を感じ、悲鳴を上げた。

大野は、一瞬たじろいだようだが、手は離さなかった。亜衣は外へ引き出された。

このまま駆除されると思った。いまある世界から、異物として退治されちゃうんだ。

当然かもしれない。でも、本当にわたしがおかしいの。床下に生息してるわたしのほうが、異物だって言い切れるのはどうして？

相手の手を振り払い、階段を駆け上がって、部屋に飛び込んだ。掛け金を下ろし、机の上からカッターを取ってくる。だが誰も上がってこなかった。

彼女はゆっくり鏡の前へ進んだ。

「ほら。外へ出れば、駆除される」

そう言いながらも、化け物は笑っておらず、目の周りが濡《ぬ》れていた。

【十一月十五日（土）】

游子は十月末に退院した。すぐにも職場復帰を望んだが、駒田と勝手に会ったことの内々の処分として、二週間の自宅待機を命じられた。明後日の月曜からは出勤できるが、しばらくは事務的な仕事につくことになっている。

この自宅待機中、浚介と一緒に芳沢亜衣の家を訪ねた。ともかく四月末の夜以来、亜衣と直接会って、話してみたかった。電話で母親に訪問の許しを求めたが、断られた。それでもあえて訪問すると、ドアは開けてもらえたものの、やはり亜衣と会うことはできなかった。このとき芳沢家の周囲で、灯油に似た臭《にお》いがかすかにした。浚介は何か覚えがあるのか、家を消毒したかと亜衣の母親に訊《き》いた。彼女は知らないと首を横に振ったが、明らかに嘘《うそ》をついている表情だった。なぜそんな嘘をつくのかわからなかった。ともかく、今後もおりをみて芳沢家を訪問しようと浚介と話した。

駒田玲子のところへは、一人で行った。この件はもう忘れるようにと、児童指導員に言われていたため、遠くから見るだけにした。玲子は、施設内の庭で、仲間と缶蹴《かんけ》り遊びをしていた。父親の駒田は姿を現さず、手紙も二度と届いていないという。心にはきっと寂しさを抱えているだろうが、缶を思いきり蹴ったときの玲子の表情は、青空の下で輝いていた。

もう一人、気になる相手として、山賀葉子を訪ねたかった。彼女に対しては、勝手に部屋に上がり、ひどく失礼なことをした。あらためて謝りたかったし、できれば……彼女の嘆きの理由を、飾られていた写真の意味とともに、知りたかった。玲子の養育家庭になる意図があるのかどうかも、この際確かめておければと思った。

游子は、安全に気をつかって車を運転し、葉子の家に着いた。通行の邪魔にならないよう、道路脇《わき》に車を寄せて止める。

日はすでに暮れていた。電話で約束はしてある。日中は都心の福祉施設で開かれるセミナーに出席するため、午後七時なら訪問を受けると、葉子は言った。約束の十分前だが、家に明かりはついている。游子は玄関先から声をかけた。

玄関の戸が開き、葉子が現れた。茶系のセーターにスカートというふだん着だった。游子自身はパンツがはけるようになり、スーツに秋用の薄いコートを着ている。

「こんばんは。今日は勝手を言って、申し訳ありませんでした」と、頭を下げた。

葉子が、笑みを浮かべてそれを受け、

「早い回復でようございましたね」

「わざわざお見舞いにもきていただいて、ありがとうございました。あの……本当にこの時間でよろしかったんでしょうか」

「土曜の夕方は、一番電話が少ないの」

「でも、お夕飯時ではないですか」

「あら。そんなに長居なさるおつもり？」

冗談か本気か、葉子は表情を変えずに言った。

游子は電話相談を受けているらしい部屋に通され、勧められて、応接用の椅子に腰を下ろした。

「お茶は出しませんよ」

葉子が向かいの椅子に腰掛ける。

游子は、あらためて頭を下げ、

「先日は申し訳ありませんでした。勝手なことをしました。実は駒田玲子ちゃんのことをうかがいたくて、あの日はお訪ねしました」

「玲子ちゃんのこと？」

葉子が眉根《まゆね》を寄せる。

「山賀さんは、彼女の養育家庭になられるおつもりですか。そう、施設で聞きましたけれど」

「あなたにお話しする必要があって？」

「いえ。必要ということでは……」

「そうね。あなたは、うちで勉強されていた駒田さんから、ひどい目に遭《あ》われたのだし……少しはこちらも罪を感じて、話すべきなのかしら」

游子は椅子の上で姿勢を正した。

「駒田さんのことは関係ありません。わたしは、玲子ちゃんに幸せになってほしいと思っています。ですから、山賀さんがどうお考えなのか、お聞きしたかったんです」

「あなたは、玲子ちゃんのことを今後どうするのがよいとお考え？　駒田さんが戻るまで、施設に預けておくのが最善か、誰かの家庭で養育してもらうほうがいいか」

「その点は、まだ答えが出ていません」

「大人の都合でのんびり話してるあいだも、玲子ちゃんは一日一日成長してるんですよ。駒田さんは以前話したことがあります。自分はアルコールの問題を抱えているから、娘の養育はわたしたちに任せたほうがいいように思うと。そのときは、駒田さんが責任から逃げてると思って、叱《しか》りつけました。でもいまは、彼が罪のつぐないをして戻ってくるまで、玲子ちゃんの養育の責任は、自分たちが果たしたほうがよいのかもしれないと考えはじめています」

「自分たち、とおっしゃるのは、山賀さんと、大野さんのことですか」

「ええ。そうです」

「養育家庭は、原則としてご夫婦であることが条件なんですけれど……失礼ですが、お二人はどういったご関係なんでしょう」

答える義務はない、そう突っぱねられるのを承知で訊《たず》ねた。

だが葉子は、こうした質問を予想していたかのように、落ち着いたまま、

「同志です」

と答えた。意味がわからなかったが、訊き返す前に相手がつづけて、

「家族や社会の問題に対して、あの方とは同じ志を持って活動しています。養育家庭の件で、夫婦であることが条件なら、形式的にそうしても構いません」

「でも……」

游子は言い迷った。言ってよいことだとは、どうしても思えない。

「でも、何でしょうか」

葉子が余裕のある態度で言う。

缶蹴り遊びをしていたときの玲子の笑顔が、頭を離れなかった。彼女を取られたくないという想《おも》いが、どうしても抑えられない。

「でも……山賀さんご自身は、お子さんを亡《な》くされているのではないですか」

葉子の表情が険しいものに変わった。薄い色のサングラスの奥の目が、大きく見開かれたのがわかる。

「あなたに、何がわかると言うの」

彼女が厳しい口調で言った。

游子は、後悔しながらも、もうあとへは引けず、相手と向き合う覚悟を決めた。

「養育家庭となられる場合、かつてお子さんを亡くされた経験があるのなら、その理由や経緯は、やはり質問されると思います」

彼女の子どもは、もしかしたら誰かに殺されたのではないかと思っていた。子どもの写真を多く飾っている理由も、彼女が闇《やみ》に隠れて泣くわけも、それで理解できる。

葉子は、唇を引き結び、しばらく黙っていた。彼女がサングラスを外した。白目の部分に、充血とは少し違う、星のように赤い血の斑点《はんてん》が幾つも浮かんでいる。

「わたしが、子どもを亡くした理由を知りたいと、そうおっしゃるのね」

彼女の声はいつもの柔らかさを失い、低く、強張《こわば》っていた。

「いらっしゃい」

彼女が部屋を出てゆく。気圧《けお》されて、游子は素直についていった。

居間を抜け、子どもの写真が飾られていた部屋へ通される。室内は暗かったが、葉子は電灯をつけず、写真立てを並べたテーブルの前に立ち、二本のろうそくに火を灯《とも》した。炎を受け、テーブルの上の写真が浮かび上がる。宗教的なものは何も用意されていないのに、そこが神聖な祭壇のように見えてきた。

「香りに、一郎と書いて、香一郎《こういちろう》です」

葉子が紹介するように言った。彼女は、写真を一つ一つ手に取り、游子に見せた。

産着《うぶぎ》を着た赤ん坊を抱いているのは、いまよりやせて、若々しい葉子だった。サングラスをしていない目には、血が凝固したような斑点は浮いていない。

「生まれたときは、二九五〇グラム。少し難産だったけれど、母子ともに健康でした」

次の写真では、やや成長した幼児が一人で立っている。

「最初に話した言葉は、マー。一歳と百二十七日目に、初めて二本の足で立ったの。よく笑う子で、夜泣きも少なかった」

黄色い毛布を抱きしめている幼い子どもの写真を、葉子は手にした。

「二歳頃から、だんだん人見知りをしはじめて、甘えて泣くようになった。この子の当時のお気に入りが、わたしが昔使っていた黄色い毛布。いつも抱きしめて、離そうとしなかった。わたしが幼稚園で働いてたものだから、おばあちゃんにお世話を頼むことが多かったけれど、この子は一度だって、わたしに仕事に行ってほしくないとは言わなかった。でも、きっと寂しいときもあったんでしょう。そうしたとき、この子は黄色い毛布を抱いて我慢していたんだと思う」

葉子は、そのあとも写真を次々に手にとり、わが子の成長の記録を語った。聞いている游子にも、彼女が子どもをこよなく愛していたことが伝わってくる。

小学生に成長した男の子が、祭りのハッピを着て、みこしを担《かつ》いでいる。目もとがずいぶん母親と似てきた。野球のバットを振っている写真もある。横顔は別の誰かに似ていた。それが誰かは思い出せない。

小学校五年のときだという、男の子は一等賞の旗を手に、満面の笑みを浮かべている。明るい未来が、この子の前には開けていると感じさせる写真だった。

「どれも笑っている写真ばかり。本当にいつも笑ってた。でも、親の気づかないうちに、この子はひとり悩んでいた……。外の世界はいろいろな悲劇があふれていたけど、自分たちの家族はなんとか頑張って、一つになって、幸せに暮らしていると信じてた。

でも、知らないあいだに、内側からむしばまれていたのね」

しばらく沈黙がつづいて、葉子がなかなか話しださないため、

「それは、どういう意味ですか」

游子は相手の背中へ問いかけた。

葉子が深く長い吐息をついた。

「夫はかつて教育相談所に勤めてたの。いろんな相談を受けてたなかに、覚醒剤《かくせいざい》への依存が疑われる少年がいた。親はもう保護者としての責任を放棄してた。少年は、小さい頃、両親が離婚して、母親の再婚相手から暴力をふるわれていたみたい。夫だけが、彼の更生を願って、学校や保健所、児童相談所、病院と駆け回ったの。でも、どこも少年の問題に深く関わろうとしなかった。しばらくして少年は、数人の女の子を暴行する事件を起こした。夫は警察や検察庁に呼ばれて、どうして早く周囲に相談しなかったのかと責められた……。別の少年の場合は、とうとう殺人にまで発展したの。妄想に苦しんでいる子だったから、本来は早く病院へ連れていってあげるべきだった。でも、両親がそれを拒み、関係する機関も協力しなかった。彼は、隣の家に押し入って、幼い兄妹《きょうだい》二人を殺してしまった。そのときも夫が責められた……相談を受け付けていたのに、何も手を打たず、犯罪者を野放しにしたって。警察だけでなく、上司も

地元のマスコミも、加害少年の両親までが、夫に責任があるようなことを言った。被害者の遺族には合わせる顔もなかった。香一郎は、そうした夫と世間の姿を、ずっとそばで見ていたのよ。社会はおかしい、世界は狂ってると、この子が言ったことがあった。夫やわたしは、そんなことを言うもんじゃないってたしなめた。だけど……実は、香一郎も当時ひどいいじめを受けていたの。親がつらい状況にあったために、隠して、ひとりで苦しんでいたのよ」

中学校の制服姿で直立し、真剣な表情でいる少年の写真を、葉子は手に取った。

「夫の相談が支えになって、学業を投げ出していた子が、あらためて教育を受ける道に戻ることは決して少なくなかった。でも、ごく少数だけど、更生できなかった子もいて、そうした子の一人が、香一郎をいじめ、数人の仲間と恐喝までしていたの。この子は黙ってたけど、態度の変化から、わたしたちもようやく事実を知って、驚いた。夫は、相手の少年も知っていたし、彼の将来も考えた上で、今後の方針を検討しようと、学校や関係機関に集まってもらったのに……相手の親は、事実を否定したばかりか、夫が教育相談所の権威をかさに着て、わが子をひいきしていると言ったの。その苦情が発展して、ついには、恐喝してたのは香一郎だってことにまでなりかけた。夫は上司から注意を受け、いじめのことも、うやむやにされてしまった。香一郎は、どんどん追いつめられてゆくようだった……。小さい頃から、感受性が人一倍強い子で、社会の不正や不平等の問題にも関心が高かった。でも、善意の人が責められたり、被害者が悪者にされたりすることもある社会だということを、この子は身をもって経験したのよ。生きることの意味に、人の何倍も苦しんで、悩んで、とうとうどうにもできなくなったんだと思う」

彼女がいったん言葉を切った。

游子は、聞きづらかったが、

「失礼ですが、お子さんはもしかして、ご自分で、死を選ばれたということですか」

葉子がそっと息をつく気配が伝わった。

「ある意味、そうだったのかもしれない。でも、やはり生きたいという想いは捨てきれずにいたんでしょう。世間のほうがおかしいのに、悪くない自分が死ぬなんて、我慢できなかったんじゃないかしら。死ねないことに、この子は苦しんでいたから」

「……死ねないことに？」

「自分ではね。だから……夫が死なせたの」

葉子の声は落ち着いていた。「二階の子ども部屋で、お酒を飲んで眠っていた香一郎の首を、夫が絞めて、死なせたんです」

彼女が新たに手にした写真には、十五歳くらいの、知的な眼差《まなざ》しの少年が、親指を立てて笑っていた。その両側には、両親らしい大人が並んでいる。母親は葉子だが、父親の顔にも游子は見覚えがあった。少年の横顔は、父親とそっくりだった。

「これで満足かしら？」

葉子が振り向く。ろうそくの炎が逆光となって、表情がはっきりとは見えない。

「こんな親には、他人の家庭相談は無理だとお考えかしら？　子どもを死なせた親は、養育家庭なんて、もってのほかですか」

「いえ……」

游子は口ごもり、あとがつづかない。

葉子は、写真を飾ったテーブルの下に積まれた、書類の束の一つを手にした。

「これが何かわかりますか。夫の減刑を嘆願してくださった方々の署名です。とてもたくさんの方が、夫の行為に同情を示してくださったんです。わたしたちの苦しみを理解し、重く罰しないようにと言ってくださいました。署名してくださった一人一人に、あなたは言えますか？　山賀葉子には他人の家庭相談は無理だと。小さい女の子の世話をさせるのは、とても危険だって」

「待ってください。わたしは、そんなつもりでは……」

「じゃあ、どんなつもりだったの」

葉子が書類の束を投げつけた。書類は、游子の胸を打って、畳に落ちた。

「お帰んなさい。駒田玲子ちゃんの養育家庭にとは、願い出ません。それがあなたの望みなのでしょ。怖い人ね……そんなに、わたしを貶《おとし》めたいですか」

「いえ、本当に、貶めるとか、そんなつもりでは……。ごめんなさい」

「二度と来ないで。あなたはあなたの道を進めばよろしいでしょう。わたしは志を共にする方々と一緒に、よりよい家族のあり方を模索していきますから」

游子は、畳に落ちた書類を丁寧に拾い上げ、元の場所に戻した。

「お子さんに、お祈りさせていただいても、よろしいですか」

「いいえ。このまま帰ってちょうだい」

冷たい声で断られた。

游子は、会釈《えしやく》をしただけで、部屋を出た。彼女が靴をはいているとき、

「夫はね、子どもを救おうとしたんです」

奥から聞こえてきた。「苦しんでいるわが子の姿を見るのは、とてもつらかった。罪は、親であるわたしたちにあると思った。だから夫は、この子を救ってやろうとしたの。いい子だったのにと惜しまれるかたちで、送ってやりたかったのよ。それが親

として、せめて最後にわが子にかけてやれる愛情だと信じるほかないほど、追いつめられていたから……」

声は途切れ、游子がなおしばらく待っても、聞こえてこなかった。

家の外へ出たとたん、立ちくらみなのか、めまいがして自分の車にもたれ込んだ。息が深く吸えず、その場にしゃがんだ。

不意に、ライトに照らされた。車のヘッドライトらしい。すぐに消えたが、ほどなくライトを消した乗用車が彼女の前で止まった。游子が顔を上げると、

「大丈夫かね」

運転席から、思いもかけない人物が顔を見せた。

「……馬見原さん。どうしてここに」

「どこか痛むのかね。答えなさい」

「平気です。立ちくらみのようなものですから。でも、なぜ……」

馬見原は、何か答えようとして、周囲を見回すと、進行方向を指さし、車を出した。

游子は、ゆっくり立ち上がって、車に乗った。二百メートルほど走った路上に、先ほどの車が止まっており、游子は後ろに止めた。馬見原が降りてきて、游子の車の脇《わき》に立つ。

「病院へ行くような痛みはないんだね？」

游子も降りようとしたが、相手がドアを押さえた。

「わたしは、もう大丈夫です」

「きみは、あの家で何をしていたんだい」

「山賀さんにお聞きしたいことがあって、少しお話を」

「顔色がひどく悪いな。どんな話だね」

「駒田さんの娘のことです。馬見原さん……あの方を見張ってらっしゃるんですか」

「こっちのことはいい。それより、駒田の娘のことだけかね、話は」

「……彼女の、お子さんのことも少し」

馬見原の表情がやや固いものとなり、

「子どもの話は、どこまで？」

游子は相手の顔を見つめ返した。口ぶりから、彼も事情を知っているらしい。

「それは……お子さんを亡《な》くされたいきさつについて、おっしゃってるんですか」

「きみの仕事に、何か関係しているのかね」

「いえ。そういうわけではありません。話の流れで聞かせていただきました」

馬見原は、こちらの質問には答えないものの、驚いた様子もなく、やはり山賀葉子がわが子を失ったことのくわしい情報を得ているらしい。

「じゃあ、気をつけて帰りなさい。わたしと会ったことは、秘密に頼むよ」

そのまま行ってしまいそうな相手を、

「聞かせてください」

と呼び止めた。「山賀さんと、大野さんは……以前は、ご夫婦だったんですか」

馬見原が静かに振り向く。

「そうだ」

「お子さんのことですけど……亡くなった理由は、夫が死なせたんだと、山賀さんに聞きました。その夫が、大野さんなんですか」

游子へ向けられた相手の目が険しくなった。怒っているように見える。だがそれは、単純に游子へ対するものではなさそうだった。大野たちへ、というのでもなく、もっと深いところへ向けられた、悲しみと一体の感情として伝わってくる。

馬見原は、車に乗り込み、来た道を戻っていった。

游子は、重い疲れを感じ、ハンドルに頭を預けた。馬見原が何を目的としているのかはわからない。だがいまは、何事であれ深く考えることはできそうになかった。

【十一月二十四日（月）】


コミュニティ・ルームのすぐ外に立つ、イチョウの葉が音もなく散ってゆく。

夕暮れにはまだ間があるのに、日差しは薄く、落葉も寂しげに映った。

馬見原佐和子は、患者と元患者たちが集まる恒例の勉強会に参加していた。これまでは、社会復帰を目標にして、意見や情報を交換してきた。いまは、病院外の世界に自分たちをいかに合わせるかではなく、自分たちの心身の状態や価値観が尊重される場所で、病気を抱えながらでも生活してゆけないかを話し合っていた。

「たとえば、この銀杏《ぎんなん》の実ですけれど」

佐和子は、ほかの患者と拾って洗い、天日干しした実を、集まった人々に見せた。

「これを、炒《い》って、砕いて、クッキーに混ぜてみたらどうかと思うんです」

いま議題にのぼっているのは、病院特製の商品を作れないかということだった。

佐和子たちが、ときに劣等感にさいなまれ、家族からは重く心配される問題の一つが、将来家族を失ったとき、自分たちだけで食べていけるかどうか、ということだった。この問題がクリアされれば、ずいぶん楽になるのではないかと、集まった一人一人が感じている。

佐和子は、紫と黄色のオキザリスと呼ばれる美しい花を摘んだものと、中庭で仲間たちと拾った松ぼっくりを、集まった人々に見せた。

「これは病院の花壇で、わたしたちが育てた花です。ただ摘むのではなく、ドライフラワーやポプリを作ることは考えられないでしょうか。こちらの松ぼっくりや枯れ枝などを使って、クリスマス用のリースはどうでしょう」

それを病院の外の世界で販売し、代価で、院内では手に入らない物品や、商品の原材料を購入して、生活のサイクルを成立させてゆく第一歩にしたい考えだった。

「でも、外の世界で稼ぐのは大変よ。なんだって競争なんだから」

元患者の一人がつらそうに発言した。

人々が、うなずき、ため息をつく。

佐和子も、またうなずいて、

「確かにそのとおりだと思います。競争の世界へ入っていったら、わたしたちはうまくやってゆけずに、自分たちを追い込んで、倒れてしまうでしょう。でもね、競争しない道もあるんじゃないでしょうか。外の世界も、たった一つの価値観だけで成り立ってるわけではないと思うんです」

たとえば四国遍路の〈お接待〉は、無償で相手を支えることが、自分をよく生かす形として成り立っていた。それは、いまの一般の生活においては見受けられない行為だし、経済活動としては成立していないのかもしれない。けれど、こうした行為が相互になされてゆけば、物質的な贅沢《ぜいたく》はできなくとも、十分に暮らせる可能性もあるように、佐和子たちは考えていた。

「皆さん、卓球でもバレーでも、自分のやり方があるし、途中で寝転んだり、ベッドから出てこなかったりする人もいるでしょ。時間って実はひとつじゃないんだ、人の数だけ存在するんだなぁって、わたし感心して見てたんです。だったら、外に合わせた時間じゃなく、わたしたちの公約数的な時間を作って、そのなかで仕事をするようにしてゆけばいいんじゃないでしょうか？　こうした考えを理解してくれる人は、外の世界にも何パーセントかはいると思うんです。そうした方々と、物やサービスの交換ができれば、これはこれでひとつの共同体だという気がするんです」

院内の一部では、すでに試みとして、特製のコインを発行し、物やサービスの代価に使われはじめている。コインは、患者の家族にガラス職人がいて、ガラスのおはじきを薄く伸ばしたような、色が美しく、軽くて、割れにくいものを作ってくれた。

たとえば、食堂や話し合いの場に出て、みんなと顔を合わせられたら、病院側から患者に一コインが支給される。おはよう、こんにちはと挨拶《あいさつ》ができれば、一コイン。患者同士では、トイレに付き添ってくれたら一コイン。服をつくろってくれたり、髪をセットしてくれたりしたら、二コインなど、互いに話し合いで決めている。患者の家族や、ボランティアの人たちが、そのコインを患者から渡されたときは、他人であっても、コイン数に見合っていると考えられるサービスを、話し合いで決め、提供することになっている。たとえば、外の散歩につき合ったり、話し相手になったり……。

ただし、コインを渡さずに喧嘩《けんか》になったり、持っているコインを一度に全部渡してしまったりと、まだまだうまく機能しているとは言えない。

だが、よく考えれば、外の世界では金銭トラブルなど日常的に起きている。混乱をなくすより、混乱しながらでも生きてゆけるかどうか……しばらくは模索してみようと、病院側も家族側も協力を約束してくれていた。

「バングラデシュだったかな、貧しい人のための銀行があるらしいの」

患者の一人が言う。「担保がなくても、パンとか壺《つぼ》を売る仕事を始めるときの、資金を貸してくれるんですって。そういう感じで、お金を借りて、何か作ったら？」

「誰がわたしたちなんかに貸してくれるの」と、別の患者が不安そうに訊《き》く。

「きちんと話せば、興味を示してくれる人もいるのじゃない」と、元患者が答える。

病院で花を育てて、鉢で売る案や、知り合いの縫製工場からミシンを借り、仕立て直しをする案。近所の生産緑地を借りて、野菜を作れないかという案も出た。

「働ける人と、働けない人も出てくると思いますけど、〈お接待〉の考えで、できるものが支えて、支えたことで、精神的な幸福を得られるんだと考えればどうかしら。小さな世界だからこそ、育ててゆける価値というものがある気がするんです」

佐和子は、まだ思いつきの域を出ない考えだが、提案してみた。

話の勢いで、このあと病院の調理室を借り、クッキーを試作してみることになった。

佐和子と、彼女が仲人《なこうど》をする予定だった娘、その恋人の男性患者、看護師の四人が、病院近くのスーパーで、クッキーの材料を買ってくることになった。

買い物は簡単に終わったが、男性患者が一行からはぐれた。娘が携帯電話を持っており、やはり携帯電話を持つ相手へ連絡した。病院ではこれまで携帯電話の所持は禁止されていたが、自己管理能力を促すため、消灯後は使用しないなどのマナーを守る約束で、許可されたばかりだった。

男性患者は、スーパー二階の雑誌コーナーにいた。乱雑に放り出された雑誌を見て、正確に並べ替える強迫神経症の症状に陥ったらしい。佐和子たちが、彼に声をかけ、背中を撫《な》でるなどして、病状から抜け出させた。

外出は三十分のつもりだったが、ほぼ一時間後に、四人は病院へ戻った。

玄関先には低い階段型の花台が設けられ、シャコバサボテンの鉢が並べられていた。ちょうど開花の時期で、赤紫色の花が人々の目を楽しませている。その花台の後ろに、一人の女性が隠れるように立って、こちらを見ているのに、佐和子は気づいた。

女性は、落ち着いた深緑色のスーツに、黒のコートを着ている。三十代半ばだろうか、瞼《まぶた》のあたりが腫《は》れぼったいが、瞳《ひとみ》には力があり、芯《しん》の強さがうかがえた。

佐和子は見覚えがある気がした。相手もこちらを見ていることから、やはり知り合いかもしれない。よく思い出せなかった。あるいは写真か何かで見たのだろうか。だが、どこでその写真を見たかとなると、はっきりしなかった。

＊

冬島綾女は、来月初めに、東京を離れることにしていた。先週の土日を使って、故郷の富山に帰り、母の暮らす市営住宅と一キロも離れていない場所に、アパートを見つけた。仕事も探し、初めはパートだが、大体の目処《めど》はついた。

研司は、せっかくできた友人と別れることをいやがったが、時間をかけて説得すると、理解してくれた。同い年の子と比べて、多くのつらい経験をし、大人の心情を察することが癖のようになったのかもしれない。かわいそうに思い、ペットを飼ってもいいよと言うと、大型犬の名前を挙げてきたため、ハムスターで折り合った。

荷物は一週間後に発送する予定で、ほとんどもうまとめ終えている。学校や近所への挨拶も終えた。隣の部屋に暮らす若い母親は、夫の仕事も安定し、最近はよく子どもと遊んでいる姿を見かける。彼女は綾女との別れを心から惜しんでくれた。

若田部は、一時は自分も工場をやめるなどと口にしていたが、娘たちのことも考えてだろう、あきらめてくれた。同じ工場で働くトムも、綾女がやめるなら一緒にやめると言ってきかないため、やめる時期などは、いまも正直に打ち明けられずにいる。

馬見原には、東京を去る前に会うことを求められていた。綾女はそれを最後の日にするつもりでいる。

あれこれ手続きの始末をつけ、あの人この人と挨拶もすませて、一応片がついたと思ったとき、ずっと以前から会いたいと願いながら、叶《かな》わずにきた人がいるのに気がついた。東京を出てゆくについて、なお心残りを感じるのは、馬見原への未練だけではなく、その人と会っていないこともあるのだろうか。

謝りたいのか、ただ遠目からでも見たいだけなのか、自分自身わからなかった。研司が友人の開いてくれたお別れパーティーに出かけたあと、送る荷物から外しておいたスーツと、冬用のコートを着て、外へ出た。病院の名前は、以前油井から聞かされて、覚えていた。

病院までは勢いで来られたが、そのあとどうするか考えていなかったため、玄関前でしばらく迷い、院内に入っても待合ロビーでうろうろとした。何度も入院棟のほうへ進みかけ、ついにはまた外へ出て、玄関脇《わき》に立った。

そのとき、門の外から、こちらへ歩いてくる女性三人と男性一人の姿に気づいた。

綾女は、相手のことがすぐにわかった。油井から写真を渡されていたし、もう少し近づいてきたとき、その女性が、「馬見原さん」と呼ばれている声が耳に届いた。

馬見原の妻は、写真では浴衣《ゆかた》姿だったが、いまは灰色のセーターに、レンガ色のスカートとジャケットを着ている。彼女が綾女を知っているはずはないが、目が合ったあと、なぜかこちらを見つづけていた。しかし会釈《えしやく》を交わすようなこともなく、彼女はほかの三人と病院内へ入っていった。

綾女は、つめていた息を吐いた。もしも相手が錯乱状態にあったら、罪悪感で押しつぶされたかもしれない。いま見た相手は、少なくとも表面上は健康で、態度も落ち着いている。安堵《あんど》する一方、自分の心配や罪の意識が拍子抜けしたような、妙な虚《むな》しさも感じた。馬見原から去る意味はあるのかと疑問もおぼえ、すぐに、ここは病院だ、彼女は入院したのだと、自分を叱《しか》りつけた。会えば、すべてが解決すると思ったわけではないが、これまでとはまた別の胸苦しさが残った。

「どうかなさいましたか」

病院の玄関のほうから声がする。

振り向くと、馬見原の妻が花台の脇に立っていた。

「どこか、痛むのではないですか」

相手が思いやりに満ちた声で言うのに、

「ありがとうございます……大丈夫です」

綾女は懸命な想《おも》いで答えた。

「失礼ですけど、お見舞いですか？　それとも、ご自身に悩みがおありかしら」

「あ……お見舞いに、です」

「そう。もう、お会いになられましたの？」

短く迷ったのち、

「……はい」と答えた。

「おつらそうだけれど、深刻に考え過ぎないほうがいいと思いますよ」

馬見原の妻はほほえんで、「わたしもここの患者なんです。少し考え方を変えれば、ただつらい、悲しい、恐ろしいといったことでは、決してないと思いますから」

相手の物言いに、余裕にも似た寛容さを感じた。化粧はほとんどしていないようだが、美しく思える年上の女性の顔を見つめ、

「……お強いんですね」

やや負け惜しみ気味に口にする。

馬見原の妻が苦笑を浮かべた。

「強かったら、入院はしてないんじゃないかしら」

「あ。すみません、勝手なことを」

綾女は頭を下げ、「でも……お強く感じられます」

「弱くてもいいんだって開き直っただけ。弱さを受け入れることにしたんです」

「どうしたら、そんな風に思えるんですか」

「そうね……あきらめる、ことかしら」

意外なことを聞いたと思い、

「何を、あきらめられたんです」

馬見原の妻はやや寂しげにほほえんだ。

「夫との暮らし、かしら」

聞き違いではないかと耳を疑う。

「あの、失礼ですけど、離婚……なさったんですか」

綾女は声が変にならないよう注意した。

「そうした、形式的なことではないんです。夫は、多くの人と共通の生き方を、これまで同様つづけていくはずです。慣れてるし、便利ですもの。わたしも以前は、崖《がけ》から落ちないように踏ん張る感じで、夫と同じ世界で生きようとしてました。でも、自分には無理なんだって、あきらめがついたんです。崖から、いいや、落ちようって」

「それは……死ということではなく？」

失礼だとは思ったが、訊かずにはいられなかった。

馬見原の妻はおだやかにうなずいた。

「わたしも初めはそうするしかないと思ってました。でも、違う道もあるかもしれないって、少し見えてきたんです。わたしたちは……こんな話、よろしいのかしら」

「ええ。どうか聞かせてください」

「……わたしたちは、子どもを亡《な》くしました。もしかしたらその子も、いまのわたしと同じように感じていたのかもしれないんです。でも、多くの人が身を置いている世界から離れて、どこで暮らせばいいのか、当時、わたしたちは教えてやれませんでした。崖から手を離しても、本当は数センチで地面に着いたかもしれない。けど、わたしも子どもも、怖くて下が見られなかったんです。子どもは崖にしがみついたまま疲れ切ったんじゃないかと、いまになって考えたりもします。子どもに伝えられなかった生き方を、謝罪の想いも込めて、生きてみようと思ってるところです」

綾女なりに、その話は共感を持って受け止められる気がした。でも、と疑問が湧《わ》く。

「その生き方に、どうして旦那《だんな》さんは一緒じゃないのですか」

相手が優しげに笑った。

「彼には、彼の生き方があるから……。あちらの世界が、絶対正しいとは言い切れないように、こちらが正しいとも、全然言えないと思うんです。どちらかが、どちらかの世界へ引っ張るようにして生きても、また逆戻りするだけですから。ごめんなさい、こちらの勝手な話ばかり。少しおつらそうに見えたものだから、声をかけさせていただいたんですけど。ご迷惑でしたね」

綾女は、顔の前で大きく手を振った。

「とんでもありません。お話しできて、とてもよかったです。あの、わたし……」

打ち明けたいと思った。しかし、すべてを明かすこともできず、

「もうすぐ東京を出ます。いままで一緒にいた方々とは、お別れして、違う世界で生き直すつもりです。だから、いまのお話、少しですけど、理解できる気がしました」

「そう。違う世界で？」

「はい。ですから、もうお会いすることもないはずですけど……見ず知らずの者に、心配して声をかけてくださり、本当にありがとうございました」

「いいえ。では、おからだに気をつけてお暮らしくださいね」

「おそれいります。ごめんくださいませ」

綾女は、丁寧に頭を下げ、門のほうへ歩みだした。

「さようなら」

背後から優しい声が聞こえる。

首を少しひねるようにして会釈をしたあと、相手からなお見つめられていることを意識しつつ、まっすぐ前を見て、病院をあとにした。

【十一月二十七日（木）】


薄暗がりのなかで目が光っている。街灯は遠く、隣家の門灯を頼りに、自宅の玄関先がようやく見える程度だった。

馬見原は、隣家の犬がこちらをうかがっているのだと気づき、

「起こしたか」

つい、犬に向かって話しかけた。

以前にはあり得ないことだった。夜明け前の帰宅がつづく日々に、外気と同じ冷え込みを、内側にも感じていたからだろうか。

「ずいぶん、だんまりを決め込んでるな。前みたいに吠《ほ》えたらどうだ」

犬は、尻尾《しっぽ》も振らず、目もそらさない。頭でも撫《な》でてやろうかと近づくと、やはり後ろへ下がってゆく。

佐和子にしろ、真弓にしろ、亡《な》くなった息子の勲男にしろ、相手との距離や間合いが、それぞれ思うようには嚙《か》み合わず、関係がどことなくぎこちなかったことが思い

出される。

「勝手にしろ」

人へも繰り返していた言葉を、犬に向かってつぶやき、玄関へ進んだ。

居間に上がって、コートを脱ぐ。室内は冷えきっており、身ぶるいした。先日、座卓の裏にヒーターを取り付け、コタツにしたばかりだ。コンセントを差し込み、なかに入って横になる。

今日も大野たちに動きはなかった。麻生家や実森家と似たような、一家心中の事件も起きていない。

だが、それをほっとしてよいのかどうか、世間では毎日のように事件が起きている。家族間の暴力も、児童虐待《ぎゃくたい》もあとを絶たない。

大野たちが罪を犯したかどうかは、自分勝手な勘に過ぎなかった。それよりいま、現実に悲劇に見舞われる人々の数を少しでも減らすべく、走り回り、歩きつづける仕事こそやるべきではないのか。

だが、警官としての彼に、事件後の捜査はできても、事件を未然に防ぐことはできない。人に危害を加えそうな者がわかれば、人権に配慮した上で、注意はできる。だが、罪を犯す前に逮捕したり、懲《こ》らしめたりすることは許されていない。

「本当はやりたいんでしょ」

背後で声がした。

廊下の板が軋《きし》むあたりに、勲男が立っている。この子は死んだのに。おれは骨も拾ったのに……。そう思いながら、息子がそこにいて、話しかけてくれることが嬉《うれ》しい。

何がやりたいだって、と馬見原は横になったまま息子へ訊《き》き返す。

「幸せに暮らしてる人たちを苦しめる連中は、先にやっつけたいんでしょ」

べつに、おれはそんなこと思っちゃいない、と馬見原は答える。

「嘘《うそ》つき。こんな奴《やつ》らは死んだほうがましだ、あんな連中をのさばらせておくと危ないって、これまで何度考えた？　油井って人にも思ったでしょ」

馬見原は言葉につまる。

「大野さんは賛成するよ」

馬見原も、大野の考えにまったく同意できないわけではない。

「お父さんだって、人を撃ったもんね」

あのときは、検事が殺されそうだった、やむを得なかったんだと答える。

「そうかな。やっつけたかったんだよ。目ざわりな奴は、さっさと片づけたほうが早いと思ったんでしょ」

物騒なことを言うなと、たしなめる。

「だったら、言葉では絶対に説得できなかったの」

そんな余裕はなかった。

「じゃあ、そんなことになる前の、手続きとかで、間違いはなかった？」

逮捕に向かう方法や、検問の敷き方など、振り返れば確かに、事が最終局面にいたる前の、情報や手配や連絡に行き違いがあり、射殺を避けられた道もあったかと思う。だが、いまさらそんなことを言っても仕方がない。

「そうやって開き直るから、また誰かを傷つけるって、お母さんは〈お接待〉の場所で言ったんじゃないの？　原因を見直さずに、起きたことの言い訳ばかりに躍起《やっき》になるから、人をもっと傷つけてるんじゃないかって」

おれが撃った相手は、二人も殺した。油井って男は、子どもを虐待し、おれの古い友人にも暴力をふるった……そういうひどい人間もこの世界にはいる。おまえは人間を知らん。自分の欲望のためなら、子どもを殺しても平気な奴が、うようよしてる。

「問題は、そういうひどい人間も、条件や環境次第で変われる可能性があるって、お父さんが信じてないってことだよ。もともと人間を軽く見てるんだ」

言ってる意味がわからん。

「油井って人でも、生き方を変えられるって、信じてる？　お父さんが敵だって思う人たちにも、多くの人に愛される可能性があるってこと、実は信じてないでしょ。お父さん、正直に言いなよ、ぼくのことも信じてなかったでしょ？」

おまえは誰だ、勲男じゃないな、十五の子にそんな難しいことが言えるはずがない。

「ぼくはぼくなりに、お父さんのなかで成長してるんだよ。ほら、電話」

遠いところで電話の呼び出しが鳴っている。寒けを感じて、くしゃみをした。コタツに入ったまま、浅い眠りに落ちていたらしい。

背後を振り返ってみる。思ったとおり、誰もいなかった。

電話の呼び出しが鳴りつづいていた。時計は午前五時を指している。佐和子の病院だろうか。顔を両手でこすり、受話器を取った。

相手が焦《あせ》った声で言う用件を聞いて、

「すぐに伺います」

馬見原はふたたびコートを着た。

家を出るとき、まだ眠っていなかったのか、あるいは気配で起きたのか、犬が現れ、こちらを見ていた。母はこの犬を見たことがあったろうか。母の施設入所と、犬が隣家に来たのは、同時期だった気がする。

電話は施設の職員からだった。母が廊下で転び、左手首を骨折した。馬見原が施設に到着したとき、当直職員のほか、施設長と嘱託の看護師も駆けつけており、彼らはそろって馬見原に謝罪した。

ここでは、抑制と呼ばれるベッドへの縛りつけをおこなっていない。馬見原はそれが気に入っていた。職員の話では、ほかの入居者の見回りをしていたあいだに、母がベッドを出て、「お父ちゃま、お父ちゃま」と呼びながら廊下を歩いていたという。職員が気づいて止めようとしたが、何かの拍子に左手から落ちる恰好《かっこう》で転んだらしい。骨折以外の傷はなく、すでに病院から戻って、ベッドでやすんでいると聞かされた。

馬見原は母の枕《まくら》もとに立った。母は左手をギプスで固定されていたが、苦しげな様子もなく眠っている。骨折の影響でだろう、微熱が出ていると看護師に教えられた。額に手を置くと、確かに熱っぽかった。それ以上に、母の顔がやけに小さく感じられたことがショックだった。

母が起きるまで付き添うことにして、七時頃、署へ連絡し、休みを願い出た。折り返し笹木から電話があった。事情を理解してくれたあと、ついでにと言った調子で、

「ウマさん、あんたこのあいだ、水戸の母親のことを気にしてたろ?」

馬見原が射殺した犯人の母親が、いまどうしているか。佐和子とそのことを話して

以来、気になっていたから、四国から帰る際、電話で笹木に訊《たず》ねていた。

「昨日、外国人犯罪の対策会合で、茨城県警の人と話す機会があった。それが例の事件のときの、水戸の刑事課長さ。話の流れで、母親のことも訊いてみた。偶然てのはわからんね。彼は近所に住んでるそうだ。母親は、あのときの家にいまも暮らしてる。ゴミ屋敷として、地元じゃ有名らしい」

電話を終えて戻ると、母はまだ眠っていた。母のために用意された朝食を、代わってとることを職員に勧められ、好意に甘えた。食後、また母のそばに戻る。

母はおだやかな寝息をたてて眠っていた。腹が満ちたせいもあり、ほとんど眠っていなかった彼の瞼《まぶた》が重くなる。

お父ちゃま、お父ちゃま。おかっぱ頭の、赤い着物を着た少女が、薄暗い廊下を、父親を呼びながら走ってゆく。

母の父親のことは、馬見原は何も知らなかった。母が父親のいない家庭で育ったということは、ずいぶん昔、父から聞いたことがある。母に訊ねたことはない。母は、成長してからも心の底で、自分の父親を求めつづけていたのだろうか。母のそうした一面は知らなかったし、知ろうともしなかった。

自分が親になると、子どものことばかりで、親の心まで思いやることはしなくなる。

親が老いて、いつかは死ぬということを、意識できる年にはなった。だが、そのときどきの親の心根や、親の人生をどうとらえるかまでは、考えたことがない。

　馬見原が六、七歳の頃、母と西瓜《すいか》を買いにいった。背伸びしたい年頃だったのだろう、重い西瓜を一人でも持てると言い張り、手に抱えようとした。だが手がすべって、西瓜を地面に落としてしまった。叱《しか》られると思い、泣きたくなった。だが、母は彼を叱らず、割れた西瓜を集め、店の水道を借りて泥を落としてから、袋に入れて持ち帰った。そのとき叱らずにいてくれた母への感謝は、いまも心の底にある。きっと彼が寝たきりになっても、消えることはないだろう。施設で徘徊《はいかい》するようになった自分が、母ちゃん、母ちゃんと呼びながら歩いても、その心の底にある西瓜の風景を、誰も知ることはない。娘の真弓にも、孫にも伝わらない……。

　ごめんよ、と母に謝りたくなる。何も知ろうとしなくて、ごめんね。

　夢のなかで、おかっぱ頭の少女が振り返る。彼にほほえみかけ、頭を、いいよ、いいよ、と撫でてくれた。

　馬見原は、心地よい感触をおぼえ、目を覚ました。知らぬ間にベッドに頭を預け、顔を横にして眠っていた。母の怪我《けが》をしていない右手が、彼の頭の上にある。馬見原が誰かわかっているのかどうか、母は表情もなく、彼の頭を撫でつづけた。

昼近くには母の熱も下がった。痛みはないか、苦しくないかと母に言葉をかける。声は聞けなかったが、彼女は何度もうなずき、馬見原を医師と思ってか、祈る形で右手を顔の前に上げた。

あとを職員に任せ、馬見原は施設を出た。水戸へは、車で二時間で行けた。記憶だけが頼りだったが、ほとんど迷うことなく、犯人の実家の前に着いた。やはり意識の底に焼きついていたのだろうか。

家の近くに車を止め、歩いて玄関先に立った。車を降りたあたりからすでに悪臭が漂っていたが、家の周りはいっそう鼻についた。玄関前だけを残して、ゴミの袋が高く積まれている。雑誌類や瓶や缶、自転車や大きな鉄くずのようなものまで見える。家も朽ちかけ、壁は崩れて、庇《ひさし》の木は腐っていた。

「ごめんください。いらっしゃいませんか」

玄関ドアの向こうへ呼びかける。留守も予想されたが、もう一度呼びかけたとき、内部で物音がした。あらためて大きく呼びかけると、

「……誰」

と、しわがれた声が返ってきた。

「お話を伺いたくて、お訪ねしました」

「ゴミじゃないよ、全部うちの財産なんだ。持ってくなら、金を置いていきな」

「いえ。息子さんのことです」

しばらく答えはなかった。やがてドアが軋りながら開き、厚手の丹前を着て、くすんだマフラーを首に巻いた老婆《ろうば》が現れた。彼女は、馬見原を睨《にら》み上げ、

「そんなもの、いないよ」

と、ぶっきらぼうに言った。

彼女の顔には覚えがなかった。確かに犯人を射殺後、遺体のそばに母親が立っていた。だが、目の前にいる老婆とは結びつかない。

「息子さんのお墓があれば、参らせていただきたいと思い、伺ったのですが」

「とっとと帰れ。水、ぶっかけるぞ」

老婆は、軍手をした手を振り、「はじめからいないもんに、墓があるか」

「いえ、わたしは、ここで息子さんと……」

老婆がいきなり痰《たん》を吐いた。あとずさると、彼女はまた痰を吐く真似《まね》をして、

「いないもんは、いないっ」

と言い捨て、家のなかへ入った。

嘘か、痴呆《ちほう》のせいか、あるいは最初から子どもがいなかったことにしたほうが気が楽なため、そう思い込もうとしているのか、馬見原は察することができなかった。

五十メートルほど離れた、犯人を射殺した現場へ行ってみた。一帯は駐車場に変わっていた。人がここで亡くなったという痕跡《こんせき》は、どこにも残っていない。藤崎も見ればば驚くだろう。いや、ほっとするだろうか。馬見原自身は、正直ほっとするところがあった。いまさらこんなことに何の意味があるのか、自分の心を鎮《しず》めたいだけではないかと疑いながらも、駐車場の隅で手を合わせた。

東京へ帰る途中、施設へ電話した。母は昼食だけでなく、三時のおやつも食べ、いまはテレビを見て笑っていると、職員から聞いた。そのあと笹木へ電話し、話があるので署に残っていてほしいと頼んだ。

杉並署へ着いて、笹木と表面的な挨拶を交わしたあと、馬見原は先に屋上へ出た。太陽がいま落ちたばかりで、雲の端々《はしばし》に赤い色が残っている。

「話ってのは、なんだい」

笹木が現れ、煙草《たばこ》をくわえた。

馬見原は、彼を視野の端に入れて、雲を眺め、

「退職を考えてる」と打ち明けた。

笹木が、煙草に火をつけるのをやめ、

「本気かい」

「宿直を避けてる件で、薄々気づいていたかもしれんが、張り込んでる相手がいる。白だったら、刑事をやめるつもりだ」

「……入れ込んでるな。どんな事件だい」

「もうしばらく見ててくれ。宿直の件は、そういうことでよろしく頼むよ」

「椎村も知ってるってことだな」

「奴は白と信じてる。その可能性のほうが高いんだがな……。まあ、それはそれとして、さっき水戸へ行ってきたよ」

「ほう。どうだった」

馬見原は、煙草をくわえて、火をつけた。その火を笹木にも勧める。

「子どもは、元からいないと言われた」

「母親が言ったのか？　ぼけてんのか」

「笹やん。あんた、子どもを殺されたら、どうだ。忘れられるかい」

「息子と言っても、二人も殺した殺人犯だからな。親として、悲しめる立場でもないんだろ」

「親だからこそ、悲しんでもいいんじゃないか」

「責めてほしかったような口ぶりだな」

「別の方法もあったんじゃないのかね」

「藤崎が殺されたあとでか？」

「その前さ」

馬見原はゆっくり煙を吐いた。

「笹やん、ここで、八月に祈ってたな……相手のことは、許してるのかい」

笹木は答えなかった。

「あれと同じ理屈が、世界中でまかりとおってる」

「……なんの話だ」

「あんたも、おれが撃ったことを認めてる」

「喧嘩《けんか》を売るために、呼び出したのか」

馬見原は自分に向けて苦笑した。

「おれは、おれなりに頑張って、ともかく言われたことをまっとうしてきたよ。それで給料をもらうんだ。多少、上の言いなりになるのもあきらめた。子どもや女房の暮らしも支えられる。ひいては、社会や国のためにもなるんだろうと思ってな」

「それの何が悪い。正しい道だよ、当然だろ」

「だが、正しいと信じた根拠はなんだ。気がつきゃ、周りは人が傷つけ合うのが平気な世界だ。家族同士でさえ殺し合ってる、なかには保険金まで掛けてだぜ。笹やん、おれたちはこんな世界を子や孫に残したくて、必死に働いたのかね」

馬見原は、吐息をついて、煙草を消した。笹木を呼んだ本題に入ることにした。

「例の、署内にいるイヌの話だが……おれだ」

笹木は、何を言われたのかわからない表情で、こちらを見ている。指を焼きそうになったのか、小さく声を発して、煙草を落とした。

彼から目をそらし、携帯電話で暗記している番号へ掛けた。

「……長峰か。おれだ。近々またガサ入れがある。場所と日時が決まったら電話する。一応、心の準備はしとけ」

笹木に聞かせるように話して、切った。

年下の上司は、まだ信じられない顔つきで、

「冗談だろ」

と、かすれた声で言い、首を横に振る。

「長峰のことは知ってるな。目的は、奴《やつ》らの組にいた、或《あ》る男の行動を抑えたかった

からだ。まあ、金も少しは欲しかったがね」

笹木は、しばらくまだこちらを見つめていたが、いきなり拳《こぶし》を挙げて、殴りかかってきた。まだ半信半疑なのか、簡単によけられる腕の振りだった。馬見原はあえて受け、受けたことで、笹木も信じたようだった。

「ばか野郎、何人の捜査員が悔しい想いをしたと思ってんだ。退職とかなんとか、きれい事ですむ話か。れっきとした犯罪だよ」

馬見原は、殴られた顎《あご》のあたりにふれ、

「この程度でくさい飯を食う気はない。退職金をもらわず、やめる気もない」

「イヌにくれてやる金があるかっ」

「そうかね。副署長が弟名義の会社に融資を受けるため、誰と頻繁《ひんぱん》に会っていたか、知らんわけじゃないだろ。あんたも二度ほどつき合ったんだ。再就職も心配なしか？　議員のガキの覚醒剤《かくせいざい》所持を、署長は握りつぶした。見返りに何をもらったか、それも知ってるだろ」

「いや、わたしは……」

「べつに騒ぐ気はない。みんな同類ってことさ。朝から晩まで働いて、そのぶんの見返りを得て、人生を作ってきた。少しのずるやごまかしも、生きてゆく過程で必要だったものだ。杓子定規《しゃくしじょうぎ》に非難されたり、ばかにされたりするようなことでもない。だからといって……このままでいいとも思わんがね」

「何のことだ。わかるように言え」

煙草を新たにくわえた。ようやくいま考えはじめたことを、わかりやすく伝える方法など思いつきもしない。自分には、いつだって行動しかなかったのだ。

「幾つかの問題を整理しとこうと思ってね。まず長峰に灸《きゅう》をすえよう。奴は、自分の兄貴分をそそのかして、おれのネタ元を半殺しにしやがった。ガセネタをつかませるから、奴がいい気になって金や女を避難させた場所へ、あんたが指揮して捜索に入る……どうだい？」

「どうって。長峰とつながってる話が本当なら、あんた、命はないだろ？」

「上の命令もなしに刑事を殺《や》る度胸なんぞ、あの連中にはないよ。こっちを舐《な》めたらどうなるか、あらためて話し合ういい機会さ」

考えると言って、いまはまだこの程度しかできない自分がもどかしい。

顔を上げると、赤い色を残していた雲はもう闇色《やみいろ》に沈み、逆に街がまばゆい色に輝きはじめていた。

【十一月二十八日（金）】

大野甲太郎と山賀葉子は、板橋にあるアパートの一室を訪ねていた。

部屋には、七十代の老夫婦と、その孫になる十九歳の少年が暮らしている。少年は、中学の頃から万引きなどの窃盗《せっとう》を繰り返し、警察に何度も補導されていた。いまは仕事もせず、祖父母の年金を持ち出すほか、シンナーやライターガスを吸っているという話だった。

困りきった祖母が、知り合いの伝《つて》で、大野たちに相談した。彼女はいま『家族の教室』にも参加している。祖父は、他人が家族内のことに口出しするのをいやがったが、少年の非行がエスカレートしたためか、しぶしぶ大野たちを受け入れた。

今日は、祖父母と少年と、大野たちの五人で話すことになっている。互いに心を開いて話し合うほか、改善の道はないと、大野たちが再三説得した結果、ようやく祖父母も少年と向き合う勇気を持ったようだ。

午後一時という約束の時間に、大野たちは部屋のインターホンを押した。だが、ドアは開かない。耳をすますと、室内で人の声がした。またインターホンを押す。ドアは開かず、声が言い合いに変わった。心配になり、なかへ呼びかけながらノックを繰り返す。ようやくドアが開き、少年の祖母が恐縮した態度で現れた。

「孫には、まだ話してなかったものですから……。朝方帰ってきて、いままで眠っていたんです。別の日にしていただいたほうが、よろしいかと」

室内からは、うるせえな、帰しちまえよ、と叫ぶ若い男の声がする。

「いえ、せっかく決心されたんです。いま話したほうがいいでしょう」

大野は言った。

葉子もうなずき、二人は相手を押し返すようにして、部屋に上がった。

玄関を入ってすぐ、狭い台所と四畳半の居間があり、その奥に六畳の部屋がある。少年は奥の部屋を一人で占領していた。ジャージー姿で、布団《ふとん》の上にあぐらをかき、脱色した髪をかき乱して、煙草《たばこ》を吸っている。少年の祖父が、その横に立って、

「早く起きんか」と、怒鳴っていた。

少年は、祖父のほうを見もせずに、

「うるせえ、殺すぞ」と、低い声で言い返す。

少年の瞳《ひとみ》は落ち着きなく揺れ、シンナーのためか歯の表面が黒ずんでいた。

大野たちは、乱れた履物《はきもの》をそろえ、自分たちも靴を脱いで上がった。

「ああ？　なんだよ」

少年が面倒くさそうに大野たちを見る。

祖母が、少年のほうに歩み寄り、

「話しただろ。いろいろ相談に乗ってもらっている先生方だよ」

「こんにちは。失礼して座らせてもらうよ」

大野たちは、彼と向き合う形で、居間の床に直接正座した。

「あれれ？　誰の許しもらって座ってんの」

少年が、下から睨《にら》み上げるようにする。

「わたしがお呼びしたんだから」

祖母が、声を抑えろと手を振った。

「そんなに身構えなくてもいいよ」

大野はおだやかな口調で言った。「今日は、きみたちご家族の手助けにきたんだ」

少年が、火のついた煙草を大野へ放った。祖母が慌《あわ》てて煙草の始末をする。

「ばかもんが。おまえのために、みんなが迷惑しとるんだろうが」

祖父が怒鳴りつける。

「うるせえな。死にてえのか、ジジイ」

少年はけだるそうに新しい煙草に火をつけた。「てめえのアホ娘が、クズとやって産んだのが、このおれだよ。元は全部、てめえらの子育ての失敗じゃねえか」

「また、なんてことを……」

祖母が顔をゆがめる。

少年の母親は、或《あ》る男と同棲《どうせい》し、子どもを産んだが、父親である男がどこかへ逃げたため、子どもを両親に残して、自分も別の男と出ていったという。

「お二人は、きみのことを心配なさってるんだ。いまもシンナーをやってるのかね」

大野は柔らかな表情で話しかけた。

「からだにひどく悪いのは、自分でも知っているんでしょう」

葉子も優しい声で言う。

少年は軽薄そうに笑って答えない。

「働きもせず、なんで遊ぶ金がつづくんだ」

祖父が苛《いら》立《だ》った声で訊《き》く。

「酔っ払いを襲うんだよ。アホなオヤジを、釘《くぎ》を打ちつけたバットで殴んのさ。銀行帰りのバアサンを狙《ねら》って、ひったくりもするぜ」

「嘘《うそ》だろ、嘘だと言いなさい」

祖母が涙声でたしなめる。

「っせえな。やめてほしけりゃ、年金手帳を担保に金借りてこいよ」

「……なんて奴《やつ》だ」

祖父が少年に殴りかかった。少年がよけたため、拳《こぶし》は軽く彼の肩を打っただけだが、

「誰に手ぇ上げてんだ。ぶっ殺されっぞ」

少年は、煙草を捨て、祖父の首に手を掛けた。祖父が倒れ、少年が馬乗りになる。

「やめなさい」

大野は、とっさにあいだに入り、少年の腕を取って、後ろにひねった。細くて筋肉の少ない腕だった。少年は、ほんのわずかな我慢もできない様子で悲鳴を上げ、布団の上にひざまずいた。祖母が、あたふたと大野に取りすがり、

「申し訳ないです。申し訳ありませんです」

と、拝むようにして、少年をかばった。

葉子もうなずいたため、大野は少年を離して、元の場所に戻った。

祖父が、喉《のど》を押さえながら苦しげに、

「いまに、おまえは人殺しだ」と言う。

少年は、腕をしきりに撫《な》でながら、

「てめえを殺さずにいてやってんのは、金づるだからだよ」と吐き捨てる。

「もうやめて。やめてちょうだい」

祖母が顔を押さえて泣きはじめた。

葉子は、彼女のそばへ立って、からだを支え、

「今日こそちゃんと話し合いましょう。お孫さんに、ご自分がいまどう思っているのか、どんな幸せを願っているのか、お気持ちを、しっかり伝えてあげてください」

大野も、祖父のほうを見て、

「無益な言い争いをするより、お孫さんのことをどれほど心配しているか、また今後彼に何を望み、自分たちには何が提供できるか、具体的に話してあげてください」

「ああ、シンナー吸いてえ」

少年が苛立ったように声を上げる。

祖父が、それを聞いて、いまいましげに首を横に振った。

「こんな奴、さっさとのたれ死ねばいいんだ」

「何度それを繰り返してきたんです」

大野は注意した。「あなたの希望や期待、不安と心配とを、お孫さんにちゃんと言

葉で伝えてあげないと、彼だってわかりませんよ」

「口にせんでもわかるのが家族だ。わからんのは、こいつが家族じゃないからだ、間違って生まれたからだ」

祖父が、立ち上がって、外へ出てゆこうとする。

「そんな捨て台詞《ぜりふ》のようなことを言うものじゃありません」

大野は彼の前に立った。「家族同士で理解し合うことを、面倒がってはいけない。あなたの愛情を、かたちで見せてあげるんです」

「口出し無用。奴はいまに大犯罪者だ。早いうち死んだほうが世のためだ。どけっ」

祖父は、大野を押しのけて出ていった。

「ざけんなよ、くそジジイ。やるときゃ、てめえを一番にしてやるからな」

少年が手もとにあった灰皿を玄関へ投げた。床に灰皿が転がり、吸殻が散らばる。

「ああ、もう、死にたい、死にたいよぉ」

祖母が顔を押さえて訴える。

少年が、舌打ちをして、着替えはじめた。

「泣いても解決しませんよ。どれほど愛しているか、どのくらい大事に思っているか、お孫さんに聞かせておあげなさい」

葉子は祖母の背中を撫でた。祖母はしかし顔を上げずに泣きつづける。

大野は、着替えている少年のほうへ、

「きみ自身、いまのままでいいとは思ってないんだろう。更生したい気持ちもあるはずだよ。仕事をして、恋人を作り、家庭を持つ、そんな夢も持ってるだろ」

少年がわざとらしいあくびをする。

「人生を変える気はないかね。勇気を持って、やり直したらどうだい。平凡でも、輝きのある未来を、きみ自身で開いていかないか」

「よぉ、くだんねえことぶつくさ言ってねえで、金を貸さねえ? スタンガン、欲しいんだよね。もっと楽に金を盗《と》れっからさ」

「おまえを殺して、わたしも一緒に死ねばいいんだ、そうすりゃあいいんだ」

祖母が額を床に押しつける。

「逃げないでください。しっかり話し合わないと、お互い不幸になるだけですよ」

葉子が、彼女を起こそうとしても、祖母は子どものようにいやいやと首を振る。

少年が、革ジャンをはおり、ポケットからナイフを取り出した。

「どけよ。刺さったら、そっちのせいだぜ」

と、大野を下がらせてから、ドアを蹴《け》り放して、出ていった。

大野は床から灰皿を拾った。葉子は、祖母を支えて、奥の部屋でやすませる。

台所の冷蔵庫の上に鍵《かぎ》があった。大野は、祖母が葉子の慰めを受けているのを見て、その鍵でドアの錠が閉まることを確認した。

「何か必要かね？」

葉子に声をかけた。彼女が振り向いたところで、手のなかの鍵を見せる。

「何かあったまるものでも、お願いします」

大野は、外へ出て、離れたところに止めてあった車を走らせた。最寄りの商店街で、合鍵を五分で作り、適当な買い物をして、葉子の待つ部屋に戻った。

「早いほうがいいかもしれんな」

夕方、自分たちの家に帰りついてから、大野は言った。

葉子はうなずいた。

「本当に誰かを殺してしまいかねませんものね……」

二人は、夕食後、座卓の上に並べた二つの鍵を見つめた。一つは、今日訪問した部屋のもので、もう一つは芳沢家の裏口の錠に合う。芳沢家の合鍵は、大野が害虫消毒をしている際に、リビングの引出しのなかに鍵を見つけて、作業の合間に作った。

大野が刑務所にいた当時、なかで知り合った男から教わった空き巣の手口だった。

「今日の家族が先で、いいのかしら」

葉子は疑問を口にした。

「社会への危険性は、より大きいだろう」

大野は答えた。

「でも、あの女の子も、自分を苦しめる一方だし、家族ももう崩れてる。早く解放してあげても、いいと思うのだけれど」

「芳沢家については、氷崎游子も関わってることで、感情的になっていないかね」

「わたしがですか。どういう意味です」

「駒田玲子のことさ。氷崎游子が口出しをした結果、きみは養育家庭をあきらめた」

「ああした未熟な人が、子どもの問題の相談に乗っていることは、社会にとって不幸だとは思っていますけど、だからって……」

「彼女が多少なりと関わっている芳沢家で、事が起きれば、彼女に対しても痛みを与えられる……そう考えている部分はまったくないかね」

「いいえ。児相職員が関わっていながら、事件が起きれば、社会への強いメッセージになるとは思います。芳沢家と実森家の子どもたちが、同じ高校に通っていたことも話題になるでしょうし、教育や学校の体質を見直す動きにつながらないですか」

「そういう面も期待できなくはないが、やはり社会への危険性は今日の家族のほうが高い。シンナーを吸って、子どもを襲いでもしたら、取り返しはつかない」

葉子は、少し考えてから、納得してうなずいた。

「……わかりました。そうしましょう」

「鍵は、きみが持っていてくれ」

大野は、彼女に鍵を二つとも預けて、外へ出た。

月のない夜で、風も冷たい。背中を丸めて短い距離を歩き、隣の資材置場の前に立った。フェンスの鍵を開ける途中、また例の車が止まっていることに気づいた。

三十メートルほど離れた道路脇《わき》に、乗用車が止まりはじめて、もうひと月になるだろうか……。早朝や昼間は見えないのに、夜になるとほぼ同じ場所に止まっている。近くに工務店の寮があるから、そこの居住者の車かもしれない。こちらの迷惑になる場所でもないので放ってはいるが、さすがに気になった。

建築資材が盗難される話も聞いている。大野は、敷地内に入って、しっかりと鍵を掛け直した。

管理小屋にも、一応鍵を二つ付けてある。プレハブのため、室内は外と同じくらいに冷えていた。ストーブをつけ、暖まるまでじっとしていた。すると、室温が上がってくるにしたがい、いやな臭《にお》いが鼻をついてきた。

事務机を脇にずらして、床板を外す。臭いが急に強まった。

懐中電灯を持ってきて、床下を照らした。荒れた地面が、光の輪のなかに浮かぶ。土の一部がやや盛り上がり、腐乱した人間の足の指が見えた。あまり深く掘らなかったため、死後硬直した足が突き出てしまったらしい。

大野はため息をついた。

駒田の頸動脈《けいどうみゃく》を絞めて、気を失わせてから縛り上げ、意識が戻ったところで、養護施設にあてて、手紙を書かせた。

内容は、自分は旅に出るので、娘の養育は山賀葉子に任せたいというものだった。

書き上げたところで、許してくださいと泣く駒田の首に紐《ひも》を掛け、一気に絞めた。

手紙は、しばらく手元に置いたあと、頃合いを見て、施設へ出かけてゆき、郵便受けに投げ入れた。少なくともその頃までは、駒田の生存を証明するためだった。

しかし、駒田君もつくづく迷惑をかける男だ……。

大野は、もう一度彼を埋め直すため、小屋の外へシャベルを取りに出た。

【十二月五日（金）】


浚介は午前五時に目を覚ました。

古い家屋には隙間《すきま》が多く、夜明け前後はとくに冷え込む。

雨漏りや電灯の修繕費用、家屋の消毒にかかった実費程度は、家賃から引いてもらえたが、隙間風までは面倒みきれないと、不動産屋の主人からは言われている。

あまりの寒さに先月初めにストーブを買い、戸や窓の隙間にはテープを貼《は》った。それでも、もう二度も風邪を引いてしまった。

年を越す前に凍死っすね、とケートクにからかわれた。誰か一緒に暮らしたらどうっすか、人がいると違いますよ。だったら、おまえたち家族が越してこいよと勧めたが、死にたくないっすと断られた。

浚介は、厚着した寝巻の上に毛布をかぶり、這《は》うようにしてストーブをつけにゆく。

雨戸の向こうで物音がした。以前はいちいち驚いていたが、さすがに慣れた。近所の老人の話では、イタチかタヌキだろうという。もう冬眠の時期だろうに、いま頃何をしているのかと思い、ストーブをつけてから、雨戸を開けにいった。

外はまだ暗かった。室内とさほど温度差はないが、毛布のなかに首をうずめる。藍色《あいいろ》の空に月が残り、庭に置かれた車椅子《くるまいす》サッカーのゴールと、車椅子バスケットのゴールのかたちが、ぼんやり眺められた。どちらも、ケートクの仲間たちが本格的なものを作って、つい最近設置した。

バスケット・ゴールの脚近くに、イタチらしい小動物の影がある。こちらを振り返った目が光っている。鼻のあたりから吐かれる息の白さが、やけに美しく感じられた。浚介も、手に息を吹きかけながら、しばらく相手と見つめ合った。

我慢できなくなって、くしゃみをしたとたん、イタチらしい影は逃げ去った。

室内に戻って、湯を沸かし、体操をして、からだを温める。ぬるま湯で顔を洗い、コーヒーを飲んでから、庭へ出た。

家庭菜園は一度失敗したあと、耕した畑を三つに分けた。土を瘦《や》せさせないことと、経験を積むことを考えて、一年目にひと区画、二年目にふた区画と、一年ごとに、場所も栽培する野菜も増やすことにした。

九月下旬に畝《うね》をビニールでおおい、病気に耐性のある大根と白菜の種をまいた。動物よけの柵《さく》を作り、鳥よけのテープも張った。発芽したあとは間引きをし、肥料をまき、土寄せをした。二つが順調に育ちはじめたところで、小松菜の種をまいた。手をつくすと、白菜はしっかりした球を結び、小松菜も丈が二十センチ近くに成長した。大根も地下で問題なく育っていれば、収穫の時期だった。この土曜日には、ケートクたちを呼んで、みんなで採り入れをし、寄せ鍋《なべ》パーティーを開くことになっている。

浚介は、土から出ている大根の白い部分にふれた。ひんやりしながら、しっとりとして、固さの奥に柔らかさを感じる。

白菜は、外葉を紐《ひも》で縛り、結球の部分を霜から守っている。柔らかな葉を集めた中央部分は、少しエロチックにも見えた。鼻を近づけると、草の匂《にお》いが強くする。土のなかへ指を入れてみる。表面は冷たいが、地中は早朝でも温かい。自然に対して、からだが感応したのか、ごくしぜんと性的な欲求が湧《わ》いてきた。

だったら……氷崎游子を抱きしめたい。できれば、彼女と精神的な喜びも共有し、ともに何かを見つめ、考え、育《はぐく》めればという気持ちが、どんどん高揚してくる。今日の夕方、或《あ》る集まりで、游子と会えるはずだった。そのとき、なんらかの形で気持ちを伝えられたらと思う。

日が昇るにしたがい、じっとしていられない衝動にかられた。いまのこの高揚感にそそのかされるようにして、ずっと心に懸《か》かっていた人たちとも、会っておこうかと考える。勢いづかないと、なかなか会えない相手だった。

よく実っていそうな大根を探し、まっすぐ上へ引き抜く。少し曲がってはいたが、初心者の一号作品としては、まずまず上出来に思えた。白菜も一つ、作業用の包丁で根もとを切って収穫し、小松菜はふた束採り入れた。

最初の収穫は、ケートクたちと一緒にと約束していたが、これから会う相手に、自分の手で育てたものを見せたい、という気持ちを抑えられなかった。

収穫した野菜は、よく洗ったあと紙袋に入れた。久しぶりに背広とコートを着る。テレビの美術制作のアルバイトは、拘束時間が考えと合わず、友人に謝りを入れて、三日前にやめていた。今日から仕事を探す予定だったが、明日に回し、家を出る。相手の都合を考え、昼食が終わった頃の訪問となるよう、途中で時間を調整した。

名刺の裏に書かれた住所を目当てに、神奈川県の川崎駅で降りる。住居表示板と照らし合わせ、新しいビルや商店が並ぶ一画を通り抜けた。書かれていた場所には、モダンな造りのマンションが建っており、まさかと思った。玄関はオートロック式で、緊張に強張《こわば》る指で部屋番号を押す。相手の出るまでが異様に長く感じられた。

「はい、巣藤です」

中年女性の声がした。記憶に残っていた声を、少し老《ふ》けさせれば、確かにこうなるかもしれないと思う。

どう挨拶《あいさつ》すればよいかわからず、インターホンに備付けのカメラへ顔を向け、

「……浚介、です」と名乗った。

しばらく返事はなかった。やがて、

「ああ……いらっしゃい」

かすれた声がして、ドアが開いた。

マンション内へ入り、四階の部屋の前に立つ。ドアが開いて、相手が顔を見せる。

中学卒業後に家を出て、以来十五年以上会っていなかった。なのに、明るい色のセーターと、ゆったりしたパンツを着たその中年女性が、母だとすぐにわかった。

心の表面は、まだ固い殻におおわれながらも、内側では、柔らかく溶けてくるものがある。もしも母に抱きつかれたら……あり得ないことだが、謝られでもしたら、自分を失いそうで怖かった。その怖さをこらえて、

「……お久し、ぶりです」

浚介はうなずく程度に頭を下げた。

「元気、そうね」

母は、彼の顔を一度だけ見て、あとはわずかに目をそらし、固い笑みを浮かべた。

彼女について廊下を進み、奥の部屋へ入る。窓が大きくとられた明るいリビングの中央に、中年の男性が立っていた。とりつくろったような笑みを、浚介のほうに向けている。父だとは、容易に信じがたかった。太って、頬がふっくらとし、顔だち自体が変わったように見える。神経質そうな目はそのままだが、鋭角的な厳しさはもう影もない。トレーニングウェアの上下に、良質そうなカーディガンをはおっていた。

「浚介か。まあ、よく来たな」

父が少し高い声で言う。彼の背後に大型テレビがあり、ワイドショーらしい番組が放映されていた。テレビの前には、テーブルと革製のソファが置かれ、テーブルは缶ビールとおつまみなどで、ひどく散らかっていた。

「どうも……」

浚介はやはりうなずくような会釈《えしやく》をした。

「電話をしてくれたらよかったのに。急でびっくりしちゃったわよ」

母がまだ動揺している様子の声で言う。

「ともかく、立ったままじゃ話もできんから、座ったらどうだ」

父がソファのほうを振り返る。テーブルの上の様子が気まずいのか、

「おまえも飲むか」

と、愛想笑いを浮かべた。

「父さん、肺を悪くして、仕事をやめちゃったのよ。それでなまけ癖がついたのか、お昼からビールなんて、ねえ。浚介は、今日は仕事は」

母がとりなす口調で訊《き》く。

「先にウナギでもとるか。浚介は、昼はまだだろ」

父が、電話台のほうへ歩き、壁に掛けた出前のメニューを見る。母がそのあいだにテレビを消し、テーブルを片づけはじめた。

「ウナギでいいのか。だったら、上にするか」

父の言葉に、母が早足で電話の前へ進み、

「あたしたちの分もとるの？　だったら並にしといたほうがよくない」

「浚介が来たんだ。奮発しろよ」

「でも、あとで叱《しか》られるわよ。ふだんから使い過ぎだって言われてるんだから」

「兄さんが来たんだって言えば、あいつだって大目に見るだろう」

「だったら、あなたから言ってよね」

二人が気にしているのは、弟のことだろう。この部屋は弟のもので、両親は転がり込むようにして移ってきたのだと聞いていた。

「いいよ。食べてきたから」

浚介は二人に言った。

「じゃあビールを出してやれ。飲むだろ」

父が媚《こ》びるように笑う。頬が少し赤い。

「いまはもう全然働いてないいんですか」

父に訊《たず》ねた。

「え。まあ……いろいろあってな」

父が、気まずそうに顔をそらし、部屋を横切ってソファに腰を下ろした。母も、電話の前を離れて、台所のほうへ移ってゆく。

「浚介は、学校をやめたんだって？　いま何をして食ってんだ」

「……友人のところでバイトをしてましたけど、やめて、また探すところです」

正直に答えた。なまけている、反省しろと、以前のように責められるかと思った。

「若いんだから、まだまだ大丈夫よねぇ」

母が台所から明るい声で言う。

「教師なんかより、実入りのいい仕事は幾らだってあるさ。兄弟一緒に、同じ会社に勤めたらどうだ。あれも世話してくれるだろ」

父が陽気な口調で言い添える。

母が、ビールとグラスを運んできて、父の隣に腰掛けた。

「あの子も、こんな立派なマンションを買っちゃって。部長さんが保証人ですって」

「じゃあ、まあ、久しぶりってことで」

父が、ビールを注《つ》いだグラスを、母に渡し、こちらへもしぜんな態度で差し出す。

浚介は、困惑しつつも、受け取った。両親が、「乾杯」と小さく声にして、ビールに口をつける。だが、とても飲むことなどできない。

「……なんなんだよ」

思わず声に出していた。グラスのなかの泡を見つめ、

「この世界は、欲望の罪に、まみれてるんじゃないの？　だから、自分が罪を犯してないか、いつも反省しながら、慎《つつ》ましく暮らすべきなんじゃないのかよ」

両親は聞こえない顔でビールを飲んでいた。

父が、消されていたテレビをつけて、

「ここで、浚介を見てな。いや、びっくりしたよ」

「すぐにビデオに録《と》ってね。あとでまた家族そろって見たのよね」

浚介はグラスをテーブルに置いた。二人の横顔を見つめ、

「おれは、反発はしたけど、少しは、二人が正しいことを言ってる気もしたよ。慎ましく生きるって言葉は、考え方として、尊重できる気もしてた。なのに……」

「いいじゃないかもう。久々に会ったのに、昔の話を持ち出すことはないだろ」

父がテレビを見ながら言う。

浚介がさらに言い返そうとしたとき、

「疲れちゃったのよ」

母がつぶやくように言った。「ああいうのも、けっこう疲れるから……」

父は黙り、母は無表情でビールを飲んだ。

しばらくテレビの音声だけが響いた。

「寿司《すし》にしてやれ。寿司なら食うんだろ」

父が面倒くさそうに言った。

母が、深々とため息をついて電話台のところへ歩き、上にするのと暗い声で訊く。

並を三つにしとけと、父がビールを口に運ぶ。

怒りとも悲しみともわからない感情がこみ上げ、奥歯を嚙《か》みしめた。口を開けば、二人をののしる言葉を吐きそうな気がする。浚介は出口へ向かった。野菜を入れた袋は持って帰ろうとしたが、考え直し、弟に残してゆくことにした。

いまの両親と、つねに接しつづけている弟の心境を思いやると、胸が痛む。おれはいい。まだいい。かわいそうなのは弟だ。会ったよ、おまえが言ってた両親のいまの姿を見たよ。おれはあの家にいるから、よかったらまた来てくれ……。そんな想いだけでも伝えようと、紙袋を玄関内の隅に置いた。

知らないあいだに、父が目の前に立っていた。

「あ……帰るよ」

浚介は感情を抑えて言った。

「親をばかにしてんのか。この野郎」

父が叫んだ。神経質そうな目をさらにとがらせ、拳《こぶし》を胸のあたりまで上げて、

「育ててやった恩も忘れて、全然仕送りもしてこなきゃ、今日は手土産のひとつも持ってこない。こっちが気をつかってやってるのに、まったく何様のつもりだ。おまえこそいまは無職のくせに、偉そうな口をきくんじゃないよっ」

父はまだ何か言いかけたが、怒りに言葉が出ない様子で、リビングのほうへ去った。

浚介は、茫然《ぼうぜん》と立ち尽くし、いつ部屋を出たのかもわからずにいた。

できるだけ何も考えないようにした。両親とは関係のないことを……。たとえば、野菜の収穫のこと、ケートクたちとのパーティーのこと、そして氷崎游子のことを考

えて、電車に乗り、約束した集まりに参加しようとした。

都内の、小さな町の集会場で、集まりは開かれる。だが、どこをどう歩き回ったせいか、場所の近くに着いた頃は日も暮れており、道に迷った。

髪も肩も、なぜかぐっしょり濡《ぬ》れている。冷たさが服の内側までしみ入ってくる。理由を考えることさえ避け、逃げ込める場所を求めて、歩きつづけていた。

「……巣藤さん？」

声を耳にして、顔を上げる。

游子が立っていた。傘をさし、こちらを驚いた顔で見ている。

「どうしたの。傘もささずに」

浚介は、すがるように手を伸ばし、彼女を抱きしめた。

＊

車の外では雨が次第に強くなっている。

ワイパーは使えないため、フロントガラスを流れる雨に視界がにじみ、三十メートルほど先の、資材置場の小屋の明かりもぼうっとにじんで、幻想的な印象に映った。

その明かりがいきなり消えた。

椎村英作は、ライトをつけていない車内で、前方に目を凝《こ》らした。傘をさした人物が小屋から出てくる。金網のフェンスの外へ出てくるおり、街灯によって、大野甲太郎だと確認できた。

大野は、フェンスの扉に鍵《かぎ》を掛け、こちらへ視線を投げてきた。見えるはずはないのに、椎村は首をすくめて、できるだけからだを縮めた。

大野は、十秒近くも、椎村の乗っている車のほうを見ていた。近づいてくるのではないかと恐れたが、ようやく彼は背を向けて、山賀葉子のいる民家へ入っていった。

椎村は腕時計を見た。午後七時四十五分。馬見原の話では、だいたいこの時刻に、大野は隣家へ移るらしい。たぶん夕食をとるのだろう。十時前後には、また彼だけが現れ、管理小屋へ戻るとのことだった。

「何も起きやしないよ」

吐息とともにつぶやく。

大野たちを張り込むことに、椎村はずっと反対だった。彼らの過去がどうあれ、父親のことでいろいろと心を砕いてくれたあの大野が、一体どんな罪を犯すというのか。

馬見原の張り込みは止められなかったが、自分がそれをする気はまったくなかった。

しかし、今夜だけ代わってくれと馬見原に言われた。外せない用ができたのだという。むろん断ろうとした。だが、いつもの気迫でつめ寄られ、ついには仕方なく、

「だったら、大野さんの無実を証明するために張り込みます。それでいいですか」

と、馬見原に言った。そうでも言わないと、気持ちの整理がつかなかった。

昨夜は、遅くまで大きい仕事にかかっていた。ずっと空振りに終わっていた暴力団関係の店に、課長の笹木が絶対的な情報をつかんだとして、検挙に向かった。店ではバカラ賭博《とばく》がおこなわれており、客は大金を賭《か》けていた。客の接待にあたっていた外国人は、ほとんどが不法滞在者で、客に大麻も提供されていた。

予想以上の検挙に、署長以下幹部は興奮し、笹木は上司からも部下からも讃《たた》えられた。ただ情報源がどこか、笹木は一切答えなかった。椎村がほかにも不思議に思ったのは、捜索に馬見原が加わっていなかったことだ。たぶんここで大野を張っていたのだろうが、署を挙げての捜索から外れることを、よく笹木が許したと思う。気になって、笹木と馬見原、それぞれに訊ねてみた。両人とも返事さえしなかった。

じっとしていると眠気が襲ってくる。車の窓を開けて、空気を入れ換えようとした。雨が風に乗って吹き込み、慌《あわ》てて窓を閉める。人が乗っていることを悟られないよう、暖房は使えない。後部座席にブランケットが置いてあった。父のからだに掛けるため、

母が買ったものだ。椎村はコートの上からまとった。かすかに父の匂《にお》いがする。

携帯電話が、メールの着信を知らせた。

母からだった。もともと機械は苦手だったくせに、父親の入院以降、連絡のため使いはじめて次第に慣れ、いまでは頻繁に自分や兄のところへ打ってくる。

『お父さん、またわがままよ。いやになっちゃう。』

父の状態が急を要したときは、家族全員、いわゆる非常時に備えて緊張し、父の言動にも気をつかって、望みはすべて叶《かな》えてやろうと努力した。だが、ホスピスにいるとはいえ、落ち着いた状態が長くなっている。家族もさすがに緊張がゆるみ、そうそう父の望みどおり動くことも限界があって、ことに母は最近よく不満を口にする。

『なかよくやってよ。こっちは仕事なんだし。』

母の携帯に打ち返す。

すぐに返事があった。

『お父さん、子どもの前では、いい顔ばかりしてるけど。わたしには、うるさくどなって、ありがとうも言わないの。もう離婚したくなった。』

愚痴だとわかっていても、どきりとする。

なんだよ、まったく……と吐息をついた。

『お母さんが大変なのは知ってるよ。でも、相手は病人だからさ。』と打ち返した。

つづけて送られてきた母のメールは、もう話が変わっており、

『あの子と、結婚する気?』

ぶっきらぼうで、トゲがあるように感じられなくもない。

以前葛飾《かつしか》署で一緒だった婦警と、誕生日にメールをもらったことをきっかけに、つき合いはじめていた。前の日曜、父のところへも連れてゆき、母とも会った。

『まだわからないよ。』

と、慎重に打ち返す。

兄は家を出ているし、父の状態を考えれば、現実的には椎村は今後、母とあの家で同居することになるだろう。先々の家族のことを考えると、ただ女の子とつき合うことも簡単ではないと、気持ちが沈んでゆく。

『とにかく、お母さんも疲れてるんだから。今日はもうおやすみ。』

ため息しいしい打って、母に送る。

ふと、何もかも捨てて、逃げだしたい気持ちに襲われた。

＊

馬見原は、玄関先から部屋のなかを見たとたん、寒々としたものを感じた。家具調度や衣類など、室内にあったほとんどのものが、引っ越し先に送られたか、捨てられたかしたらしく、もう誰も暮らしていない部屋のように見える。訪れるたび感じていた母子の生活の匂いだけが、いまなお残って、綾女たちの部屋であったことを証《あかし》だてている。

台所の次の間には、座卓が残されていた。訪問したおりは、この前に座ることが習慣となっていただけに、胸をつかれる想《おも》いがした。

「これは、捨ててゆくのかね」

綾女が、台所から顔をのぞかせ、

「あ。いえ……お隣の女性に譲る約束です。食事のときに困るものだから、明日、部屋を出るまではうちに置いて、渡してゆきます」

彼女は、いったん引っ込み、紙コップを持って戻ってきた。座卓にコップが置かれる。水で割ったウイスキーが注いであった。

「すみません。食器類は残してゆけなかったものですから」

綾女が座卓をはさんで向かいに座る。

「気にしなくていい。酒はどうするね」

「残れば、やはりお隣にと……」

馬見原はうなずいた。氷の入っていないウイスキーに口をつける。

「氷、お隣からいただきますか」

「いい。隣は、うまくいってるのかい」

「ええ。近頃は、子どもも笑い声ばかり。それはそれで騒がしいんですけど」

今夜は、その隣の声も聞こえてこない。雨のせいかもしれなかった。

「明日は、何時だね」

「お布団《ふとん》を送る手配とか、幾つか片づけをしてから、お昼前にはと考えてます」

「布団を送ってしまって、明日の夜はどうする」

「ホテルに泊まる予定です」

「学校の手続きも、終わったのかい」

「はい。研司は大変でしたけど……」

馬見原は奥の部屋を振り返った。閉め切った襖《ふすま》の向こうに、研司が寝ている。まだ九時だが、研司は今日になって、転校はやっぱりいやだと騒ぎはじめ、ついには泣き疲れて、一時間ほど前に眠ったという。

「これを持っていこうか、迷ってるんです」

綾女は、馬見原がさっきまで見ていたスクラップブックを、膝《ひざ》の上に引き寄せた。

「どうして。ずっと集めていたんだろ」

「なんだか、重苦しい気がして……。家族の幸せって、何でしょうね」

「さあな」

馬見原は薄く苦笑した。

「……娘さんと、仲直りなさる気はないんですか」

「なんだい、急に」

「娘さんを、もう許されてるんですか。家を出たこととか、結婚のこととか」

「許す、許さんなど、あれにはもう関係ない。こっちのことは気にしちゃいないさ」

「そうでしょうか……。子どもは、親の謝罪とか、許しの言葉を、いくつになっても、待ちつづけているように思うんですけど」

馬見原は、返事が思いつかず、ウイスキーに逃げた。綾女が新しく注ぐために台所へ立つのも、止めなかった。娘と和解したくないわけではない。だが、頭を下げるのは癪《しゃく》だったし、相手が先だという意地もある。プライドだけでなく、理屈では説明できない殻が、自分を包んでいる。一歩踏み出せば、仲良くとは言わないまでも、そこそこ理解できる関係にはなれるのかもしれない。だが、その一歩が面倒だった。

「拒絶が、怖いのかもしれんな……」

つい言葉が洩《も》れた。最近よく思う。外づらは社会的なようでも、実際の人間関係においては、けっこう殻にこもってきた。

「でも、心が離れたままでは、寂しくないですか」

綾女がコップを手に戻ってくる。

馬見原は新しい水割りに口をつけた。佐和子はいま新しい生き方を模索している。真弓は彼女なりの家庭を作ってゆくだろう。母は施設がよく見てくれている。じゃあおれは……と考える。研司が寝ている部屋を、あらためて振り返った。

綾女たちと一緒に行きたいという想いが、ごくしぜんと湧《わ》いてくる。

もうひと口、水割りを飲んで、首を横に振った。

「いま、家の建て替えを考えてる。ケア・ハウスのようなものを作りたいと、あれが前に話していた。それが、できないかと思ってね」

「そうですか。これからまたお忙しいですね」

「ああ。寂しいなどと言っておられんよ」

馬見原は背広の内ポケットに手を入れた。通帳とカードと印鑑を、座卓の上に置く。

「きみたちには、何もできなかった。せめて、これを受け取ってもらえないか」

「そんな。とんでもないです」

綾女が押し返そうとする。

「こちらの頼みだ。何もしないでいることは、かえってつらい」

馬見原は顔を伏せた。相手には、頭を下げたように見えたかもしれない。

「少しでも、きみたちに……研司のために、何かできれば、自己満足に過ぎないのは承知だが、少しは救われる。むろん自分だけが救われてよいのかと、恥じ入りもしてる。本当につらいのは研司だろう。彼がこれから送ってゆく日々は、こちらが思うほど子どもっぽくも、無垢《むく》なものでもないはずだ。それに対し、わたしは何もできない。ただ、彼が耐えなければいけない何かが、これで少しでも軽くなるのなら……」

なおも言葉を探していると、

「わかりました。もうそれ以上は」

綾女の手が、彼の手の上に重ねられた。

馬見原は静かに手を引いた。

綾女の手に、通帳とカードと印鑑が残った。

「暗証番号は、研司の誕生日にしてある」

通帳を作るときの都合で、名義はひとまず馬見原になっていたが、彼自身が自筆で名前のところを消し、『冬島研司』と書き換えてあった。

「研司に、会ってやってもらえますか」

「いいのかね」

綾女が立ち上がって、奥の部屋の襖《ふすま》を開いた。

研司は布団のなかでうつ伏せに眠っていた。おだやかな寝息をたて、額にうっすらと汗をかいている。

馬見原は、手を伸ばし、研司の目にかかりそうな髪を上げてやった。頭を撫《な》で、頭頂の三日月状の傷痕《きずあと》にふれる。歯をぐっと嚙《か》み、抱き寄せたい衝動をこらえた。

研司の枕《まくら》もとに、雑誌と同じくらいの小さな絵が置かれていた。彼がクレパスで描《か》いたものらしい。茶色に塗られた山の下に、水色の広がりがある。きっと湖だろう。湖には、大人と子どもと思われる二人が泳いでいた。湖の脇《わき》に立つ木の下には、女性が座って、泳ぐ二人を見ている。

「この絵は……」

「きっと富士山と河口湖です。今年の四月、連れていってくださったでしょう。いつかまた旅行して、一緒に湖で泳ぎたいと、ずっと話していましたから」

「これは、もらっては、いけないかな？」

「あなたのために描いたんです。渡したと言えば、きっと喜びます。ここへ来たとは、言えませんけど……」

馬見原は絵を受け取った。

絵の右上あたりに漂う雲のなかに、『お父さんへ　けんじ』と書かれていた。

＊

葉子は受話器を置いた。後ろに立っている大野を振り返り、

「この雨だから、家《うち》にいるそうよ」

「暴れていないのか」

大野が訊《き》く。

「お酒を飲みながら、ヘッドホンで音楽を聴いてるって。かなり酔ってるみたい」

「じいさんはどうしてる。我慢してるのか」

「ええ。でも、いつまた喧嘩《けんか》になるかわからないって。話の途中から涙声だった」

「今日か明日、誰かが訪問することは?」

葉子は首を横に振った。

「誰も来るはずがないって」

大野は、短く考え、心を決めた。

「いくら話をしても、あの家がよくなることはない。このまま放置しておいて、害が拡《ひろ》がることのほうが恐ろしい」

二人は、顔を見合わせ、電話相談を受けている部屋を出た。

大野は勝手口に回った。家の裏手に、大きな水槽が置いてある。なかには土をつめ、白蟻《しろあり》を飼っていた。大野は、水槽の蓋《ふた》を取って、ピンセットで白蟻を三匹捕まえ、ポリ袋に入れて、家のなかへ戻った。

葉子は、奥の部屋で、テーブルの上にろうそくを灯《とも》し、ステンレス製の皿を用意した。テーブルの下に積んである減刑嘆願の書類を、つづりから破り取る。大野の刑を軽くするように願い出た人々の名前と住所が、一枚につき、二十名分書かれている。

彼女は、書類の一枚をろうそくに近づけた。すぐに火が移り、オレンジ色の炎に包まれる。ステンレス製の皿の上に落として、さらに書類を数枚くべた。

大野がテーブルの前に進んだ。ピンセットで白蟻を一匹つまみ、炎のなかへ落とす。葉子が手を合わせて瞑目《めいもく》した。白蟻と、これから訪ねる人物を重ね合わせて、汚れた魂が浄化することを祈る。残りの二匹も、大野が一匹ずつ丁寧に、炎のなかへ落としてゆく。そのつど葉子も、犠牲が貴いものとなることを祈る。

「行こうか」

火が消えたところで、大野は顔を上げた。

「救いにいくのね」

葉子は確認のために訊く。

大野はうなずいた。

「愛を見せにいくんだ」

＊

游子の予想とは違っていた。

祖父のガールフレンドである柿島スミ江は、年配の人々に向けて、自分や孫たちのため、選挙での一票をもっと有効に使おうという運動をしている。彼女の主催する集まりも、だから政治的な色合いが濃いのかと考えていた。

だが、集まっていたのは、老人だけでなく、中年の男女、小さな子どもとその親、髪の色も服装もカラフルな若者たち、目の不自由な人や、耳が不自由らしい人、日本人女性と結婚した外国人の男性など、四十名ほどもいた。

会場では、きまりもスケジュールも、スローガンめいたものもなく、それぞれが持ち寄った料理や菓子をつまみながら、勝手に人の輪を広げていた。或《あ》る場所ではハングルの会話教室が開かれ、或る場所では点字と手話が教え合われている。別のところでは、若者の悩みに年配者が答え、年配者のダンス指導に若者があたっていた。

スミ江の話では、ふだんたまった鬱憤《うっぷん》を、笑って吐き出す会を持とうと始めたらしい。互いに話し合ううち、誰もが本当はもっと成長したい、ほかの人へ何かを提供したい、と願っていることがわかってきた。押しつけず、提供し合い、学び合う、そんな集まりに、しぜんと発展してきたらしい。

「人って、そんなに捨てたもんじゃない気がするのね」

と、スミ江は言った。

游子は、部屋の隅で、彼女の話を聞いていた。車の運転があるので、彼女はジュー

スだったが、スミ江は焼酎《しょうちゅう》を飲みながら、

「多くの人が、誰かを支えたいと思ってる気がするの。方法と場所がわからないだけで。罪を犯した人だって、ふだんから必要とされてたら、違った道へ進めたかもしれない。塾はいっぱいあるのに、人を支える経験をちゃんと積める場所がないのよ」

游子は、浚介とケートクたちの集まりのことを話した。

「あら、いいじゃないの」

スミ江が顔を輝かせ、「今度こっちから押しかけていこうかしら。互いに手をつないでいけば、輪が広がるものね。游子さんも、そのお仲間なんだ？」

「仲間かどうか……。まだ正式に、入れてもらえてないかもしれませんね。何度か、参加はしましたけど」

浚介を目で捜した。少し離れた場所で、祖父と話している。祖父の真剣な話ぶりに、困惑顔で頭をかいていた。早く定職につくよう説教されているのかもしれない。

「つまり、彼とも、まだってわけだ」

スミ江がいたずらっぽく笑う。

游子は、驚き、返事に困った。

「しちゃえ、しちゃえ」

スミ江は、少し酔ってもいるらしく、そそのかすように言う。セーターにジーンズ姿の彼女は、とても七十を越した人には見えない。

「慎重に選ぶのは大事なことだけど、選んだら、自分をさらす勇気も必要でしょう」

スミ江の言葉に、游子は首をかしげて、はっきり答えることはしなかった。

集会場を閉める時間になり、気の合う者は、それぞれ家に集まり、飲み直すことになった。游子は明日も仕事があるため、辞退した。浚介も帰ると言い、彼女が車で送ることにした。

祖父たちとは駐車場で別れた。車を出す際、スミ江がウインクをした。游子はどぎまぎして会釈《えしゃく》だけを返した。

夜の九時半を回っていた。車内では、浚介が陽気な口調で、集まりの印象を話しつづけた。集会場へ入ったあとは、ふだんどおりに人と話せていた彼だが、その少し前、傘もささずに歩いていたことが、游子は気になっていた。何か深い事情があるとは思うが、まだそれについてはちゃんと話せていない。

「想像してたより、いろんな人がいて楽しかったよ。やっぱり家庭菜園をやってる人がいて、アドバイスをもらえたし」

彼は明るく話しつづけ、「うちの家庭菜園も、ついに収穫期を迎えたんだ。明日、ケートクたちと収穫祭を開くんだけど、仕事だよね？」

游子は、残念に思いながらうなずき、

「児童虐待《ぎゃくたい》防止法の、改正に向けたセミナーがあるの。でも、菜園がどうなったかは、見てみたいな」

「いまから来る？　なんてね……」

淩介が、本気とも冗談ともつかない言い方をして、ぎこちなく笑った。

いまがいい機会のように感じられ、

「今日の夕方……何かあったの」

游子は思い切って訊《たず》ねた。淩介の表情が固くなる。ひどくいやなことだったらしい。だからこそ逆に、ずっと陽気に話していたのだろうか。

以前なら話を変えたところだった。いまは、くわしく聞きたい想《おも》いがつのる。

「聞かせて、もらえない？」

前を向いて言った。ワイパーの音と、すれ違う車の音ばかりがつづく。

「長く別れてた両親と、会ったんだ」

かすれた声が返ってきた。ほかの音とは異質なため、はっきり耳に届く。

「甘いことを想像してたら、きっと裏切られると思って、身構えるようにして訪ねたんだけど……意外なほど、甘く迎えられてね。強くて、頑固だった頃のあの人たちと別れて、それっきりだったから……年をとったことの弱みを、わざとさらけ出してくるような迎え方に、どう応じたらいいのか、わからなくなった。おかしいだろうって、相手を非難する感じのことを口にして、傷つけたみたいだった」

浚介が言葉を切った。游子は何も言わずに待った。

「十五年以上も離れて、このまま最後まで離れて生きるのも、そんなに難しくないのかなって、思いはじめてた頃だった。でも、弟とはずっと会いたいと思ってた。ケートクたちと話すと、ときどき弟のことが頭に浮かんできた。弟と会えたことは、話したよね。現実は、やっぱり夢見たようなものとは、違ってたよ。それでも、あいつは弟に違いないし……あの二人が、親なのも間違いない。でも、本当のところ、自分はどうしたいのか、よくわからないんだ。彼らとは、今後も距離を置くのか、気持ちがひとつにならないことを承知の上で、関係を修復すべきなのか。そりゃ、家族そろって笑える日がくれば、いいとは思うけど、元々そんなことのなかった家だからね。本当はもう彼らを忘れて、ケートクたちや、きみのことを想うほうが、ずっといいように思うんだ。でもそうすると、弟をまた捨てた気がして、苦しくなる……」

浚介が、声をつまらせ、窓のほうへ顔をそらした。

游子は、左手をハンドルから離し、からだの脇《わき》に力なく置かれた浚介の右手を握った。彼の戸惑いが、手のふるえを通して伝わってくる。

游子は力をこめた。やがて相手も握り返してきた。

これは同情なんだろうか。からだの芯《しん》のほうが熱くなってくる。熱は胸もとへのぼって、喉《のど》のあたりを過ぎ、吐息となって唇から洩《も》れた。

相手の感性や価値観のすべてが、自分に合っているかどうか、まだよくわからない。だが、相手の抱えている苦悩と、その耐え方には、共感できるものがあった。

わたしがしたいから、それをするのだ、と游子は思った。

わたしが欲しいのだと、あえて自覚する。わたしの望みであり、責任でもあるんだと意識する。

理性的過ぎるのかもしれない。でも、これが、わたしなんだから仕方ない。同情したわけでなく、誰かにそそのかされたからでもなく、わたしが選んで、こうするのだと決めて、道路脇に車を止め、「絶対に死なさねえぞ」と言ってくれた、相手の唇を求めた。

＊

綾女は、さっきまで馬見原がいた場所に膝《ひざ》を崩して座り、座卓の脚をたたんだ。一本、一本、たたむたび、かちりかちりと何かの終わりを告げるような音がする。

馬見原に対して未練がないと言えば嘘《うそ》になる。しかし彼の妻と話したことが、心に深く残っていた。彼女の言葉は、完全でなくとも、綾女自身の今後の生き方を示唆《しさ》するものを含んでいた気がする。

座卓を壁に立てかける。陰に隠れていたスクラップブックが目に入った。

家族の幸福感が伝わる話ばかり、切り抜いてある。羨《うらや》ましかったのはもちろん、読むたびに、幸せな人々と同じ気持ちを味わいたかった。だが実際は、切り抜いたことで満足して、読み返すことはほとんどなかった。

もしかしたら、たくさん集めれば、自分も幸せな家族に恵まれると、暗に思っていたのかもしれない。スタンプを集めて景品と代えてもらうように、百か、千の家族の美談を集めれば、と。

「まったく驚いたぜ」

玄関先で声がした。立ってゆくと、油井が玄関の内側で、コートの水滴を払っていた。鍵《かぎ》を掛け忘れていたらしい。

「可愛《かわい》い家族の様子を見にきたら、馬見原の野郎がちょうど出てくるところだった」

「何してんの、出てってよ。また、組のほうへ文句を言ってもらうことになるから」

「破門になったよ、おかげさんでな」

油井が、こちらを睨《にら》みながら、コートを脱いだ。何か重いものがポケットに入っているのか、床に当たって、ごとっと音がした。彼は、台所の様子が変わっていることに眉《まゆ》をひそめ、綾女を押しのけて部屋へ上がってきた。

「おい、まさか……馬見原と暮らすつもりなのか」

「ばかなことを言わないで」

「女房が入院してる隙《すき》に、家を乗っ取るのか。それとも別の家に囲ってもらう気か」

「よして。とにかくそっちには関係ない話なんだから、早く出てちょうだい」

綾女は彼を押し戻そうとした。

「研司は。どっかへ連れてったんじゃないだろうな」

油井は、彼女の手を振り払い、奥へ進んで、襖《ふすま》を開けた。

「おう、いたか……。研司、起きろ、パパだぞ」

「やめてよ。寝てるんだから」

後ろから止めたが、油井はかまわず研司の肩を揺すり、

「研司、起きないか。パパを置いて、どこへ行く気だったんだ。おい、答えなさい」

研司が目を覚ました。油井を見て、跳ね起きる。頬が痙攣《けいれん》しはじめた。

綾女はとっさに研司を抱いた。

「手を出したら、警察を呼ぶから」

「家族の話し合いに、他人を入れるんじゃないよ」

「そっちが他人でしょ」

「だったら子どもに訊《き》いてみろ。研司、おまえのパパは誰だ。父親は誰なんだ」

綾女は、研司を抱きかかえて隣の部屋へ逃げ、電話の受話器を取った。背後から髪をつかまれ、畳の上に引きずり倒された。

「お母さんっ」

研司が叫ぶ。

油井が彼の頬を張った。研司は吹っ飛ぶように尻《しり》もちをついた。

「研司、研ちゃんっ」

綾女は手を伸ばした。その手を油井につかまれる。上からおおいかぶさられた。

「おれは経験上よく知ってる。子どもの教育には、両親の仲がいいのが一番なんだ」

綾女は、相手の首に爪《つめ》を立て、思い切り引っかいた。

油井が、悲鳴を発して身を起こし、彼女の頰を打った。研司が泣きはじめる。

「うるさい、泣くなっ。研司、正座しろ。そこに正座しないかっ」

研司が、懸命に泣くのをこらえて、しゃくり上げながら正座する。

「悪い子だな。また、パパとママの仲を裂くつもりか。おまえのせいで、パパは刑務所に入れられたんだぞ」

「なんてこと言ってんの」

綾女は必死に彼を押しのけようとした。

油井は、逆に彼女の腕を押さえ込み、

「悪い子になったのは、生まれてきてよかったのかどうか、わからなくなったからだろ。両親が深く愛し合って、おまえが生まれたんだと、実際に見せてやればいい」

「離して。叫べば、隣に聞こえるのよ」

「叫んでみろよ、研司を殺すぞ」

油井が耳もとでささやいた。「研司も、おまえも殺して、おれも死ぬ。あの世で、家族三人楽しく暮らすんだ。いい考えだろ」

「やめて……」

　息がつまり、声が途切れる。

「研司、ちゃんと見てろよ。おれたちは、おまえをこうやって作ったんだぞ」

　綾女はスカートをまくられ、抵抗した。

「いいのか。研司の命がないぞ」

　力が抜けた隙に、強引に下着を下ろされた。油井がズボンのベルトをときはじめる。

「研司、あっちへ行ってなさい。早く、行って……」

　綾女は目を閉じた。研司が見ていないなら、以前と同じように感情を閉ざし、自分を一時的に放棄することにした。

　ばさりと妙な音がした。目を開く。顔の横に、スクラップブックが落ちていた。

　視線を上げると、研司が正座をやめて立っている。彼が、スクラップブックを油井の背中に向け、投げつけたらしい。

「研司。おまえ、何やった……」

　油井がゆっくりからだを起こした。

「待って。やめて」

　綾女は彼の腕をつかんだ。相手の手の甲が、顔に飛んでくる。頬を殴《なぐ》られ、畳で頭を打った。研司、逃げて。叫んだが、声が出ない。

研司は、見開いた目を油井から離せない様子で、からだを強張《こわば》らせている。

「おまえ、パパに何をした。なんて卑怯《ひきょう》な子だ。母親のせいか、馬見原のせいか」

油井は、研司の頰を指でつねり、「さあ、謝るんだ。この口は、何のためについてる。パパごめんなさい、と言うために使うんだろ。パパありがとう、パパ大好きって言うための口だろ。ほら、ごめんなさいは？　言わないかっ」

綾女は、油井の背中に体当たりした。彼が倒れたあいだに、研司を抱え、玄関へ走る。だが、研司のからだは恐怖に固まっていて、靴をはかそうとしても足を動かさない。振り向くと、油井が薄ら笑いを浮かべてこちらを見ていた。研司を置いて、流しの下の扉を開け、一本だけ残していた包丁を握った。

「離れて。こっちへ来ないで」

油井が、余裕のある態度で、ズボンのベルトを締める。

「研司を残して、刑務所へ行くのか。そんな悪い母親じゃないだろう？」

「あんたが消えるなら、それだけでも、この子にはいいかもしれない」

「愛する母親が、父親を刺し殺す場面を見たら、一生心に傷が残るだろうな」

綾女は、油井に注意を払いつつ、後ろ手でトイレのドアを開けた。背後に立っている研司を、片手でなかへ押し込む。

「研司、なかで鍵を掛けて」

だが、返事もなく、動きもない。

「鍵を掛けなさいっ」

強く言った。鍵が掛かる音がした。

「わたしがいいって言うまで、絶対に開けたらだめよ。いいわね?」

返事はなかった。だが、研司が聞いている気配は伝わってくる。彼女は、ドアに手を添え、想いをこめるように一度だけ叩《たた》いて、

「研司。これから、あなたの父親は、わたしだから。ほかの誰でもない。この男でも、馬見原のおじさんでもない。わたしがあなたの母親で、父親なの。わかった。わかったわね?」

「……わかった」

か細いが、確かな声が返ってきた。

「何をばかなことを言ってんだ」

油井が歩み寄ってくる。綾女は包丁を突き出した。彼は、慌《あわ》てて両手を上げてみせ、

「おいおい、よせよ。今日のところは帰るんだ。前を通らなきゃ、帰れないだろ」

綾女は、相手の表情から真意を読み取ろうとした。だが、油井はへらへらと笑って、

「何もしない。だから、そっちも何もするなよ」

綾女は、トイレのドアに背中をつけ、相手が通れるだけの空間をあけた。油井が前を通ってゆく。通り過ぎたと思った瞬間、彼がこちらの右腕をつかんだ。意識する前に、包丁を左手に持ち替え、相手の手へ振り下ろしていた。油井が声を発して後退する。右手の甲を押さえて、こちらを睨むのに、負けない目で睨み返した。

「てめえ……本当にぶっ殺してやる」

油井が脱いだコートのほうへ戻った。右手の甲に血の色が見える。彼は、左手を使って、コートのポケットに何かを探すようだった。武器を持たれたら、きっとかなわない。やはり力では負けてしまう。

彼女は隣室との境となる壁を叩いた。包丁はもう捨てて、思い切り壁を叩き、隣室の住人の名を叫んだ。

隣室から人の声が返ってきた。よく聞き取れないが、こちらには気づいたようだ。

「研司も壁を叩いて。叩きなさいっ」

綾女はトイレのほうへ言った。トイレのなかでも、壁を叩く音が響きはじめた。

「やめろ、やめないかっ」

油井が声を荒げる。

綾女は、それを無視して、壁が崩れてしまうのではないかと思うほど、強く叩いた。トイレのなかでも音がつづいた。ついにはドアの外に人の気配がして、

「綾女さーん、どうしたのよぉー」

女性の声がして、ドアがノックされた。

油井が、苛立《いらだ》って、ドアを蹴《け》った。

「うるせえ、帰れ。口出しすんな」

「お願い、助けてっ」

綾女は表へ叫んだ。

「一応いま、警察は呼んだけど」

ドアの外から聞こえた。

「ちくしょうめっ」

油井がまたドアを蹴る。彼は、コートを腕に抱えて、綾女を振り向き、

「いいか。馬見原と暮らせるなんて思うなよ。家族は絶対に渡さない」

吐き捨てるように言って、ドアを開けた。

隣室の夫婦が飛びのく姿が見られた。

「危ないから、下がっててください」

綾女は彼らに注意した。

油井が、隣室の夫婦を一瞥《いちべつ》し、舌打ちして、階段を駆け下りていった。

「なんなの、あれ……」

隣室の女性が、こちらと階段とを交互に見る。彼女は玄関のなかに入ってきて、

「本当に警察を呼ぶ？　実はまだ電話してないんだけど」

「いいの。ありがとう。迷惑かけちゃって、ごめんなさい。おかげで助かりました」

綾女は、簡単に説明し、丁寧に礼を言って、彼らを部屋まで送った。

自分の部屋に戻ると、研司が台所のところに立っていた。呼びかける前に、彼のほうから抱きついてきた。わが子のぬくもりに、彼女自身が慰められる。小さな背中を撫《な》で、わが子の匂《にお》いを、胸の奥まで吸い込んだ。

「こら。お母さんがいいって言うまで、出ないって約束したでしょう」

「ごめんなさい」

研司が、泣きそうな、鼻にかかった甘えた声を出す。小さな尻をぽんぽんと叩いて、

「でも、研ちゃん、頑張ったね。なかで、壁を叩いてくれたもんね。やっつけたね」

研司が、彼女から顔を離さないまま、

「二人で、やっつけたの?」

「そうだよ。二人でやっつけたんだよ。でも、研司が頑張ってくれなかったら、だめだった。この手で一生懸命叩いてくれたんだ」

綾女は研司の小さい手を握った。手のひらを開かせる。赤くなっていた。

「痛くない?」と、撫でてやる。

「少し痛い」

一人ぽっちの狭い空間で、懸命に目の前の壁を叩いていた子どもの姿を想像する。母を守るため、自分を守るため、目の前の壁を突き破るほどに叩きつづけた行為が、この子にとって、今後を生きる力にならないかと願う。

物語によくある魔法のように、この子がトイレの外へ出たときには、脅威となる者は去っていたのだから。彼はつまり、自分の力で恐怖を乗り越え、害をなす者をしりぞけたのだから。

「研司、強いね。勇気があったね」

「本当? ぼく、強い?」

「うん。すごく強い」

研司が、ようやく綾女の胸から顔を起こした。涙はもう乾き、恥ずかしそうに、また誇らしそうに、瞳《ひとみ》を輝かせて笑っている。

柔らかな髪のあいだに指を入れ、あらためて研司を抱きしめる。スクラップブックは持っていこうと思った。自分は、この子の持っている強さをしっかり支えてゆこう。誰からも、片親だからなどとは言わせない。虐待《ぎゃくたい》されたことがあるからなどと、否定的なことも言わせない。他人を思いやりながら、決してよいことばかりがあるわけではない人生を、勇気を持って歩んでゆける青年に、この子が育ったとき、今日のことを書いてみよう。

そして、スクラップブックの最後のページに、書いた文章を貼《は》る。それを読むたび、いまのこの子の笑顔を思い出すに違いないから。

＊

大野は尾行に気がついた。何度か車のスピードを変えて確かめたから間違いない。

葉子も、彼に言われて振り返り、不自然な運転をする車を確認した。

「あの車だよ」

ここひと月あまり、夜間ずっと家の近くに駐車していた車と、型も色も同じだった。

ない。

「見張られていたってこと?」

葉子は運転手を確かめようとした。雨にけぶり、ワイパーも邪魔をして、よく見え
「もしかして、例の馬見原とかいう……」

「どうかな」

相手の運転には余裕がない。こちらを見失わないよう懸命で、アクセルとブレーキの切り替えが遅く、一度は危うくこちらへ追突しかけた。あとのスピードの下げ方も極端で、たとえ車の運転であっても、馬見原にそうした態度は似合わない。

「でも、どうします。今夜はやめますか」

「あの程度なら、まけなくはないが……」

二人が向かっているアパートには、あと十分足らずで到着する。戻るか、相手をまくか、迷うあいだにも車は進み、いつのまにかもう数百メートルの場所まで来た。

前方の交差点から、サイレンの音とともに、パトカーが現れた。大野たちの前で曲がって、彼らを先導するかのように同じ方向へ進んでゆく。

「まさか……」

大野はいやな予感がした。

「あり得ますよ」

葉子は答えた。

パトカーは、まさに二人が目指していたアパートの前で止まった。あたりに人だかりもしている。大野も車を止めた。傘をさして道路に立ち、背後を確かめる。尾行してきた車も、三十メートルほど後方で止まっていた。

「ざけんじゃねえ、ぶっ殺されてえのかよ」

アパートのほうから声がする。二人が駆け寄って、野次馬のあいだからのぞくと、例のシンナー依存の癖《へき》がある少年が、制服警官たちに向けてナイフを突き出していた。もう一方の手には、液体の入ったポリ袋を持っている。

アパートの庇《ひさし》が届かないところで、少年の祖父が雨に打たれてうずくまっていた。額から血を流しているが、命に別条はないらしい。その隣で、祖母が顔をおおって泣いている。

大野たちの背後で、車のドアが閉まる音が聞こえた。振り返ると、車から降りた人物が、ドアをロックしているところだった。コートの襟を立てて駆け寄ってくる相手を見て、二人は驚いた。

「やあ、椎村さんじゃないですか」

大野は初めて気づいた顔で呼びかけた。

「あ、どうも……」

椎村がぎこちない会釈《えしやく》をする。

「奇遇ですね。椎村さん、どうしてここに」

「大野さんたちこそ、こんな時間に、こんなところで何を」

大野は、アパートのほうへ視線を送り、

「実は、いまあそこで暴れている少年には、シンナー中毒の傾向がありましてね。彼のお祖母《ばあ》さんから、前々から相談を受けていたんです」

「だから、先ほど電話したんです、心配で」

葉子が補うように言った。「お酒も入って、お祖父《じい》さんと喧嘩《けんか》になりそうだと聞いたものだから、様子を見にきたんです。でも間に合わなかったみたい」

「そうですか。それでですか……」

椎村がほっとした表情を浮かべた。

少年が奇声を発し、周囲の野次馬がどよめいた。警官が彼を取り押さえたらしい。人垣のあいだから、両手を取られた少年が、ちくしょうと叫んで、身を振りほどこうとする姿が見えた。椎村が、大野たちに黙礼して、野次馬をかき分け、前へ出る。

大野たちは、人垣の外を回って、少年の祖父母のもとへ進んだ。祖父の怪我《けが》は大したことはなかった。ナイフで切られたわけではなく、孫から逃げていて、柱で打ったのだという。それでも一応は病院で診察を受けたほうがよさそうだった。

救急車のサイレンが聞こえてきた。人々が気を取られた隙《すき》を突くように、悲鳴が上がった。警官の一人が自分の腕を押さえている。少年が手を振りほどいて、どこに隠していたのか、別のナイフで切りつけたらしい。そばにいた椎村が飛びかかり、少年の手をつかんで、後ろへねじり上げる。彼は、もう一人の警官と協力して、少年を地面に組み敷いた。警官が手錠を掛け、野次馬が歓声を上げた。

新しいパトカーと救急車が到着した。大野たちは、少年の祖父母を支え、救急車のほうへ連れていった。あとから来た警官が、車が邪魔になっているが誰のものかと、周囲の人々へ訊《たず》ねている。大野は、あとのことを葉子に任せ、車へ戻った。

野次馬がさらに集まり、現場は混乱状態に陥っている。傘と人波の向こうに、椎村の姿がちらりと見えたが、いまはもう大野たちのことを忘れている様子だった。

大野は、車を大通りに下げ、道路脇《わき》に駐車して待った。救急車が現れ、目の前を走り去ってゆく。すぐあとから、葉子が小走りに出てきた。短くクラクションを鳴らして知らせる。彼女が車に乗り込んできた。

「どうだった」

「傷口は浅いけど、縫うみたい」

彼女は説明して、「それより、行きましょう」

「病院へか？」

「いえ。あの人たちは大丈夫。この騒ぎは、かえっていい機会だと思わない？」

大野は言葉の意味を察した。少し移動して、椎村の車が先の場所に止まったままなのを確認する。彼は、大野たちが帰宅したと思うか、少年の祖父母と一緒に病院へ行ったと思うか……。どちらにしろ、別の家庭を訪問するとは思いもしないはずだ。

「しかし、家族がそろっているかな。父親は出張が多いのだろう」

「電話してみますか」

「いや。この時間だと、かえって警戒される」

「夫の出張はしばらくないと言ってました。ひとまず近くまで行ってみましょうか」

「しかし、相手の鍵《かぎ》は……」

葉子はポケットから鍵を二つ出した。一つはいまのアパートのものだ。もう一つの鍵を、彼女はダッシュボードの上に置いた。

＊

馬見原は杉並署の近くまで電車で戻った。

刑事部屋に顔を出し、椎村に連絡して何もなければ、帰宅する予定でいる。

安物の傘をさして署へ向かう途中、隣の車道を自分と同じスピードで移動する、黒塗りの高級車の存在に気づいた。後部の窓が音もなく下り、拳銃《けんじゅう》の撃鉄が起こされるのと同じ音を聞いた。

馬見原は、傘を楯《たて》にして、後ろへ飛びのいた。電柱の陰へ入って、身をひそめる。歩道に人の姿はなく、傘が風で飛ばされ、からからと転がった。

高級車が止まった。

「何をびくついているんです」

窓から、長峰が顔を出す。

馬見原は、携帯電話を手に、笹木の番号を押した。相手が応《こた》えると、

「長峰だ」

とだけ伝え、電話をポケットに入れて、陰から出た。

「何をちまちま細工してるんですか」

「最低限の自衛さ」

車の斜め後ろで、足を止める。

長峰は、面白くなさそうに鼻で笑い、

「同盟関係を裏切りましたね」

「裏切ったのは、おまえだろ。油井をそそのかして、おれのネタ元を襲わせやがった。ついでに、油井もその件で破門に追いやるとは、手が込んでるな」

「何のことですか。なんで、おれが兄貴を……」

「面倒をみるのが、いやになってきたんだろ。気持ちはわかるぜ。おれに、おむつの件で恥をかいた仕返しをして、あのバカも追い出す。おまえなりの計算か」

「さあてね。割り算もできない小学生でしたから」

「引き算さ。おれを舐《な》めたら、相応のものを引かれる。今回を教訓にするんだな」

「教訓ですむ損害じゃないんでね。今回のこと、どう落とし前つけるつもりですか」

「どうもせんよ。油井をそそのかした件は、おまえの独断だろ。で、おれを怒らせ、こうなった。おまえが招いた損益だと、代わって上に報告してやろうか」

「……娘さんがいるんでしょ。可愛《かわい》いお孫さんはいま何ヵ月でしたっけ？」

「ほう。言ってくれるじゃねえか」

馬見原は、車に歩み寄り、窓から顔を出していた長峰の鼻先へ、不意打ちに拳《こぶし》を叩《たた》きつけた。即座に、運転席と助手席のドアが開き、若い男たちが飛び出してくる。

「よせっ」

長峰が制した。鼻を手で押さえながら、首を横に振る。男たちが車に戻った。

馬見原は、靴のかかとを車体に預け、

「素人《しろうと》に手を出してみろ。本庁を挙げて、組ごとつぶしにかかるぞ。シマを守る気があるなら、二度とつまらんことを口にするな」

長峰は、鼻血をハンカチでぬぐい、

「足、どけなさいよ。洗ったばかりなんだ」

「ちょっと汚れたくらいが渋いんだよ。高望みしねえで、低いところを這《は》ってな。こんな社会だ、その程度の悪《わる》なら、認めてくれるさ」

「今回の事は、上になんて報告します」

「幹部たちの単純な連絡ミスが、偶然、いいように転がったのさ。おまえらは運が悪かったんだ。よく似た名前の店が多いからな」

「そんな話、通用しませんよ」

「させろよ、おまえの力量だ。いい子にしてりゃあ、また儲《もう》けさせてやるさ」

「本物のクズだな……。油井の兄貴にやられないよう、せいぜい気をつけるこった。

おい、出せ」

車が動き出そうとした瞬間、馬見原は窓のなかに手を入れ、長峰の髪をつかんで、
外へ引っ張り出した。車が急ブレーキをかけた。

「危ねえじゃねえか、この野郎……」

長峰が焦《あせ》った顔で荒い息をつく。

馬見原は、彼の髪を離し、べっとり手についたクリームを相手のスーツで拭《ふ》いた。

「ちびったか。おむつしてんだろ?」

「してねえよ、バカ」

「長峰よ。今後、家出したガキが、おまえのところに来たら、雇ってやれ」

「……本気で言ってんですか」

「ただし、裸にならん仕事だ。レストランとか、ホテルの裏方とか、いろいろあるだ
ろ。住む場所も用意して、なんとか生きてく道筋をつけてやれ」

「児童相談所と間違ってんですか」

「ラン・パブまでなら目ぇつぶるぜ」

「へえ……じゃあ、ヘルスは」

「さわりも裸もなしだ」

「甘いなぁ。じゃあ、十二歳でもいいっすか」

「図に乗んな。中学生までだ。ただし、からだを売らせていたとわかってみろ、シマのひとつはなくすと思え。アパートを一棟借りて、管理人にガキの世話をさせろ」

「管理人？」

「おまえと油井のせいで働けなくなったんだ。給料ははずめよ」

「……もしかして、シャンソンですか？」

「おまえより、うまく管理してくれるさ」

「今回の被害の穴埋めには到底足らねえが……しかし、どういう風の吹き回しです」

「つまらん自己満足さ。さっさと行け」

長峰は、鼻血まじりの唾《つば》を道に吐き、

「馬見原さん……一応、知らせとくけど、兄貴、ハジキ持ってるよ」

彼は、薄く笑って、運転手へ出すように命じた。車はすぐに遠ざかった。

馬見原は、携帯電話をポケットから出し、

「そっちで何かあるか」

「いや」

笹木が短く答えた。

いまさら署に戻って、彼と顔を合わせるのもうっとうしい。転がっていた傘を拾い、その場で椎村に電話を掛けた。

＊

浚介は、ストーブの明かりに照らされた高い天井を見上げ、ついいましがた起きたことが現実かどうか、まだ不思議な想《おも》いでいた。

游子に車で送ってもらったあと、彼のほうから、コーヒーでもと誘って、家に上がった。室内はひどく寒く、ストーブをつけたが、なかなか暖まらない。游子も肩を抱くようにして身をふるわせていたため、毛布を出し、彼女の肩に掛けた。やかんに水をくみ、ストーブの上に置いて、湯が沸くのを待つあいだ、しぜんと身を寄せ合った。それでも寒く、毛布をもう一枚出し、背後から彼女を包むように抱いた。

こうなりたいと、最近はずっと思いつづけていたのに、あまりに突然機会が訪れ、戸惑いがあった。車のなかで唇を重ねてきたのは、游子のほうだったが、同情のようなものかもしれないという疑いが、わずかに残っていた。

毛布越しに抱きしめても游子がいやがらず、頰を合わせ、唇を求めると、むしろ積極的に応じてきたことに驚いた。次第に大胆になり、毛布のなかに手を差し入れ、彼女の前に回って、抱き寄せた。游子のほうからも、毛布をとき、二人がひとつに包まれる形に導いてくれた。

唇を重ねるうち、どんどん存在の核心にふれたくなり、この機会を逃したくない焦《あせ》りも重なって、やや手荒く相手のセーターに手をかけた。すると、游子がほほえんで、気持ちを察したかのように、「大丈夫だから」とささやいた。

その言葉で落ち着けた。相手のセーターを丁寧に脱がせ、自分も脱ぐのを手伝ってもらい、互いを支えるようにして横たわり、唇を重ねては離れるごとに、着ていたものを取った。ストーブの炎を受け、彼女の肌があかね色に染まり、周囲が暗く沈んでいただけに、もともとの肌の白さが浮き立つように感じられた。

柔らかなからだに指先でふれ、唇を置く。そのたび新鮮な驚きをおぼえ、本当のことなのかと信じられない想《おも》いもつのった。いっそう強く抱きしめて、早く結ばれたいと願った。そのくせ、ここまで来ていやがられるのも恐ろしくなり、「いいの」と間の抜けたことを訊《き》いていた。游子は、返事をせず、首を起こして、唇をぶつけてきた。

互いに唇を開いたとき、歯が当たってしまい、少しだけ痛く、彼女を見た。やはり痛かったのか、眉《まゆ》を寄せていたため、顔を見合せ、ともに吹き出した。

緊張がわずかにほぐれ、游子は裸を隠すことも、照れることもなく、下からまっすぐ浚介を見つめて、彼の言葉への返事だろう、わずかにうなずいてから、

「でも、まだ子どもは持てない」

と、澄んだ声で言った。

こうした状況で、理性的な言葉が口にされたのを、浚介は意外にいやではなかった。女性から言ってもらえて、ほっとしたというのでもない。彼女が、勢いに流されたのでも、同情してこうなったのでもない、ひとりの自立した人間として、巣藤浚介という人間と、誰にもふだん見せない裸をさらして抱き合うことを選んでくれた、その自律的な意志が伝わってきたためだ。

幸い、近くにあった段ボール箱のなかにコンドームが残っていた。寒さもあって、きっと滑稽《こっけい》な姿で探したはずだが、游子は同じ姿勢で待っていてくれた。

結ばれてからの行為は、おだやかで、むしろあっさりしたものとなった。現実に彼女とからだを交わして、こちらから抱き、相手からも両手で抱き寄せられていると、そのことだけで満たされるものが大きく、ひとりで妄想してきたようなことをおこな

う余裕もなかった。といって、特別に二人のあいだに何かが生まれたという感覚でもない。行為自体は、これまでつき合った女性たちの場合と、何ら変わるものではなかった。

しかし、游子とからだを離して、毛布のなかでそれぞれ仰向けに横たわっている、いま……彼女の裸を抱擁《ほうよう》できたという事実が、もう本当のこととは思えない。

游子がすぐ隣にいて、彼女の足と自分の足とは、いまもまだ確かにふれ合っているのに、どうかすると実感がなくなり、確かにこれは氷崎游子なのか、生きている存在なのかと、疑問がふくらむ。思いあまって手を伸ばそうとした。何を未練たらしくと、かわされそうな気もして、怖い。この怖さだけは、初めてのものだった。

自分がいま得たばかりの幸福を、確認したい想いのほうがまさり、游子の手を握った。しっとりした指を手のなかに包む。彼女が指をほどいて、握り返してきた。深い安心感がこみ上げてくる。この感情も経験したことがなかった。もう少し大胆に抱きしめようかと、反対側の手を伸ばしかけたとき、彼女が先にからだを起こした。

「毛布、一枚、貸してもらっていい?」

游子がこちらに背中を向けて言う。肩から腰にかけて伸びる曲線が、揺らめく炎を受け、より立体的に、また豊かな質感を持って、目の前に存在する。ミケランジェロ、ロダン、マイヨール、幾つも名作と呼ばれる彫刻を見てきたが、血が通った肌は刻々と赤みが増し、かたちも微妙に変えて、この姿に優《まさ》る美はなかったと信じられた。

「眠った？」

游子がいぶかしげに訊く。

「いや。あ……毛布だよね」

浚介は、からだを浮かせて、毛布を分けた。

游子は、焦ったところのない静かな動きで、毛布をからだに巻き付け、脱いだ服を持って、隣の居間へ移っていった。

これまでの相手だったら、なんだよ恥ずかしがるなよと笑って追いかけ、もう一度抱きしめ、ときにはAVまがいの行為さえ押しつけて、征服欲を満たしたろう。

游子にはそれをして嫌われるのが怖い。浚介自身、彼女を征服したいという望みは薄く、むしろ強く生きる姿勢を彼女が失うことのほうがいやだった。

できれば今後も、彼女にはいっそう強い姿勢で生きてほしいし、そうした彼女であればこそ、互いの時間を共有し、抱き合いたいとも思う。肉体的な悦《よろこ》びについても、相談し合うようにして求めていければ、より満たされるものが大きいだろう。游子に対し、自分をさらし、むき出しになった脆弱《ぜいじゃく》な心まで抱いてもらえたら……また自分も、彼女の心を抱くようにして、からだを交わせたらと願う。そのときの悦びは、まだ充分には想像できないが、ここでの抱擁はほんのはじまりにすぎないはずだ。

よしっと気合を入れて、浚介は跳ね起きた。くしゃみをして、急いで服を着る。

ほどなく、服をきちんと身につけた游子が部屋へ入ってきた。表情はいつもと変わらないが、少し誇らしそうにも見える。

「あっちの部屋は、寒いんじゃない」

浚介はストーブを引き寄せた。湯はもう沸き立っている。

游子が、浚介の前に座り、彼の頰を両手ではさんだ。困惑し、何もできずにいると、彼女から唇を重ねてきた。やがて唇を離し、游子は凜々《りり》しい印象の笑顔を浮かべ、

「うっす」

と、若者の挨拶《あいさつ》のように言った。

「……うっす」

浚介も答えた。

家のなかは、まだかなりの空間があまっている。居間の奥に並んだ、二つの六畳間などは、借りる前のままだ。一緒に暮らさないかと、喉《のど》もとまで出かかる。

「絵、描《か》きはじめたんだ？」

游子が先に言った。

部屋の隅のイーゼルに、畝《うね》から野菜の芽が出てきたときの様子を描いた油絵を架けている。車椅子《くるまいす》サッカーの光景を描いた絵も二枚、壁に立てかけてあった。

「昔は、どんな絵を描いてたの」

彼女に訊かれ、玄関脇《わき》の四畳半の部屋に置いたきりの箱を開けた。

箱の底に、高校時代の大判のスケッチブックが入っている。当時、次から次とあふれてくる想いをでたらめにぶつけていた頃のスケッチだ。

游子のもとへ戻り、一緒に開いた。稚拙さが、おかしくも懐《なつ》かしい。幽霊のような人影、クラスメートの肖像、車ではね飛ばされた犬、高校で飼われていた皮膚病のウサギ、ナイフを握りしめた拳《こぶし》、自分のペニス……。たわいのないことにも、あの頃はいまよりずっと真剣だった。一方で、おれがおれがと自分にとらわれ過ぎていた。

様々な悩みや迷い、セックスや暴力の衝動が、狭い視野と正義感と、自己中心的な不寛容さを通して、息苦しいほどの絵となってあらわれている。

最後の一枚を開いたとき、目を疑った。

抽象的な渦が巻いているような、異様な人間の顔がある。高校生のとき、自画像を描こうとして、こうではない、これでは嘘《うそ》だと描き直すうち、紙の上に浮かんできた顔……それが、芳沢亜衣が描いた絵と、とてもよく似ていた。

携帯電話が鳴った。游子がうなずくのを見て、電話に出た。長く無言がつづいたあと、

「いまから、親を殺して、死ぬよ」

亜衣の声が聞こえた。

＊

住宅街のなかの目立たない場所に、その小さな幼稚園はあった。

園内に明かりは、防犯用のものが一つあるだけで、淡い光は庭の隅へまでは届いてこない。亜衣は、遊具として使われている土管のなかに入り、家から持ち出した母親の携帯電話を掛けていた。

顔のペイントは落とし、ジーンズにトレーナー、ブルゾンをはおって、背中を土管の内壁に預け、反対側の壁をスニーカーで押しながら、相手の言葉に耳を傾けている。

こちらへ呼びかける浚介の声が、次第に高くなってきた。

「うるせえな……聞こえてるよ」

亜衣はぶっきらぼうに返事をした。

大それたことを口にしたはずなのに、気持ちは少しも高ぶってこない。すべてが他《ひ》人事《とごと》のように感じられ、しぜんと投げやりな口調になる。

「芳沢、いまどこにいるんだ。もしもし、芳沢。返事をしてくれ」

「……幼稚園、かな」

「なぜ、そんなとこにいる」

「なんだっていいだろ」

「死ぬって、どういうことだ。何をするつもりなんだ」

「言ったとおりのことだよ」

「電話をくれたのは、本当はそんなことをしたくないからだろ。だから、わけを聞かせてくれないか。頼む」

「いまさら、どうでもいいよ……」

不意に、車の止まる音を近くに聞いた。

亜衣は土管から顔を少しだけ出してみた。街灯もほとんど届かない建築中のマンションの前に、ミニバンが止まっている。傘をさした人物が二人降りてきて、プレートのところで何かしたかと思うと、どこかへ歩き去った。

亜衣は、もう関心を失い、土管のなかに顔を戻した。

「遺書とか、面倒くさいだろ」

独り言のように切り出す。「けど、テレビとか雑誌とか、元同級生とか、寄ってたかって、好き勝手を言うよ。何も知らない連中に、いい加減なこと言われて、ねじ曲げられて……。それ考えたら、周りのもの、みんなぶっ壊したくなる」

スニーカーで、土管の内壁を軽く蹴《け》った。

「だから、言っとくことにしたんだ。つまんない奴《やつ》だけど、ほかよりちょっとは、ましだと思うから」

「……じゃあ、なんで、死ぬんだ」

なんとか冷静になろうと努めているらしい、相手の声が返ってくる。

「死ぬしかないからだよ。こんな世界で苦しむなんて、もううんざりなんだ。何もいいことなんてないし、いいことがあっても、一瞬で……それもきっと、誰かを犠牲にしてんだよ。この世界はさ、誰かを傷つけないと、生きていけないんだから」

「そんなことは……ないんじゃないか」

「ごまかすなよ。てめえだって、そう思ってんだろ」

「……すべてじゃない。それに、だからって、きみが死ぬ理由にもならない」

「ああ、そうだよ。全部言い訳だよ。ただ疲れただけ。偉そうなことを言う気なんてない。生きてくことの醜さを、これ以上引き受けてく気になれないだけ」

「ご両親のことは。彼らまで、なぜ殺さなきゃいけないんだ」

「あの二人は……かわいそうだから。こっちが死んだあと、まだ何十年も生きていくんだよ。ああすりゃよかった、こうすりゃよかったって、自分を責めてさ。わたしを、本当はいい子だったみたいに、持ち上げて……。そういうの、こっちもいやだし、なんか憐《あわ》れだよ。最後まで二人の、所有物みたいにして、棺《ひつぎ》に入ってさ。大勢の前で、いい子だったのに、って泣かれるのも、やりきれないよ。だから、死ぬなら、二人を見送ってからにしようと思った。二人のことを、ちゃんと憐れんで、悲しんであげられるのも、やっぱりわたしだけなんだ。……じゃあ、そういうことだから」

　亜衣は電話を切りかけた。

「待てよ。自分の考えだけを勝手に押しつけて、それで終わりか」

　浚介が険しい声で言った。「きみが本当に親を殺して、自殺までされたら、おれはどうなる。何もできなかったおれは、どうすりゃいい」

「べつに、重く感じることないよ」

「人に感じろとか、感じるなとか言われるのを、きみは許せるのか」

「うるせえな。役に立ちたいって言ったろ」

「死ぬのを黙って見過ごしたい、と言ったわけじゃない。おれはきみの家族でも何でもない。なのに勝手なことを言って、はいサヨナラか」

「家族じゃないからだよ」

「え。なんだって」

「家族じゃないけど、他人でもない……だから、言っておくことにしたんだ」

「だったら、こっちにも少しは言わせてくれ。そのくらいの権利はあるだろ」

亜衣は迷ったが、電話は切らずにおいた。

「きみの言っていることも、多少は理解できる。おれだって、同じようなことで悩んだ日々はあった。いや、いまも悩んでるよ。確かに、きみの目に映る世界のあり方は、おかしいことが多いだろう。けど、それに合わせて生きる必要はないし、合わせられないからって、こっちが死んで、引き下がるようなことも要らないんじゃないのか」

「合わせなきゃ、生きられないようになってるだろ」

「裕福には暮らせないかもしれない。といって、裕福だから幸せってわけでもない。たとえば、仕事ってものにしても、別の見方で考えてみたらどうだ。新しくできた若い友だちに、筋肉がだんだん動かなくなる病気の人がいる。彼に通常言われている仕事はできない。でも彼の存在が、彼の両親を救ってる。彼が指を一センチ動かそうとする行為が、おれたちの心を動かす。それも仕事とは言えないか？ 目の前の世界に合わせるのがしんどいから、生きるのをやめるなんて、結局は、きみが嫌ってる連中のやり方に、うまく乗せられてることになるんじゃないのか」

「よく知りもしないくせに……」

言い返す声がついこもる。

「ああ、本当はこんな勝手なことを言うのはよくない。でもきみだって、おれのことをよく知らないだろ。互いに知り合う努力を重ねてこなかった。でも、どうしてだ。教師と生徒だったからか？ そんなくだらない理由か。きっとおれだけのせいじゃない、きみのせいでもない。人と人とが、心の内を明かして話し合うことが、この世界はとても苦手なんだ。自分にとらわれ過ぎてることもあると思うよ。みんな、自分自分なんだ。自分はこうなりたい、認められたい、求められたい。それは特別のことじゃない。でも程度問題さ、バランスだよ。きみは、自分にとらわれ過ぎてるんじゃないか……。いまおれが住んでるところでは、人がときどき集まって、車椅子サッカーをする。そういうときの人間の顔は美しいように思うんだ。きっとみんなが我を忘れてるからだという気がする。トイレを改築したとき、ふだんバカばかりする連中が、大工仕事をしてくれた。輝いて見えたよ。芳沢、きみと最初に言葉を交わしたとき、きみは自分の絵に対して、我を忘れてた。自分にとらわれているきみより、自分を忘れていたきみは、より美しかったと言える。どんな世界に暮らそうと、まったく誰も犠牲にしないで生きられるとは思わない。けど、死んでも、そうした世界がなくなるわけじゃないんだぜ。犠牲を減らそうって、周りに促す運動をすることもできる。そんな強さがなくても、犠牲や悲劇に耐えている人がいるのなら、せめて自分たちも、見つづけてゆくくらいは、耐えてもいいんじゃないか。いまは何もできないかもしれない、何十年もできないのかもしれない。でも、見つづけていれば、いつかは、よりよい方向へ変えてゆける機会が訪れるかもしれない。本当はさ、わずかずつだけれど、変えてゆける機会が、いまも訪れてるのかもしれない」

混乱した。わからないよ、そんなことができるのかどうか、できたからって自分にいいことなのか……周りにもいいことなのか。

「芳沢、いまからそっちへ行くよ」

「来ないでいい」

「家の近くの幼稚園なんだな」

「いいって言ってんだろ」

亜衣は電話を切った。電源自体を切る。

じっとしていることが、急に腹立たしくなり、土管から出た。

ここは彼女が通った幼稚園ではない。家から三百メートルほどの距離だが、施設が古く、放任主義で、しつけが行き届いていないため、家から遠い私立幼稚園へ通わせられた。そこは最新の設備が整い、英才教育がおこなわれていた。

当時の亜衣に不満があったわけではない。だが、声を上げて走り回る子どもたちを見て、自分の園では許されなかったことだけに、羨《うらや》ましく思えた。その羨望《せんぼう》は、小学校に上がって以降も、この園の前を通るたびにつづいた。

亜衣はグラウンドを走ってみた。雨が顔にかかり、服の奥までしみ入ってくる。

急に泣きたくなり、足を止めた。逆に、声を出して笑った。

【十二月六日（土）】


十二時を回って、日付が変わった。

馬見原は家の手前でタクシーを降りた。

「ここですか」

と、老齢の運転手が訊《き》く。

本当は狭い道をもう少し奥へ入る。二度は切り返しをしないと出られないため、

「いいよ、ここで」

馬見原は財布を出した。

「雨ですから、家の前まで行きますよ」

運転手が気づかう口調で言う。助手席にコンビニの袋があり、おにぎりとお茶の缶が見えた。まだ夜食をとっていないのだろう。

「すぐそこだから」

馬見原は、ゆがんでしまった傘をさし、雨のなかへ出た。

激しくはないが、大粒の水滴が正確にリズムを刻んで降ってくるような雨だった。

自宅の前に着いたとき、さすがに今夜は犬も出てこないだろうと隣家をのぞくと、雨の当たらない庭木の陰に、犬が座ってこちらを見ていた。

思わず笑みがこぼれ、

「寒くないのか」

と語りかけた。犬は返事も吠《ほ》えることもしない。隣家の門灯に、犬の目が濡《ぬ》れているように見える。

馬見原はあえて一歩前へ踏み出した。犬はからだを起こし、離れる姿勢を見せた。どうせな……。いつもはそう思って足を戻したが、逆に前へ進んだ。犬はすぐに隣家の軒先へ逃げた。失望感が湧《わ》くのをこらえ、隣家の門前にしゃがんで、犬と同じ視線になってみた。

犬が不思議そうにこちらを見ている。馬見原は待った。雨が地面に跳ね、コートやズボンの裾《すそ》だけでなく、尻《しり》のあたりも濡れるのを感じた。

「まだ怖いか。ひどいことをされたんだ……怒るのも、不信に陥るのも当然だ」

柵《さく》のあいだから、手のひらを差し出す。

「だが、悪い奴《やつ》らばかりでもないさ」

犬は動かない。

馬見原は相手に向かってうなずいた。べつに怒っちゃいないと伝えたかった。焦《あせ》ることはない、また声をかければいい。何度でも歩み寄り、待って、声をかけてみよう。自分は信用できる相手で、おまえを傷つけることはない、できれば気持ちを交わしたいと思っているんだ、そう態度で示しつづけよう。

相手に何かを期待するつもりはない。簡単には親しくなれないことが、しぜんなのだと思っていれば、傷ついたり、腹を立てたりすることもいらないはずだ。

「またな」

と告げ、立ち上がった。すると、迷う様子だった犬が、雨のなかに出てきた。トットッと歩いて、庭木の陰で腰を落とす。尻尾《しっぽ》も振らずに、こちらを見上げる。

馬見原はふたたびしゃがんだ。犬は逃げない。柵のあいだから手を差し出す。しかし、犬は見るだけで、手の届くところへは近づいてこようとしなかった。

「今日はここまでか」

薄く笑って、立とうとした。

いきなり犬が歯をむいた。威嚇《いかく》的にうなり、声高く吠えはじめる。

馬見原へではなかった。彼の後方に向かい、柵から鼻を突き出すようにして吠えかかる。振り向くと、誰かが後方にいたらしく、遠ざかってゆく靴音がした。

馬見原は追った。帰ってきた方向とは反対側へ抜ける道で、靴音が響く。本気で逃げているというより、こちらの様子をうかがう雰囲気が、響きのなかに感じられる。このまま追って、待ち伏せでもされたら、街灯も少なく、かえって危うい予感がした。

携帯電話が鳴った。馬見原は、前方に注意しながら出た。

「馬見原さんですか。氷崎游子です」

思いがけない相手だった。彼女に携帯電話の番号を教えたろうか。

「夜分遅くにすみません。急なお願いがあって、お電話しました。聞いてください」

電波の具合か、声がところどころ途切れる。水しぶきのような音もした。走っている車のなかから掛けているらしい。

「実は、家族を殺して自殺すると、電話してきた女の子がいるんです。自宅や、その子の携帯に連絡を取りつづけていますけど、誰も出ません。いま、その子の自宅へ向かっています。ただ、遠くて一時間はかかってしまうんです」

「警察に電話して、人を差し向けてもらえばいいだろう」

「連絡しました。でも……」

電話の向こうで、別の人間の声がする。代わるように言っているらしい。

「もしもし、代わりました。巣藤です。巣藤浚介です。覚えてらっしゃいますか」

「ああ……」

意外な二人が一緒だった。だが、游子が刺されたとき、一番に現場へ駆けつけ、救急車を呼んだのが彼だという話は、病院へ游子を見舞ったときに聞いていた。この番号も、巣藤には教えている。

「警察へは電話しました」

巣藤が言った。「丁寧に応対してもらえましたが、実際に事件が起きているのかどうか、何度も確認されました。思春期の女の子が、自殺をほのめかしただけではないかと、受け止められた気もします。警察を信用しないわけじゃありません。でも、この雨です。馬見原さんに、近くの警察署へ言葉を添えてもらえば、より積極的に動いていただけるんじゃないかと、失礼を承知で電話しました」

「実際にそれを、する可能性のある子なのかね」

「ないと、ぼくは信じます。でも……」

彼に対して、隣家に危機が迫っていたのに何もしなかったのかと責めたのは、馬見原だった。その彼が動いている。応《こた》える責任を感じた。しかし、いまの時間、管轄《かんかつ》の署に連絡しても、知り合いがいるかどうかわからない。知った相手でなければ、馬見原のことを認めさせるだけでも時間がかかる。

「その子の住所は?」

巣藤から答えを聞く。車さえあれば、ここから三十分足らずで行けそうだ。

「ちょっと待て。折り返し電話する」

馬見原は帰ってきた道を駆け足で戻った。

少し開けた場所に、彼が乗ってきたタクシーが止まっている。運転席をのぞくと、運転手がおにぎりを食べていた。

*

亜衣は、幼稚園を出たあと、しばらく住宅街のなかを歩いた。

裸足《はだし》だった。いつのまにかスニーカーが脱げている。出会う人もなく、車も通らず、家々や道路や街灯が妙によそよそしく感じられる。

町や住民たちが、自分の側にはないという疎外《そがい》された感覚を抱くのは、べつに今夜が初めてじゃない。これまでは、その疎外感を不安に思い、焦りにも感じてきた。

でも、疎外されたっていいんだろうか。

無視されたって構わないんだろうか。

彼らと同じように感じなくても、同じところで泣いたり、笑ったりしてなくても。同じようにほめられたり、評価されたりしなくても、全然問題ないことなんだろうか。よくわからない、そんなことで生きてゆけるのかどうか、許されるのかどうか……。でも、許されるって、誰にだろう？

頭がますます混乱し、濡れた裸足が冷えきって、耐えがたいほどになった。

とりあえず家へ帰ることにした。自宅にあと少しのところで、道の先にふらふらと揺れる明かりが見えた。わけもなく恐れを感じ、近くのガレージに身をひそめた。

街灯に浮かんだのは、自転車に乗った警察官だった。合羽《かっぱ》を着て、家々の表札を確認しながら、芳沢家へ近づいてゆく。警官はとうとう芳沢家の前で止まった。遠目だが、ずいぶん若そうに見える。彼は、自転車を降りずに、懐中電灯で表札を照らし、家のほうへも光を当て、周囲を簡単に見回した。次には、合羽から頭を出し、耳を澄まして物音を聞く様子だった。

警官は、首をひねり、白い息を吐いた。ハンドルを切って、来た方向へ戻りはじめる。何があったかはわからないが、ともかく警官は芳沢家の様子を見て、ただ帰ってゆくらしい。これが何を意味しているのか、深く考える余裕もなく、亜衣はほかの家のガレージから出て、自宅へ歩み寄った。警官の姿はもう見えない。

わが家の門をくぐり、庭のほうへ回る。二階に向かって伸びている庭の木に、手を掛けた。重なりあった葉が雨をさえぎり、幹はさほど濡れていない。湿りけを帯びた木肌が手になじみ、裸足のほうが滑らず、降りるときより簡単に登れた。屋根に移ったあと、西洋瓦《かわら》に足が滑りかけたが、なんとかこらえ、窓枠をつかんだ。一時間ほど前にこっそり抜け出した窓を開き、室内へからだを引き入れる。

常夜灯だけの暗い部屋の真ん中で、濡れたブルゾンを脱ぎ、トレーナーとジーンズも脱ぎ捨てる。トレーナーの下に着ていた長袖《ながそで》のTシャツで、髪を拭《ふ》いた。ベッドに入ってからだをこすり、布団《ふとん》をかぶったままタンスの前へ進んで、下着もすべて替える。パジャマ代わりのトレーニングウェアを着て、ようやく息をついた。

かちゃりと金属音が聞こえた。驚いて振り返る。

ドアの隙間《すきま》に、定規に似たものが差し込まれ、部屋の外から掛け金が外されかけていた。一度目は失敗したらしく、相手はもう一度外そうと試みている。

「何やってんだよっ」

亜衣はドアのほうへ駆け寄った。掛け金が先に外され、ドアが開いた。

「ふざけんなよっ」

亜衣は部屋の外へ出た。廊下は暗闇《くらやみ》に沈んでいた。両親だとばかり思っていたから、困惑した。からだの脇《わき》で気配が揺れる。そちらへ首を振り向けたとき、腹部に鈍い衝撃を受けた。

＊

游子は、動かない前方の車列を、フロントガラス越しに見つめた。

道路の先で工事がおこなわれているらしく、芳沢家まであと四、五十分というところで、なかなか先へ進めないでいる。

助手席の浚介が、前方を確認するためだろう、車を降りた。もう三度目だ。しばらくして髪を濡らし、苛立《いらだ》った様子で戻ってくる。

「警察が確かめてくれてるはずだから」

游子はなだめるように言った。「馬見原さんも、向かってくれてるし」

浚介は、自分の膝《ひざ》を拳《こぶし》で叩《たた》き、黙っている。

亜衣との電話で、彼が懸命に話す姿を、そばで見ていた。この春、亜衣を警察へ迎えにきたときの、投げやりで、無責任な態度とは打って変わったものだった。

あの当時の浚介に、あなたは数ヵ月後には、こんな風になっていると話しても、とても信じないだろう。游子自身、なんていやな奴《やつ》だと思ったくらいで、親しい関係を結ぶことになるとは思いもしなかった。

人は変われるものだと思う。

時間はかかるかもしれない。だが、生きていれば、つねに変化の可能性はある。いまがひどく生きづらいとしても、自分を押し殺すのとは違う形で、人々とともに生きてゆく道筋を見つけることは、決して閉ざされていないはずだ。その可能性は、亜衣だけでなく、誰にだって……そう、たとえばあの駒田にだって開かれている。

自分も、駒田と和解しなくてはいけない。彼を排除するのではなく、ともに玲子の成長を見守る方向へ、彼だけでなく、自分自身も変化させてゆく必要がある。

「近くの保健所とか児童相談所から、人を出してもらえないかな」

浚介がこちらを振り向いた。

「それは……難しいと思うな」

地域の児童相談所や保健所には、この時間に人を出してもらえる余裕もシステムもない。連絡しても、警察へ電話するように言われるだけのことだろう。

ふと、山賀葉子のことを思いついた。芳沢家からは遠いが、相談を受けていたのだから、何か情報を持っているかもしれない。芳沢家との、電話だけではない、連絡方法も持っていないだろうか……。

游子は、携帯電話を出し、登録してあった番号に掛けた。

「はい、思春期心の悩み電話相談です」

包容力のある優しい声が返ってくる。

「夜分遅くに申し訳ありません。氷崎です。児相センターの氷崎游子……」

「お電話ありがとうございました。よくお電話くださいました。いまは留守番録音の時間です。胸のなかにしまってこられた想《おも》いを、思う存分ぶつけてみてください」

＊

気を失った亜衣のからだを、大野がラテックス製の手袋をした手で支え、葉子が同じく手袋をした手で鎮静衣を着せた。

この異様な服は、大野の話を参考にして、葉子が縫ったものだ。柔道着と同じ布を使い、いわゆる背中の部分が前にくるようにしてある。袖は通常の倍の長さがあり、着せた相手の背後へ回し、左右の袖口を縛ると自由を奪える作りだった。

葉子は、芳沢家の布巾《ふきん》を丸め、亜衣の口に差し入れた。声が出ず、舌も嚙《か》まず、窒息もしないように注意する。

大野は、まだ気を失った状態の亜衣を肩にかついで、階段を下りた。

寝室へ入ってゆくと、孝郎と希久子が、それぞれのベッドの上でもがいていた。

彼らの両手は後ろへ回し、孝郎のネクタイで縛ってある。両足もそろえて足首から膝にかけて三本のネクタイで縛っていた。麻生家のときと同じ方法だ。口のなかには、やはり麻生家のときと同様、台所にあった布巾を軽く濡らして入れてある。

家のどこに何があるかは、葉子がこの家を訪れたときに、また大野が害虫駆除の消毒をしたおりに把握していた。これまでも、家族がふだん使っているものを用いてきた。心中を装うためだけでなく、家族を再生する儀式としての意味合いがあった。

「じっとしていないか」

大野は、芳沢夫妻に注意した。二人が動きを止める。天井の蛍光灯の下で、彼らの顔色が青白く見えた。雨戸を閉めているため、光も声も外に洩《も》れることはない。

葉子は、ダイニングから椅子《いす》を運んだ。大野が、その椅子の上に亜衣を下ろし、電気の延長コードで縛りつける。葉子は、リビングの小物入れにあったはさみを使い、芳沢夫妻のパジャマを切った。下着も切って、裸にする。

麻生家でも実森家でもそうした。何も持たない姿に返り、虚飾をはぎ取ったあとには、愛だけが残るという、家族の真実を見つめてほしかった。千葉と埼玉のときには、まだこの方法を採っていなかったが、麻生家と実森家では、子どもたちも裸にした。家族を初めからやり直せるよう、象徴的に、彼らの死後、赤ん坊と同じ姿へ戻した。

大野は、亜衣の頬を軽く叩いた。

少女が、何度か首を振って、目を開く。両手が窮屈に背後へ回され、口のなかにも異物が入っていることに気づいたらしい、顔をしかめて立ち上がろうとした。だが、足は椅子に縛りつけられ、床に届かない。少女は、驚いた様子で、周囲を見回した。裸で縛られている両親のところで視線を止め、からだを強張《こわば》らせる。

「怖がらないのよ」

葉子は、彼女の前に進み出た。「すべてはあなたのため、家族のためなの。いまから起きることを、決して目をつぶらずに、心でしっかりと受け止めてちょうだい」

昨年十二月、千葉の少女にも言ったことだ。少女は、盛り場を徘徊《はいかい》し、援助交際をした金で合成麻薬を買って、二人暮らしだった母親へは暴力をふるっていた。

葉子が相談を受けて話を聞くと、少女は母親の愛人に合成麻薬を教えられ、母親もそのことは知っていた。少女は、母親だけでなく、非行に走る自分にどんな手も差しのべなかった社会を憎んでいた。かつてのクラスメートにもドラッグの悦《よろこ》びを教えて、人生をボロボロにしてやると言い、そんなことしか考えられない自分を呪《のろ》って泣いた。救ってあげなければ、と葉子は思った。少女がすでに友人の女の子二人へ、合成麻薬を渡したと聞いて、早急の行動が求められた。

もともと掃除の行き届いていない部屋だったから、害虫がいると言っても、相手は疑わなかった。大野を紹介して、彼が消毒しているあいだに合鍵《あいかぎ》を作った。二人で深夜に忍び込み、寝ていた少女と母親を洗濯ロープで縛り上げた。小学校の頃の少女は、縄跳びが得意で、賞状をもらったと聞いていた。その賞状と、母子《おやこ》で笑っている同じ頃の写真も、葉子は見せられていた。だから大野が、母親の首を縄跳び用の縄で絞め、またゆるめて、子どものことを愛していたかと訊《き》いた。命がけで子どもを愛してたと言えるのか。絞めては、ゆるめるを繰り返し、母親が叫ぶ気力もなくしたところで、タオルのさるぐつわを外した。母親は涙ながらに、「愛してました、本当に愛してました」と訴えた。少女はそれを見て激しく泣いた。お母さんの愛情をしっかり受け止められたね、と確認すると、少女はうなずいた。まず先に、母親を逝《い》かせた。少女も、部屋のドアノブに縄を縛りつけ、足を前に投げ出させる恰好《かっこう》で、首を吊《つ》らせた。

「最後の最後に愛を見せるんだよ」

大野は、孝郎と希久子に言った。「きみたちの命を投げ出して愛を見せるしか、もう道はない。このままでは、せっかくの家族が傷つけ合って、家族となったことさえ呪《のろ》って終わる。さらには、ほかの人々へも悲劇を拡《ひろ》げかねない」

今年二月、埼玉の両親にも言ったことだった。彼らの息子は、二年前に小学生の女の子を誘拐しようとして逮捕され、以来家のなかで暴れるようになった。大野が相談を受けて話を聞いたが、両親は、息子がわからないと嘆くばかりで、彼の暴力を単純に恐れていた。近所の女の子を連れてこいと強要され、断ると、ひどく殴られたことを、母親は打ち明けた。通信販売で彼が大型のナイフを購入したことも、両親は知っていた。大野たちは、被害者が出る前に、病院か公的機関へ相談することを勧めた。だが警察沙汰《ざた》はもうごめんだと、両親はかたくなに拒否した。隙《すき》を見て合鍵を作り、深夜忍び込んだ。両親を電気コードで縛り、息子に、葉子が縫った鎮静衣を初めて着せた。大野が刑務所時代に経験したものを参考に作ったが、子どものからだを傷つけず、親の愛情をしっかり見せることもできて、予想以上の効果を上げた。

大野たちは、息子の購入したナイフを用いて、両親の頬と首筋を傷つけながら、愛していたかと問いつめた。父親はついに「自分たちは死んでも、子どもの命だけは」と口にした。母親の、わが子に向けた最期《さいご》の言葉は「ごめんね」だった。息子はそれを聞いて泣いた。ご両親の愛が見えたね、と確認し、片側の手を自由にさせて簡単な遺書を書かせた。そのあと首を吊らせて、鎮静衣を脱がせた。

「わたしたちのことは恨んでもいい。でも、あなたに親の本当の愛を見てほしいの」

葉子は亜衣に語りかけた。「こんな世界にも、命がけの愛が存在してる。その愛が、あなたに向けられていたんだと知って、次の世へ行ってもらいたいの」

麻生家でも言った言葉だ。麻生家の少年は、家族全員を殺すつもりだが、その前に、ほかの人間を殺してみたいと話した。隣のアパートに暮らす、三十歳前後の教師をしているらしい二枚目ぶった男を、彼は標的にしていた。相手を縛って、ノコギリを使い、少しずつ人生を奪う感触を、この手に得たいと冷静な口調で語った。

害虫駆除のあいだに合鍵を作り、雨の降る夜に勝手口から忍び込んだ。以前、一階の寝室のドアには鍵が掛かるようになっていたが、葉子が訪問した際、親子のあいだに壁を作るようなものだと、外すように勧めていた。麻生家の主婦は、忠告に従い、業者を呼んで外していた。相手の寝込みを襲い、両親、少年、祖父の順番で自由を奪った。寝室に全員を集め、愛の儀式をおこなった。残酷だとは思ったが、ノコギリを使うという少年の妄想を、そのまま用いることにした。少年に現実の痛みを感じ取ってもらいたかった。両親の口から布を外すと、苦しい息の下で切れ切れに、「これまで、愛を、ちゃんと伝えられていなくて、ごめんね」と謝った。両親の姿を見て、少年は泣きながらうなずいた。愛をかたちで見せられた両親を、大野たちはほめて、二人の首をスカーフで絞めた。祖父はその途中で心臓発作を起こした。

返り血が付かないよう注意して、茫然《ぼうぜん》と力を失った少年を、二階の部屋へ連れていった。利き腕だけを自由にして、言うとおりの遺書を書かせた。ベッドの前にひざまずかせ、両親の冥福《めいふく》を祈るようにと告げてから、喉《のど》にカッターを当てた。彼が息を引き取ったあと、鎮静衣を脱がせて、赤ん坊と同じ無垢《むく》な裸に戻した。さらには祈りを上げている恰好になるよう細工して、少年のパジャマと下着は両親の血に浸し、風呂《ふろ》場《ば》に残した。少年が犯行後に血を洗い流したように見せかけるためだった。

どの犯行でも、子どもによる無理心中と見せかけたのは、家族愛に対する強いメッセージを残したかったことと、まだまだ多くの崩壊家庭を救う必要を感じていたのに、自分たちが捕まれば、すべて中途半端《はんぱ》で頓挫《とんざ》することが危惧《きぐ》されたからだ。

「きみたちは貴い犠牲でもある」

大野は、孝郎と希久子を交互に見た。「きみたちの姿を通して、社会は、家族の一面の怖さを知る。家族が本当に大切なものであると教えられる。社会に害を拡げる可能性のあったきみたちが、最後には逆転して、人々へ多大な貢献を果たすんだよ」

七月、実森家でも同じことを話した。

実森家の少年は、幼い頃からいじめられてきたことを理由に、通ってきたすべての学校に火をつけてやると話した。大野たちが説得しても聞かず、火に逃げまどう人々を見て笑ってやると言った。両親は、そんなわが子と誠実に話し合おうとせず、無関心を装《よそお》うか、ときおり怒鳴って涙ぐむことでしか、関わろうとしなかった。本当に放火したらどうする気かと、大野たちが問いただしても、両親の頭には他人の被害のことは抜け落ちていた。わが子の将来と、家と店のことしか心配していなかった。

愛の儀式に火を使ったのは、麻生家の場合と同様、放火の考えを持つ少年に、その痛みを実感してほしかったからだ。彼らは仲のよい時期もあった。家族でイタリア旅行もしたという。そのとき買ったヴェネチアン・グラスを、家族愛を取り戻す象徴として用いた。両親が息を引き取ったあと、少年の指紋をグラスに残し、遺書を書かせ、鎮静衣を着せたままで、灯油を喉へ流し込んだ。ほかのケースでも同じだったが、親の死を目にしたあとでは、子どもたちはほとんど抵抗する気力を失っていた。死後、彼らが次の世で本物の家族になれるよう祈りながら、少年を無垢な裸に戻した。

二人は、こうした行為をとるにあたって、四国の寺々に残る地獄絵図や、昔から伝わる親子愛の物語を参考にした。地獄に苦しむ人々のなかには、愛を知らず、愛を他者に与えなかった者が多い。同時に、地獄のような苦しみや貧しさに耐えて、わが子の幸せをひたすら願う親の物語は、この国の道徳教育の基本ともなっている。

大野たちは、本物の愛を知らないまま成長し、親を憎み、社会を呪い、他者にまで危害を加えようとする少年や少女に対し、自分たちが地獄の鬼になり代わってでも、真実の愛の存在を教えてやりたかった。人間として深い幸せに目覚めてほしかった。

「用意はいいかね」

大野は、芳沢夫妻に言って、葉子を見た。

「心を強く持ってね」

葉子は、亜衣の髪にふれ、大野へうなずいた。

*

馬見原は、伝えられた住所の近くで、迷っていた。細い通りが入り組んでおり、タクシーよりも、歩いて探したほうが早いように思える。

そのとき、民家より大きい建物を見つけて、運転手へ止まるように言った。

「いいんですか。家の前まで行きますよ」

老齢の運転手が言う。

「ここでいいんだ。ありがとう」

馬見原は、ゆがんだ傘をさして車を降り、危うく見過ごしそうだった幼稚園の前に進んだ。背後で、タクシーの去る音がする。振り返ると、タクシーを追うようにして、黒い車が走ってきた。からだを引いて、身構える。車は止まる気配もなく走り抜けていった。窓にはフィルムが貼《は》られており、内部が見えないようになっていた。

車が見えなくなるまで待って、幼稚園のほうへ目を戻した。周囲を見渡し、入りやすい場所を探す。この年で無理はしたくないが、ほかに方法はなさそうだった。彼は、塀に手を掛け、からだを引き上げて越えた。

園舎の玄関先へ進む。ドアには鍵が掛かっていた。運動場のほうへ回ってみる。防犯用の照明灯が一つあるだけで、隅のほうは暗かった。水たまりを避け、人が隠れていられそうな滑り台などの遊具施設を確認する。土管があり、なかをのぞいた。人の姿はない。運動場をもう一度見渡す。中央付近に、白いものが落ちていた。スニーカーだった。一つずつ、ばらばらに転がっている。園児のものとしては大きく、男性用としては小さい。園が開いていたときに転がっていたとも考えにくい。

馬見原は傘の下で電話を掛けた。氷崎游子の声が返ってくる。

「幼稚園を見つけたよ」と告げる。

「本当ですか。亜衣さんは」

「靴だけが落ちていた。たぶん彼女のものだろう。あのあと、連絡はあったかね」

「いいえ、何も」

「そうか……いまから家に行ってみる」

「お願いします。渋滞に巻き込まれてしまって、もう少しかかりそうなんです」

電話の向こうで、人が話す声がして、

「あの、本当によろしくお願いします」

巣藤浚介に代わった。彼がまだ何か話しかけてくる途中で、馬見原の視線の先に、既視感をおぼえる物体が飛び込んできた。

「また連絡する」

電話を切り、運動場の端に歩み寄る。金網のフェンス越しに、道路の奥まったあたりを見た。街灯がわずかにしか届かない場所に、それは在《あ》る。ここからでは確認しきれない。いったん玄関のほうへ戻り、また苦労して塀を越えた。

まさかと思いながら駆け寄る。道路から二、三メートル奥まった、建築中の低層マンションの空き地だ。マンションは三分の二ほどの仕上がりで、全体にシートが掛けられている。その前庭にあたる場所に、工事関係車を思わせる雰囲気で、ミニバンが駐車していた。

ナンバープレートを確かめた。記憶にある番号とは一字違っている。だが車体の印象はそっくりだ。車内に人はいない。もう一度ナンバープレートを確認するため、身をかがめた。プレートの一番端の番号に、手作りらしいシールが貼られている。シールをはがすと、大野甲太郎所有の車の番号が現れた。

その場で椎村へ電話した。杉並署の前から掛けたとき、大野たちのことは問題ないと、椎村は答えた。大野たちは板橋区内にある問題家庭の相談のため、ミニバンに乗り合わせて外出したが、椎村はいまも彼らと一緒にいるということだった。

「はい、椎村です」

「馬見原だ。いま中野にいる。目の前に、大野たちの車がある。どういうことだ」

「え、なんですか、それ……」

「大野の車は、おまえの見える範囲にあるのか。大野たちの姿は確認できているか」

「あ、自分はいま板橋署に来てます。大野さんたちは、老夫婦の付添いで病院に行っているはずですけど……いまから行ってみます」

「奴《やつ》の車は、ここにあると言ってるだろう」

馬見原は住所を告げ、「幼稚園の脇《わき》だ。建築中のマンションのところに止まってる。すぐに来て、この車を確保しておけ」

電話を切ると同時に、頭のなかでひらめくものがあった。

椎村の話では、大野たちは問題家庭のところへ駆けつけたという。馬見原がいま向かおうとしている家庭も、問題を抱えている。むろん偶然だとは思いながら、その場でまた電話を掛け直した。游子が出る。

「馬見原だ。その芳沢家のことだが、両親は娘のことで、きみたち以外の人物に相談していたかね」

「え、なんのことですか」

この際はっきりさせたほうが早いと思い、

「以前、山賀葉子という女性の家の前で、きみと会った。大野のことも知っていた。彼らが問題家庭の相談を受けていることも、知っているんじゃないか。芳沢家から聞いたことがないかね。娘の問題について、あの二人に相談したことがあると」

「どうしてそれを……」

相手が絶句した様子が伝わってきた。

質問をつづける前に、背後で人の気配がした。撃鉄を起こす音が闇《やみ》に響く。自宅前から尾行されていたのは気づいていただけに、ここ数分間の不注意が悔やまれた。

＊

葉子は、息苦しさに耐えきれなくなり、寝室を出た。

リビングに出て、息をつく。外しておいた電話機のコードが足にからんだ。

大野も、リビングへ出て、

「どうした」

と、声をかける。

葉子は首を横に振った。

「今後も、こうしたことをつづけなければいけないのかと思うと、急に呼吸《いき》が苦しくなって……ごめんなさい」

大野は、気持ちが理解できるだけに、うなずいて、

「だが、誰かがやらなければ、崩壊は拡《ひろ》がってゆく。知ってるだろう、白蟻《しろあり》は……」

「ええ。自然発生では生まれないのね」

「一つの巣の放置から、被害は周囲へ拡がる。結果、大勢の子どもが傷つくんだ」

葉子は、うなずき返しながらも、ため息が洩《も》れるのを抑えられなかった。

「でも……。わたしたちの選んだ方法は、本当に正しかったのかしら」

「どんなことにも絶対の正しさなんてないさ。何を優先すべきかという問題だよ。他者に危害を加える人物の命か、罪のない子どもの命か。どちらを取るかという岐路の前に、わたしたちは立っている。迷っているうちに、誰かの命が失われるんだ」

「わかってもらえるかしら……わたしたちの苦しんだ末の選択が」

「誰にわかってほしい？」

「わたしたちが送りだす家族に、香一郎に、世間の人たちにも……」

神や仏へも、とは口が裂けても言いたくなかった。

「香一郎はわかってくれる。世間だって、いずれ真意がわかれば、理解するし、感謝さえするだろう。たとえばテロリストと呼ばれる者も、決して自然発生するわけじゃない。家族を殺されたり、土地を奪われたりした理由がある。だが、すでに敵対的な感情を持った相手とは、話し合うより、存在自体をなくす道のほうが、子どもたちの命をより多く守れると、大勢が支持している」

「だとしても、命を奪うことの恐れはどうしようもなくて」

大野は、励ますように、葉子の肩に手を置いた。

「奪うんじゃない、救うんだ。苦しみから解放してあげるんだよ」

葉子は、腹の底から息をひとつ大きく吐いて、

「そうね。香一郎だって、そうして救われたのだものね」

「あの子は、自分で自分がわからなくなってゆくのを怖がっていた」

「いい子のままで、天国へ行ったのね」

「これまでの子どもたちも、真の愛を知って、天国へ行ったよ。芳沢亜衣も、罪を犯す前に天国へ送ってやることが、わたしたちが授かった使命だろう」

「香一郎が、与えてくれたのね」

「思い出しなさい」

大野は葉子を抱き寄せた。「香一郎がどうしてああなったか。優しかったあの子を、誰が追いつめたのか」

香一郎への、いじめや恐喝が発覚したとき、学校、教育委員会、警察など関係者の対応は遅く、なんら有効な手は打たれなかった。いじめた当人はもちろん、保護者たちも謝らなかった。いじめられる側にも責任があるという意見が、保護者会では出された。ついには香一郎が恐喝していたという、ひどい噂《うわさ》までが流された。

「多くの子どもたちが、死に追いやられている。だが、わざとのように社会はそれを

見逃している。親の責務を果たせない者を放置して、傷つく子どもを増やしている」

「あの亡くなった子どもたちのことは、いまも胸が痛みますね」

教育相談所で対応にあたっていた少年が、深い理由もなく、隣家の幼い兄妹を殺した事件で、大野たちは被害者の葬儀に参列した。愛らしい子どもの写真を前に、子どもの父親は葬儀中に泣き崩れ、母親は気を失って運び出された。

加害少年の相談を受けていながら、結果的に何もできなかった無力さを詫《わ》びたい想《おも》いで、大野は被害者の両親に手紙を書いた。後日、両親が大野家を訪ねてきた。彼らは、大野の説明を静かに聞き、詫びも黙って受け、外へ出た。

だが、ドアの外で、母親は急に崩れ落ち、しっかり対処してくれていたら、うちの子は死なずにすんだのにと訴えた。なぜ何もしなかったの、なんで放っておいたのと、大野家のドアを叩《たた》いた。ちょうど家にいた息子の香一郎も、その光景を見ていた。

香一郎は、のちに大野たちを責めた。なんで親を指導しなかったの、本人より家族を指導しなきゃ、よくならないに決まってる、いわばお父さんたちは共犯者だよ。

そのときにはもう香一郎は、大野の担当だった少年から、殴られ、金を取られていた。その行為の共犯者でもあると、息子は父に言いたかったのかもしれない。

「香一郎が教えてくれたんだ。厳しく取り組まなきゃいけない。甘さが、結果として、何の罪もない人々まで不幸に巻き込むんだ」

「ねえ、こうしたことをすべて、あの人たちに話してあげましょう。芳沢家の人たちに。わたしたちがどういう想いで、この仕事に取り組んでいるか。どんな使命を感じているか。理解してもらったほうが、彼らも受け入れやすいと思うの」

「いいだろう。時間はまだ充分にある」

二人は、手を取り合うようにして、芳沢家の家族が待つ寝室へ戻った。

*

馬見原は、頭の後ろで両手を組み、ふたたび幼稚園の前に立った。

「勘弁しろよ。見かけよりは年なんだぜ」

首を背後へ振り向ける。

油井が、距離をとって、こちらに拳銃《けんじゅう》を向けていた。傘を差しておらず、髪もコートも濡《ぬ》れ、眼鏡には水滴がついている。

「早く越えろ。道端で死にたいのか」

「死ねば一緒さ。どこでも変わらん」

「こっちには変わるんだ。朝まで時間を稼いでほしいんでね」

「おまえの高飛びのために、無理をしろってえのか。やる気が出ねえな」

「舐《な》めた口ばかりきくな。さっさとなかへ入れ」

水たまりが蹴《け》られて、水滴が飛んでくる。

馬見原は塀に手を掛けた。

「眼鏡が曇ってるぜ、それで狙《ねら》えるのか。晴れた日に出直してこいよ」

「ばか犬のせいで、こんなところまで来ちまった。これ以上、いらつかせるな」

自宅で待ち伏せていた相手が、油井だということは、犬が吠《ほ》えただけでなく、その雰囲気からも伝わってきた。拳銃の所持についても知らされており、冷静に対応すれば問題はないと考えていた。ただタイミングが悪かった。

馬見原は塀を乗り越えた。つづいて油井も越えてくる。距離は空いていたが、飛びかかるチャンスはあった。ただ、相手が引き金を引き、弾が当たってしまえばそれまでだ。決定的な隙《すき》を見つけるまでは自重した。

「手を、頭の後ろで組め。運動場へ出ろ」

油井の声はふるえていた。緊張と不安だけでなく、実際の寒さもあるのだろう。

「車はどこに置いたんだ。足がつくぞ」

「こんな雨だ。そこらに止めても、誰も見回りゃしない」

運動場の中央付近まで進んだ。

油井の声が聞こえなくなった。振り向くと、彼が眉《まゆ》をひそめて園舎を眺めている。

「どうした、大将。センチメンタルってやつか」

「うるせえ……。えらくいやなガキがいたよ。保母の前じゃ、いい子にして、裏で、とろい子をいじめてた。持ってるものも全部ぴかぴかしてて、いつも洗濯したての服を着てた。こっちは、ずーっと洗ってもらってない服で、保母から注意ばかりされてたのによ。あの頃にはもう知ってた、この世に公平なんてものはないってな」

馬見原は、手を頭の後ろに組んだままで、

「油井。撃ちたいなら、撃たせてやる。だが、その前に一時間ほどくれんか。どうしても確認しなきゃならんことがある」

「棺桶《かんおけ》のサイズか？　人並みに入る気かよ」

油井は運動場を見回し、「どうだ、ここなら朝まで見つからない。逃げる時間が稼げるだけじゃないぜ。笑えるのは、子どもがあんたの死体を見つけるってことだ」

「ばかか。大人が先に見つけて、閉鎖しちまうよ」

油井が表情を険しくした。あたりを見回し、いやらしい笑みを唇の端に浮かべた。

「下がれ。まっすぐ後ろへ下がれ」

馬見原は従った。砂場の縁に行き当たる。砂場の上には、簡単な屋根が設けられ、水が溜《た》まらないよう工夫されていた。

「なかへ入って、砂の上に座れ。早くしろ」

言われたとおり、砂のなかに膝《ひざ》をつく。

「砂を掘れ。手で深く掘るんだ」

「いい加減にしないか」

「掘れと言ってるだろっ」

油井が拳銃を振った。

馬見原は、砂を掘りはじめ、相手との距離を目測で計った。ほぼ五メートルか。

「どういう仕掛けか、わかるか」

油井がにやついて言う。「子どもが、明日の朝、砂遊びを始める。城を作り、トンネルを掘る。すると砂のなかから、みにくいオヤジの死体が、登場って寸法だ」

「よくまあ、そこまでゆがんだもんだな」

「あんたもこれで終わりだ、馬見原。家族は渡さない。綾女と研司はおれのものだ」

「誰のものでもない。人間は所有などできん。油井、こんなものがあったぜ」

砂のなかにプラスチック製のスコップが埋もれていた。砂を少量すくって、彼に見せる。相手が注意を向けたところで、スコップごと顔に投げつけた。

油井が砂を払おうと手を上げる。がら空きになった懐《ふところ》へ飛び込んだ。組みつけば、あとは早い。拳銃を握った手首をつかみ、足を掛けて投げ飛ばす。油井は背中から落ち、馬見原の手に拳銃が残された。

きっと正当防衛の主張は通るだろう。油井のこれまでの行状を考えれば、監査もマスコミも問題にしないはずだ。この男が死ねば、綾女と研司の不安もなくなる。いつまた現れるだろうかと、おびえる日々から決別できる。

仰向けになった油井の心臓に、銃口を向けた。

だが、殺して、本当に終わりなのか。

胸の内ポケットには、研司が描いた絵が入っている。研司は、大人になったとき、自分の父親は、よく家に遊びにきていた警官に、拳銃で撃たれたと知るのだろうか。油井の親のことは知らないが、健在だとしたら、息子は愚かなヤクザ者で、警官を殺そうとして、逆に撃たれたと聞くのだろうか。

佐和子と真弓は、また馬見原が人を撃ったと知る。孫の碧子も知ることになるかもしれない。祖父が二人も人を殺したと知ったら、孫にはどんな影響を与えるだろう。

もちろん新聞やテレビで報道されるだろう。また人が人を殺したと、テレビの前にいる子どもたちに伝えられてゆく。どんな理由があるにせよ、人が人を殺す行為が、これから知性や感情を育《はぐ》んでゆく子どもたちへ、平凡な日常の出来事として、場合によっては誇らしいこととして示される。自分がまたそれに加わる。

遍路の姿をした佐和子のことが、一瞬思い出された。

馬見原は銃口をそらした。拳銃の弾倉を外し、装塡《そうてん》してあった弾を出す。

「油井、やり直せ」

仰向けになったままの彼に言う。「研司が成人して、父親に会いたいと思ったとき、誠実で熱心に仕事をする大人に出会うチャンスを与えてやれ。要領なんて悪くていい。貧乏でもいい。身近な人から信頼されている、そういう人間になるよう努力しろ」

油井がゆっくりからだを起こした。こちらに背中を向けたままでいる。

「おまえなりに、生き直すことはできるはずだ。だが、誰かに依存してたら、きっと無理だ。まずは独りで始めろ」

馬見原は、抜き取った弾をポケットへ入れた。

「ハジキの不法所持、殺人未遂、そのほか諸々《もろもろ》、幾らだってぶち込める。だが、別の土地でやり直す気があるなら、餞別《せんべつ》代わりに見逃してもいい」

「へえ……お優しいね」

油井が口から砂を吐き出す。「だったら、ついでにハジキも返してもらえないか。長峰からの借り物なんだ。いまじゃ破門の身で、いつ返せと言われるかわからない」

「おれから返しておいてやる」

「奴《やつ》に金を借りたいんだ。街を出るにも先立つものがいる。それを持ってきゃ、いやとも言わないだろう」

「……弾は抜いたぜ」

「わかってるよ」

馬見原は手のなかの拳銃を見つめた。弾がなければ、ただの鉄のかたまりだ。

「くだらん道具だ」

拳銃を砂場の隅へ放り投げた。「油井、おまえの生い立ちが、大したことがないとは言わん。しかし、縛られずに生きることも不可能じゃないだろう。ハンディを抱えて生きてる者は大勢いる。引き受けて歩くことも、考えてみたらどうなんだ」

相手にどう聞こえたかはわからない。これで解決したなどと、甘いことも思わない。だが、ともかくいまは芳沢家へ急ぎたかった。油井に背中を向けて歩きだす。

「馬見原っ」

いくらも進まないうちに、呼ばれた。振り返ると、油井が砂場の隅に立って、コートのポケットから右手を出すところだった。

「あんた、神様を信じるか。殴《なぐ》られてばかりのガキの頃から、おれは信じたことはなかったよ。けど、初めて信じるぜ」

彼が手を出して、こちらへ見せる。弾丸を一個持っていた。いつのまにか拾い上げていた左手の拳銃に、彼が弾をつめる。

馬見原は駆け戻った。油井が弾倉を戻す。まだ間に合う。飛びかかった。油井が引き金を引いた。カチ、カチ、カチ、と空の音がつづく。奴の腕をつかんだ。同時に、からだに衝撃を受けた。湿った花火のような音が、どこか遠くのほうで聞こえた。

＊

佐和子は、ベッドから下り、カーテンの外に出た。ほかの三人の患者は寝静まっている。窓辺に寄って外を見る。遠くに灯があるだけの中庭に、目を凝らす。雨が降りつづいており、人影はない。空は雨雲におおわれ、月も星も見えなかった。

だが、彼女を呼ぶ声を確かに聞いた。

それがあなたの病気なのだと言われればそれまでだが、胸騒ぎは収まらない。

とても寝ていられず、病室を出て、外来棟へつながるドアへ歩み寄った。鍵《かぎ》が掛かっていた。日中は各病棟間の行き来は自由だが、消灯後は規則で閉鎖されている。

「どうかしましたか」

ナース・ステーションから、当直の看護師が心配そうにこちらを見ていた。先月に中途採用された女性だ。顔なじみの看護師は、巡回に出ているのか姿がない。

「えっと……馬見原さん、でしたっけ。どうされました。眠れませんか」

看護師が気づかうように訊《き》く。ほかの科では看護経験があるが、精神科は初めてだと、別の看護師との会話のなかで聞いていた。

「お願いがあるんです」

佐和子は彼女の前へ戻った。「ここから出していただけますか。ほんの少しだけ家《うち》へ帰りたいんです」

看護師が困惑の表情を浮かべた。

「ごめんなさい、馬見原さん。それはできないんですよ。眠れないなら、先生にお電話して、入眠剤を出してもらいましょうか？」

「そうじゃないの。呼ばれたものだから」

「え。誰にですか」

「声が聞こえたんです、わたしを呼ぶ声が」

相手の顔が曇った。ああ、違うのに……。こうした言い方では、相手に誤解されてしまうのはわかっている。なのに別の言い換えや、うまい説明が思いつかない。

「自宅へ、電話だけでも掛けさせてくれませんか。お願いします」

公衆電話は、外来棟のほか、この病棟にも一台用意されている。消灯後はやはり使用禁止となり、ボックス自体に鍵が掛けられた。

「馬見原さん、ごめんなさいね。規則なものだから。朝の七時まで待ってください」

「いまでないとだめなんです。家のほうに……いえ、せめて夫の携帯に一回だけ」

「馬見原さんに聞こえた声は、本当にいますぐ電話をしろと言いましたか。夢ではないですか。もう一度ゆっくり考えてみません？」

看護師がさとす口調で言う。悪い人ではないのだろう。だが、職場にまだ慣れていないいま、一患者の深夜の訴えのために、規則を破ることは期待できそうになかった。

佐和子は病室へ戻った。焦《あせ》りばかりがつのる。彼女が仲人《なこうど》をする予定だった娘が、携帯電話を持っているのを思い出した。看護師がこちらを見ていないのを確認して、二つ隣の病室へ進んだ。

娘のベッドに近づく。カーテン越しに、ささやく声が聞こえた。佐和子はそっと娘の名前を呼んだ。返事がある。なかへ入ると、娘はベッドに横たわっていた。小さな灯をつけて、目をまっすぐ天井へ向けている。

「起こしてしまって、ごめんなさい」

佐和子は、娘の近くに顔を寄せた。

「寝てません。相談に乗ってもらってました。このまま結婚して、彼とのあいだに絆《きずな》が生まれるかどうか。生まれるとしたら、それはどんな形なんだろうって……」

「なんて答えてくださったの？」

「子どもが絆だって答えてくれました。でも、子どもだって独立した人間です。絆と呼ばれるものにされるのはかわいそうです。それに、子どもに恵まれない場合や、不幸で亡《な》くしてしまった場合、どうなるのって問い直しました」

「お相手の方は、なんて？」

「急に黙り込んでしまわれました。どう思われます？　空の上にいる方にも、難しい問題なのでしょうか。それとも、わたしが自分で考えないとだめってことですか」

「そう……わたしもしっかり考えなきゃいけない問題ね」

「御用はなんですの」

「ええ、こんな遅く申し訳ないけれど、携帯電話を貸してもらえる？」

娘は、少し考える間《ま》を置いてから、

「消灯後の使用は禁止されてます」

「わかってる。でも、どうしても掛けなくちゃいけないの」

「規則違反は、コインをすべて没収ですよ」

「……声が聞こえたの、だから」

娘が驚いたようにからだを起こした。目を輝かせてこちらを見つめ、

「佐和子さんもですか」とささやく。

「誰の声かは、わかってるの。子ども。亡くなった」

「……よく聞こえるんですか」

佐和子は首を横に振った。

「話しかけてって、ずっと言いつづけているんだけど……年に一度、あるかないか」

「なんて、話しかけてこられたんですか」

「呼ばれただけ。お母さん、って。家に電話だけでもして、安心したいの」

娘が備付けのサイドボードを開いた。なかにしまった携帯電話をこちらへ差し出し、

「家族の声が聞こえるって、絆ですか」

佐和子は首をかしげた。

「ただの錯覚かもしれないことだから」

「お貸しする代わり、ここで掛けてください。声の正体を、確認させてください」

断る理由もなく、佐和子はその場で自宅へ掛けた。留守番電話に切り替わる。いったん切って、暗記している夫の携帯電話の番号に掛けた。呼び出し音がつづき、留守番録音のサービスにつながる。この番号のほうが、胸騒ぎが強まる気がした。

「相手が出てくれるまで、掛けさせてもらっていい?」

「もちろんです」

娘がベッドの端を空けてくれた。

＊

冷たく降りつづける雨のなか、ようやく教えられた住所に着いた。

椎村は、幼稚園の前に車を止め、傘をさして外へ出た。周囲を見回し、幼稚園の塀に沿って小走りに進んでゆく。裏通りのほうへ進むと、幼稚園の塀は金網のフェンスに変わり、そこから運動場が見えた。暗い照明灯に、水たまりが湖のように広がっているさまが浮かび上がっている。

もう少し進んだ先に、防水シートの掛かった建物がある。馬見原が話した、建築中のマンションだろうか。駆け寄ってゆき、その手前で足を止めた。

信じがたかった。あってはならないものが、ある。

首筋に冷たい滴《しずく》が落ちてきた。気づかないうちに持つ手がゆるんで、傘が用をなさないほどに傾いていた。

椎村は、傘を持ち替え、ミニバンに近づいた。車内に人はいない。ナンバープレートを確認する。シールを貼《は》って細工がしてあり、それが半分ほど剝《は》がされていた。

そんなはずがないのに……大野たちは、怪我《けが》をした老夫婦に付き添ったか、自宅に帰ったはずなのに。

なおも信じられず、大野が暮らす管理小屋へ電話した。つながらなかった。

きっと用事があったのだ、と思い直す。だがそうすると、ナンバープレートの細工が腑《ふ》に落ちない。大野たちはなぜこんなところへ来たのだろう。馬見原もなぜ大野たちの所在がわかったのか。そしていまどこにいるのか。

疑問ばかりで、何ひとつ答えが見つからない。このまま待機していればいいのか、こちらから馬見原へ連絡を取っていいのかどうかさえ迷う。

どこかで電話の呼び出し音が鳴っていた。切れても、またすぐに鳴る。六、七回の呼び出し音が鳴り、切れて、また鳴るということが繰り返されている。たぶん留守番電話に切り替わったところで、いったん切り、また掛け直しているのだろう。掛けつづけている側の、尋常ではない執着を感じた。

「いい加減にしろよ」

舌打ちをして、音のしているほうへ進んだ。幼稚園のなかのようだ。金網のフェンスに飛びつき、園内を見渡す。おかしげなところは何もない。

音がするのは、どうやら砂場のあたりらしい。幼稚園の若い先生が携帯電話を落としたのかもしれない。電話を掛けているのは、恋人だろうか。ただ、最近の女性なら、気に入りの音楽を着信音として選んでいいはずなのに、鳴っているのは、ごくシンプルな電話の呼び出し音だ。

目を凝らすうち、砂場の状態がやや変わっているのに気がついた。いびつな形に盛り上がっている。そのあたりで電話の呼び出し音も鳴りつづけていた。

不安がゆっくりこみ上げてきた。

＊

丈の長い草のなかにいる。空は様々な色がオーロラのように変化して、恐ろしい。馬見原は、その空から逃げるように草をかきわけ、前へ進んだ。

ほどなく草の原が切れ、砂浜のような場所へ出た。前方に、青々と水が広がっている。水をはさんだ向こう岸は光にあふれ、波がその光にまばゆく輝いている。

水のなかには、人がいた。泳いでいる。

研司が描いた絵を思い出した。富士山のふもとの湖で泳いでいる絵だ。

研司が泳いでいるのだろうか。だったら、自分もあの絵のように一緒に泳ぎたい。

そうだ、研司たちに知らせなければいけない。油井が行く可能性がある。部屋にいてはだめだ。いや……いま水のなかにいるから、部屋にはもういないのだろうか。

ベルの音が聞こえた。振り返ると、草原の向こうに駅のホームがあった。綾女と研司が旅装姿で立っている。かたわらにバッグを置き、電車を待っている。二人とも笑顔で、馬見原のほうへ手を振った。安心しろと言っているように見える。

じゃあ、水のなかで泳いでいるのは誰だろう。水のなかから腕がさっとあらわれ、先へと伸びる。指先から水滴がこぼれて光る。

勲男……。おまえか。

水を切って進む美しい腕を追いかけ、彼も水に入った。相手のところまで泳ごうとしたが、潮の流れでもあるのか、どう泳いでも押し戻され、距離が縮まらない。

勲男、勲男だろ、答えてくれ。おれはまちがっていたのか。

泳いでいた人物が、振り返る。逆光になって顔が見えない。

「どうして、そんなこと訊くの」

おれは死ぬんだろ。撃たれたからな。最期に聞いておきたい。一番気がかりだったことだ。おれを憎んでたか、憎んだまま死んだのか。

「お互いの勘違いだよ」と、相手は言った。

なんだって。

「何を望んでいたのか、全部わかってたわけじゃない。わからないから、苦しめ合ってたんだ」

話が見えんよ、どういう意味なんだ。

「誰も、自分への愛なんて意識しない。無意識に、自分のことは肯定してるからね」

おれは自分のことより、おまえを大事に思ってきた。代われるものなら、代わりに死にたかった。それじゃあ、だめなのか。

「代われないものに、代わりたいと言うのは、罪の意識で、愛とは違う。それにさ、死んで、愛は消えた？　自分への愛を、人は意識しないものなら、ほかの人に対して、愛なんてことを意識した時点で、別のものにすり替わってるのかもしれないよ」

責めているのか、おまえを受け入れてなかったと。完全には肯定していなかったと。

「家族になったからって無理なんだ。ゆっくり学ぶ必要があることなのさ。お父さんはその前に、いろいろ起きたからね。いま、学びのときが来てると思えばいいよ」

いやだ。そんなことより、おれはおまえに生きていてほしかった。

相手が笑ったように見えた。逆光で、はっきりとはわからない。

「お父さん、もう帰ったほうがいいよ。真弓もいる。碧子だっている。それにさ、もっと沢山の子どもが世界にはいるよ。家族を拡《ひろ》げたら、どう。拡げて考えたら」

ベルが鳴っては、消え、またすぐに鳴る。振り返ると、綾女と研司の姿も、ホーム自体もない。

勲男と思えた人物が泳ぎだす。光のほうへ去ってゆく。だが馬見原は、暗くて、湿っぽくて、血と汗の匂《にお》いがする岸のほうへ、強い力で引き寄せられる。彼方《かなた》の光がどんどん遠のく。岸へと打ち上げられてしまったのか、からだが軽く揺さぶられた。

「しっかりしてください。いま、救急車を呼びましたから」

馬見原は、光の向こうへ泳ぎ去った影に、懸命に呼びかけた。

「何をです。何を許すんですか」

抱きしめたかった。病院に駆けつけて、まだ息のあるうちに、おまえをもう一度抱きしめればよかった……。許してくれ。

「わかりました。許します、許します。だからしっかりしてください、お願いです」

いや、許されていいわけがない。自分がそんなに簡単に許されていいわけがない。

ベルの音がなお聞こえていた。

＊

何が話されているのか、亜衣ははじめのうち理解できなかった。驚きと、恐怖と、縛られている身体的な苦しさ、両親の姿から受ける精神的な痛みなどで、相手の声をまともに聞き取ることができなかった。

二人は、亜衣と、両親のいるベッドのあいだに、椅子《いす》を運んできて腰掛け、できるだけ正確に説明しようとしてか、言葉を刻むように話した。

自分たちの行為の意味を、亜衣たちに理解してもらおうとしているらしい。意志のこもった強い声が、次第に耳の奥へ届きはじめた。からだが自由にならない苦しさや、困惑はなおつづいていたが、恐怖だけはやや薄らいだ。

二人は、わが子の誕生から、十八歳で死んだときまでのことを話した。いじめや暴力や無理解や無関心、嘘《うそ》や責任放棄や八つ当たりなど、様々な周囲の否定的な言葉や行為にさらされて、或《あ》るひとりの男の子が追いつめられ、孤立し、ついにはわが身をさいなむようになる物語として聞こえた。

男の子は家庭内で暴れ、自殺を試み、他者を傷つけることを恐れた。両親に当たり、救いを求めた。両親もまた、わが子を救ってやりたいと願った。

「この手で救ってやるほかはないと信じたんだよ」

男性が手のひらを亜衣に見せた。皺《しわ》と小さな傷がいっぱいある、大きな手だった。

「その悲しみがわかるかね」

「あの子は、生きることが、自分を失うことのように思えて、苦しんでいたのよ」

女性が亜衣を見つめた。白目の部分に浮いた赤い斑点《はんてん》が痛々しく見える。

二人は、男の子が亡くなったあとのことも話した。今度は、無理解や無責任な言動によって翻弄《ほんろう》され、追いつめられてゆく、或る平凡な父親と母親の物語に聞こえた。

わが子を手にかけた父親は、死刑が当然だと考えていた。だが、逮捕後すぐに、彼に対する同情の声が起きた。家に残った母親は、わが子は素直ないい子だった、素晴らしい子だったと答えて回った。だが、彼らに同情が集まることで、男の子がいかに暴力的になっていたかが、大げさなほどに話された。弁護士は、無罪を主張すべきと二人に勧め、わが子の暴力や狂気をもっと赤裸々に証言すべきだと語った。

裁判が始まり、何万人もの減刑嘆願の署名が提出された。多くの証言者によって、子どもの暴力と、二人がいかにそれに耐えていたかが語られた。平凡な父親と母親は茫然《ぼうぜん》とした。二人は、息子は悪くない、自分たちは重く罰せられても仕方がないと訴えた。結果として、父親は大いに反省が見られるとして、軽い判決が出された。

父親は、悔しさや無念さから塀のなかで暴れ、たびたび鎮静衣というものを着せられた。亜衣がいま着せられているものと似ているらしい。

母親のもとへは、宗教家を名乗る人までが多く訪れるようになり、高額の御布施《おふせ》を求めていった。男の子の祖母が、求められるままに金を出し、家計に影響を与えた。祖母はその後病気で亡くなったという。

保護房の冷たい床で、父親は少しずつ理解した。わが子を追いつめたものは、いじめだけではない。それは象徴のようなもので、この社会の在り方そのものが、わが子を犠牲者にしたのではないかと……。

いろいろな局面で傷ついた子どもたちは、鬱憤《うっぷん》を晴らすため、別の子どもを犠牲者に選ぶ。もっと絶対的な愛で結ばれた家族に、すべての家族が変わっていかないかぎり、ますます新たな被害が生まれることになる。上級審ではこの信念を人々に訴えたいと、二人は願った。

一方で、家計がひどく追いつめられていたため、二人は家を売る決断をした。子どもに遺《のこ》してゆくつもりで、高級建材と、確かな工法で建てた、家族団欒《だんらん》の象徴だった。業者に頼んで検査をすると、否定的な答えを突きつけられた。家は売り物にならず、土地もいい値は出せないという。どこにも不具合のない家がなぜ売れないのかと、母親は訊《き》いた。とっくに壊れてるからだと、業者は土台にドライバーを刺した。軽い力でも根元まで沈み、引き抜くと、木材が崩れ、虫があふれ出た。白蟻《しろあり》だった。

被害の拡大が懸念され、近所の家々も検査することになり、都合五軒の家で白蟻が発見された。白蟻は、隣家から移ってきたに違いないと、母親は思った。隣家は建てて五十年以上も経《た》ち、外からでも傾いているのがわかる。以前から一度検査したほうがいいと、隣家の住人には言ってきた。なのに頑固な老夫婦は無視しつづけた。だが驚いたことに、白蟻の巣は、二人の家から来たものだと噂《うわさ》が立った。あの家では、子どもがおかしくなり、その子を親が殺した恐ろしい家だから、白蟻が生まれるのは当然で、ほかの家にまで迷惑をかけたのだと……。

母親は、刑務所に面会へ行ったとき、それを話した。父親は、声を上げて暴れ、鎮静衣を着せられた。母親もその場で一時気を失った。

二人は悟った。言葉は届かない。政治を責めたり、マスコミを批判したりしても、意味がない。控訴も取り下げた。話による改善など望めない。社会全体が根本から変わってゆくには、行動が必要なのだ。二度と自分たちのような犠牲者が出ないように、これ以上罪なき子どもが苦しまないように……。

世界にあふれる暴力に対し、これまで指導者たちが、国民や子どもの生命を守るため、何をしようとしたか。その政策を支える、基本の論理を記した著作を、父親は刑務所に差し入れてもらって読んだ。世界的な脅威となる大きな悪に対し、或る一点に集中的に恐怖を与えることで、悪をふるえ上がらせ、よって反省を促し、平和をその地に拡げてゆくべきだとする論理に、彼は最も共感をおぼえた。

刑務所の外にいた母親は、国内の事件を調べた。毎日つらい犠牲者が生まれていた。子どもが暴力をふるわれ、誘拐され、性的な被害を受け、自殺に追い込まれ、殺されている。なのに加害者も、加害者の親も本当のつぐないはしていない。社会も一時的に話題にするだけで、すぐ忘れてしまう。被害者や遺族は一生苦しみつづけるかもしれないのに、誰も犠牲になった人々のことを深く思いやらない社会だと、彼女は思った。だから、同じことがいつまでも繰り返されるのだ。

二人は、刑務所の内と外とで考えつづけ、行動の第一歩として離婚し、自分たちを知る者から遠ざかった。

「決断のあとすぐに、わたしは刑務所で白蟻の専門家と会った」

男性が亜衣に語った。「これは啓示だと思った。進むべき道は正しいと、息子から言われたようにさえ感じたよ」

彼は、刑務所内で家屋の構造や、害虫の勉強を重ね、出所後、消毒薬の取り扱い資格も得た。刑務所で知り合った業者とは、しばらく一緒に働き、仕事を覚え、合鍵《あいかぎ》の作り方や、家への忍び込み方までも習った。

「その男性は泥棒でもあったんだ。わたしの父は生前、警備員をしててね、担当していたビルに盗みが入り、クビになった。だから泥棒は嫌いだったのに、皮肉なものだよ。でも、彼のことも最後には救ってあげた。家族のいない孤独な人でね。将来の希望もずっと昔に失っていた。わたしには使命があるのに、一緒に東京へ連れていかなければ、盗みの方法を教えたことを、警察に話すと言った。独りに戻るくらいなら、死んだほうがましだと、酔っ払って泣いていた。仕方なく、連れていくと嘘をつき、遺書になるような書き置きを書かせてから、意識を失わせ、首を吊《つ》らせた」

「わたしは、もう先に東京に出てたのよ」

　女性が亜衣に語った。「アパートの一室で、電話相談を始めてた。できれば、もっと広い場所がいいと思った。大勢の人が、家族のことを学べる教室を開けるように」

　二人はほどなく現在の家へ、紹介によって移ることができた。これも啓示として受け止め、害虫消毒の営業所を開き、電話相談を受け付け、家族のための教室を作った。

　二人の相談や介入により、真実の愛に気づく人々は、思っていた以上に多かった。社会を安全で暮らしやすい場所に変えるため、また子どもたちが愛情豊かに育ってゆくために、『家族の教室』に参加して、無償の愛を拡げてゆく行為を実践しようとする人たちが、時間を経過するごとに増えていった。

　だが、ときには、まったく二人の言葉を理解できない者もいた。放っておけば、他人に危害を加えるかもしれないのに、そのことに無自覚の、自己中心的な、崩れた家族……。彼らにどう対処すべきか、悩み抜いた末の答えは出ていた。

　電話相談をきっかけに、千葉と埼玉の家族に出会った。両家とも問題が多く、自分たちで改善する意志さえ失っていた。千葉の娘が、合成麻薬への依存により、ほかの子どもまで危険な道へ誘い込む可能性が高かったため、たまたま順番が先になった。善良な家族を守らなければいけない。子どもたちの幸せを、奪わせてはいけない。そのために必要な行為だった。つらいことだが、誰かがやらなければ、社会が壊れる。幼い子どもが、さらわれたり、殺されたりする。しかも誰もその罪を、本当にはつぐなわない社会なのだから……。

「わたしたちの使命が理解できたかね」

「でもこれは、あなたたちを救ってあげるものでもあるの。真実の愛を、最後に家族が見せ合って、豊かな幸福感を胸に抱いて、旅立ってもらうためなのよ」

「じゃあ、そろそろ始めようか」

二人が自分たちの椅子を片づけた。

亜衣には、彼らの話が半分ほどしか理解できなかった。人を救うために、人を殺すなんて矛盾してると思う。でも、世界的にはそれが最もよく行われている正しい行為だと言われれば、確かに現実はそうなっていて、反論も思いつかない。

でも、うまく言葉にできないのがもどかしいけれど……たとえばわたしは、殺されることでしか、救われないんだろうか。死のうと、自分で決めていたわけだから、笑ってしまう話だけど……もしも生きつづけていたら、わたしは他人に危害を加えることしかできなかったんだろうか。誰かを支えたり、助けたりした可能性は、ゼロだったんだろうか。

そのとき、亜衣の耳に、サイレンの音がかすかに聞こえた気がした。二人も気がついたらしい。男性が部屋を出ていった。ほどなく戻ってきて、

「近くで何かあったらしいが、問題はない」

と、表情を変えずに言った。

女性が部屋を出た。やがて戻ってきたとき、彼女の手には、亜衣が部屋で使っていたカッターナイフが握られていた。

＊

救急車が目の前を走り過ぎていった。

いやな予感が強まる。恐ろしいことが起きているのではと想像し、その想像にとらわれる。子どもの頃からのことだった。自分には、ひそかに他人の不幸を望む癖がある。決してそうあってほしくないことを、一方で、そうなることを望んでいる感覚が離れない。

嫉妬《しっと》の一種だろうか。自分だけの浅ましさなのか。大人になったいまも、悲劇を伝えるテレビのニュースに、同情しながら、好奇的な視線を向けている。もっと大きなことに発展し、人がいっそう嘆き悲しむ場面を想像している。さらにひどい災害にならないか、火が高く上がらないか、もっと死者が出ないだろうか、と。

だが、本当はこうした自分がいやだった。できれば、この感覚から逃れたい。他人の不幸を無意識に願い、つい悲惨な場面を想像してしまうことから離れたい。

無理なのか。自分のなかに深くしみ込んだものなのか。不安になって、手を伸ばす。

運転している游子の腕にふれた。彼女がこちらを見る。どうしたの、と目だけで訊《たず》ね、ハンドルから片側の手を離し、彼の手を握ってくれる。彼女は何も言わない。ただ励ますように温かい手で、彼の冷たい指を包みこむ。

こんな自分を、彼女は受け入れてくれている……だったら自分も、他者の不幸に想像を巡らせる浅ましい自分を、受け入れてみたらどうだろう。

たとえば、想像を最悪のところまで持ってゆく。亜衣が死んだと考える。亜衣が両親を殺したと考える。身ぶるいに耐え、家族三人が血の海に横たわっている場面も想像する。もし現実に起こっているなら、もう行く必要はない……あきらめて家に戻ればいい。でも、自分は行きたいんだろ？　亜衣が心配だから、彼女を支えたいから、放っておくことなどできず、彼女たちのところへ行きたいと願っているんだろう？　だったら、浅ましくても、いやな奴《やつ》であっても、前に進めばいい。弱さや浅ましさを抱えて、駆けつければいいことだ。

「何かあったみたいよ」

游子が言った。前方に、赤色灯をつけたパトカー数台と、深夜にもかかわらず人が集まっているのが見える。道路もさえぎられ、それ以上先へ進むことができない。

パトカーは、やや大きい建物の前に並び、人々もその建物のほうをうかがっている。

「もしかして、幼稚園じゃない？」

游子が、窓から顔を出して確かめる。

制服警官が、こちらに手でバツ印を示し、来た方向へ戻るよう指示を出す。

確証は何もないのに、ここが亜衣の語った幼稚園に違いない気がした。亜衣はもう死んでいるのではないか、それをここで目撃するのではという想像が頭をよぎる。

「わたしが、話を聞いてこようか？」

游子が言う。表情から、彼が気後れしているのを察したのかもしれない。

「いや。一緒に行くよ」

游子が、車を後退させ、道路の片側に寄せた。浚介は車を降り、彼女とともに、傘をさして幼稚園の前に駆け寄った。

「何があったんですか」

合羽《かっぱ》を着て見張りに立っている制服警官に、游子が訊いた。

警官は不機嫌そうな顔で答えない。下がっていろと、手振りで指示するばかりだ。

ここに知り合いが来ている、杉並署の人だと、游子が懸命に話しても、仕事の枠に閉じこもっているのか、取り合おうともしない。

「あ。もしかして、あの人……」

游子が別の方向に視線をやった。幼稚園の玄関の軒下で、若い男が携帯電話で話している。浚介も見覚えがある気はしたが、よくはわからなかった。

「すみません。あの人と知り合いなんです」

游子が制服警官に掛け合った。相手が眉《まゆ》をひそめるだけで何も言わないため、彼女は若い男のほうへ手を振って、

「すみませーん」と、声をかけた。

警官が戸惑い、制止の手をややゆるめた。游子は、その隙《すき》に少しだけ前に出て、

「馬見原さんと、ご一緒だった、杉並の刑事さんですよねー」

若い男が驚いた表情を見せた。ちょうど話し終えた様子で電話を切り、こちらに歩

み寄ってくる。幼稚園の塀をはさんで、

「児童相談センターの氷崎と言います。一度、馬見原さんと来られましたよね」

游子は言った。相手は返事もせずに、こちらをじっと見つめている。

「あの、馬見原さん、いまどこにいらっしゃるんでしょう。少し前に、幼稚園にいると、連絡をいただいたんです」

若い男は、表情を険しくして、わずかに開いた門を通り、游子の前に立った。

「きみに、警部補が連絡した? なぜ」

「この近くに暮らす女の子の家を、事情があって、馬見原さんに訪ねていただくことになっていたんです」

相手はまだよく理解できないのか、口を半開きにして、彼女を見つめたままでいる。

浚介は、黙っていられなくなり、

「幼稚園で何があったんです。女の子ですか。教えてください」

相手の視線がこちらへ移った。彼も戸惑っているように見える。

「いや……女の子なんて知らない」

若い男はそれだけ答えた。

「じゃあ、大野さんか、山賀さんという方が、こちらへ見えてませんか?」

游子が思いついたように質問した。

相手が大きな反応を見せた。

「どうして……」と、かすれた声を出す。

「馬見原さんが、幼稚園から電話をくださったとき、お名前をおっしゃって……」

浚介は、このままじっとしていても、らちが明かない気がした。游子の腕を取り、

「とにかくまず彼女の家に行ってみよう。でないと、何もわからない」

すると若い男が、彼の肩に手を置いた。

「どこへ行くって」

＊

大野は、孝郎の右頬に、カッターナイフの刃を当てた。

「愛していたか」

孝郎は、首を伸ばして、逃れようとする。

大野は、彼の首を手で押さえ、カッターの刃を立てるようにした。

「おとなしくして。しっかり答えないか。わが子を、本当に愛していたのか」

孝郎はうなずいた。

「あなたは、どうなの」

葉子は希久子に訊いた。目を伏せる彼女の顎《あご》の下に手を入れて、顔を起こし、

「逃げてはだめ。自分がいま、夫と同じ傷を受けるのだと感じなければ。そして、痛みに耐える自分を、子どもに見せてあげるの」

葉子は後ろを振り返った。亜衣は、椅子の上で、目を大きく開いている。

「わが子を、命がけで愛してきたと言えるのかね」

大野は孝郎に訊く。相手は、目に涙を浮かべて、何度もうなずく。

「だったら、かたちで見せてあげなさい」

大野は、カッターの刃を強めに当てて、短く引いた。孝郎がからだをのけぞらせる。

「あなたも、この痛みを感じている?」

葉子は希久子を問いつめた。「家族として、同じ痛みを感じられている?」

希久子は、自由にならない手と足を揺するようにして、うなずいた。

大野は、芳沢夫妻を交互に見つめ、二人の反応が幼いのを感じた。

「しっかりしないか」

彼は、孝郎の前を離れ、亜衣に近づいた。彼女の左目の横に、カッターを近づける。

亜衣は慌《あわ》てて目を閉じた。だがそれも怖いのだろう、またすぐに目を開け、大野の動きを身をふるわせて、うかがっている。

「わが子が傷つくのと、自分が傷を受けるのと、きみたちはどちらを選ぶんだね」

大野は、頬から血を流している孝郎を見た。

「自分が傷を受けたいなら、うなずいて」

葉子は希久子にささやいた。「亜衣ちゃんが傷つく代わりに、母親としてのあなたが瞳《ひとみ》を差し出したいと願うのなら、しっかりうなずいてみせるのよ」

だが、希久子は荒く鼻息をついて、夫のほうを見る。孝郎も同様に首を回し、妻の表情をうかがうように見た。迷いが二人の目にうかがえる。

「何を見合ってるの。それじゃあ、亜衣ちゃんがかわいそうでしょ」

葉子は叱《しか》りつけるように言った。

大野は、亜衣の背後に回り、彼女の視点から両親を見つめた。

「きみたちは、子どもを犠牲に差し出して、助かるつもりでいるのかね」

希久子が首を横に振る。孝郎も振った。

「だったら、見せておあげなさい。自分の瞳を差し出しますと、うなずきなさい」

葉子は二人に求めた。

希久子がわずかにうなずきかけた。大野は彼女のほうへ歩み寄った。とたんに、希久子は顔を伏せ、いやいやと首を横に振った。

葉子は彼女の肩を抱いた。励ますように、ほほえみかけて、

「痛みはいっときよ。あなたの愛を、子どもが理解してくれたら、その幸福はささいな痛みなど気にならないほど大きなものとなるのよ」

だが、希久子は涙を流しながら、わからないというように首を小刻みに振る。

「あなたは、亜衣ちゃんに、愛を伝える気はないの。彼女を愛してなかったの？」

希久子の首の動きが止まる。嗚咽《おえつ》を洩《も》らしながら、葉子を見つめ返してくる。

「機会が来たのよ。これまで、愛が何かを問われずに来たでしょうけれど、いまこそ、あなたが愛に満ちた人間だと、わが子に証明するときが訪れたの」

「目を大きく開いて、亜衣さんを見つめなさい。その左の目でわが子を見つめるのは、これで最後になる。愛《いと》しい娘の顔を、永遠に焼きつけなさい」

大野は希久子の隣に腰掛けた。彼女は、涙と鼻水を流して、喉《のど》の奥でうめいている。

孝郎はどう思っているのか、大野は横目で確かめた。彼の表情が、わずかだが安堵《あんど》しているように感じられ、

「よし。きみからだ」

カッターの刃を、孝郎へ向け直した。

突然、亜衣が叫んだ。口への布の押し込みが足りなかったのか、大きな声を出す。

彼女は、布を吐き出し、全身を突っ張るようにして口を開いた。

大野は、吐息をついて歩み寄り、彼女の口を手のひらで押さえた。亜衣が、噛《か》みつかんばかりに、首を振り立てる。

葉子も、彼女のそばに歩み寄り、

「ほら、静かになさい」

鏡台の下に用意してあった、この家の粘着テープを取り、亜衣の口をふさいだ。

玄関のインターホンが鳴った。

二人は、驚いて、耳をすました。亜衣でさえ動くのをやめ、ここにいる全員が息をつめた状態で、次に何が起きるのかを待った。

ふたたびインターホンが鳴る。亜衣が椅子《いす》の上で暴れはじめた。孝郎と希久子は身じろぐ気力も失っている様子で、ベッドの上で早い呼吸を繰り返している。三たびインターホンが鳴り、玄関のドアがノックされた。

「芳沢さーん、夜分遅くにすみませーん、芳沢さーん、お願いしまーす」

三十歳前後かと思われる男の声だった。

「芳沢さーん、亜衣さーん」

女性の声がそれにつづいた。

大野と葉子は顔を見合わせた。放っておけば帰る、といった感じの声ではない。

二人はそろって寝室を出た。足音に注意して廊下を進み、玄関ドアの前に立つ。

相手は、執拗《しつよう》にドアをノックして、

「芳沢さん、お願いします」と、声をかけてくる。

ドアが何度か押したり引いたりもされた。

大野はスコープから外をのぞいた。氷崎游子と巣藤浚介が立っている。

「なぜ……」

思わず声が洩れた。

「誰です」

葉子は訊《たず》ねた。

大野は相手の名前を告げた。

「どうして、あの二人が……」

「わからん」

「二人だけですか」

「ああ。見えたのは、二人だ」

葉子は彼に代わって外をのぞいた。確かに氷崎游子の姿がある。彼女がまたドアをノックしたため、いったんスコープから目を離した。もう一度外を確認する。だが、彼女一人だった。ノックも彼女だけがして、いまは声も彼女のものしか聞こえない。

「巣藤って人は、いませんよ」

「そんなはずはない」

そのとき、二人の背後で物音がした。寝室ではなく、勝手口のほうだった。

大野は自分のミスに気づいた。勝手口から忍び込んだあと、万が一、家族たちの意識を失わせるのに失敗した場合など、計画を中断せざるを得ないときを考え、勝手口の鍵《かぎ》は掛けずにおいた。芳沢夫妻を縛り上げたあと、あらためて鍵を掛けるつもりだったのに、つい忘れてしまった。

足音を殺し、廊下のほうへ戻る。勝手口から入ってきたらしい人物が、寝室のほうへ進んでゆく背中が見えた。相手がついに寝室を見た。息を呑《の》んだ様子が伝わってくる。大野はすり足で廊下を進んだ。寝室をそっとのぞくと、巣藤浚介と思われる人物は、こちらに背中を向けたまま、寝室内の光景を茫然《ぼうぜん》と眺めていた。

大野は背後から忍び寄った。亜衣が、こちらに気づいて、うめき声を上げた。

相手が振り返る。その顔を見て、一瞬ためらった。

「……大野さん。なぜですか」

椎村がつぶやくように言った。

＊

二階の部屋の窓が、ほんのわずか開いているのが見えた。椎村という刑事が勝手口に回ったが、何も返事がないため、浚介はじっとしていられず、庭へと進んだ。二階に向かって伸びている木にふれ、あたりを見回す。

木の幹に、人が登った跡があった。思ったより楽に登れ、屋根へ渡って、二階の窓枠に手を掛けた。

玄関のほうでは、游子がこちらを見ながら、ドアをノックし、声をかけている。

浚介は、窓を開け、室内に入った。常夜灯が点《つ》いている。亜衣の部屋だということが、置かれている家具などで判断できた。靴を脱いで窓の外に置き、室内のどこにも彼女が隠れていないことを確認した。

部屋のドアが開いている。椎村という刑事は、家のなかに入ったのだろうか。声は聞こえない。

浚介は部屋を出た。亜衣が口にした言葉を信ずるなら、やはり両親の部屋へ向かうのだろう。暗い廊下を進み、階段の手前で足を止めた。声が聞こえてきた。

＊

椎村は、腹部に強く拳《こぶし》を当てられたが、意識を失うには到《いた》らなかった。それでもすぐには抵抗できず、両手首を粘着テープで止められた。足首も同様にテープで止められ、身動きがとれない。口までがテープでふさがれかけたため、

「なぜです、大野さん」

もう一度、相手に訊いた。危うく泣いてしまいそうになるのを、こらえてもいた。

「説明の余裕がないが、必要なことだった」

大野が短く答えた。

「どんな必要があるというんです」

「ドミノ理論というのを知っているかね。或《あ》る地域に、自由を根づかせる。すると幸せそうな人々を見て、周囲の者たちも次々に自由を渇望《かつぼう》しはじめ、ついには一帯すべ

てに変化が生じるという、すぐれた理論だよ」

「いったい、なんの話ですか」

「千葉や埼玉の家族も、麻生家、実森家、この芳沢家も、家族の問題がいかに大切かを人々に知らせる、崇高な犠牲のドミノでもあるんだ。家族を大切にしないと恐ろしいことになる……この小さな恐怖を、身近なこととして感じることで、人々の心に変化が生じる。その変化が拡大し、家族の意識が変わり、やがて社会も変わってゆく。たとえば人々は、株価や円の値段より、その日何人の赤ん坊が生まれたかを、毎日のテレビで知りたいと願うようになるだろう。派手な暮らしを羨《うらや》むのはやめ、片隅に暮らす小さな家族の愛情の話にこそ、真実があると思うはずだ。ブランド服や貴金属より、土で汚れた爪《つめ》を、あかぎれした手を見せ合い、讃《たた》えられるようになる。子孫のために環境破壊を気づかい、貧しくとも、家族それぞれが思いやりをかけ合えれば、それだけで幸福だと気づく。……きみは、お父さんのことがあるから、少しは理解できるはずだ」

　椎村は頭が混乱するばかりだった。両親はあんなに仲がよかった。父が病気になって、母は懸命に支えていた。なのに、看病が長くなると、父は父で不満を言い、母も疲れて離婚を口にしはじめている。自分の結婚もすんなりゆくかどうかわからない。

「わかりませんよ」

吐き捨てるように口にしていた。

大野は意外そうな表情を見せた。

「どこがだね」

「そんなこと、簡単にゆくわけがないですよ。そんな、簡単じゃないですよ」

なぜか涙がふきこぼれてきた。

「簡単でないのは承知だよ」

大野が、低い声で言って、椎村の涙に指先でふれた。

「これは感傷かね」

「わかりません……わかりません……」

首を何度も横に振った。わかりません。このすべてが夢であってほしかった。

葉子が寝室に入ってきた。手のなかの鍵の束を見せて、

「車のキーがありました。外の声が聞こえなくなったけど、あきらめたのかしら」

「そんなことはないだろう。椎村君と一緒に来たのに違いない」

「じゃあ、警察を呼びに行ったのかもしれませんね」

「その可能性はある。急ごう」

大野が粘着テープを短く切って、椎村の口に張った。

「たぶんもう会うことはないと思うが、椎村君、お父さんを大事になさい。最期《さいご》が訪れれば、我慢することはない、存分に悲しんであげなさい。そして、残されたお母さんを支えてあげるんだよ」

椎村は、懸命に起き上がろうとしたが、無理だった。声も出せない。周囲に助けを求めたかったが、ベッドの男女は放心状態で目も虚《うつ》ろだった。少女の目はしっかりしていたが、からだの自由はききそうにない。外で待たせている二人が、早く警察に連絡してくれることを望むしかなかった。

「あなた方は、もう一度しっかりと考え直してくださいね」

葉子が芳沢家の人々へ言った。「自分たちがこれまで家族のあいだで、何を見せ合ってきたか。何を求め合ってきたか。本当に大切なもの、かけがえのないことを、互いに共有できていたかどうか。あなた方に課してゆく宿題ですよ」

二人は寝室を出ていった。

＊

游子はドアの錠がとかれる音を聞いた。

「入って、早く」

ひそめた声がして、ドアが開く。浚介が口に人さし指を当てている。

游子は、不審に感じながら、玄関の内側へからだを入れた。浚介が、玄関脇《わき》に立てかけてあるゴルフバッグのなかから、クラブを一本引き抜く。

「何してるの。さっきの刑事さんは？」

「強盗に捕まったみたいだ。寝室から男の声が聞こえてきた」

「強盗……？」

「警察へ連絡してくれる。声に気をつけて」

浚介が、ゴルフクラブを構えて、廊下のほうを見張る。

游子は、まだ半信半疑だったが、彼の背後で、警察へ電話した。だが、掛け終わる前に、廊下の奥から見覚えのある二人が現れ、こちらへ歩いてくる姿が目に入った。

「どうして……」

思わず声が出た。

相手も、こちらを見て、固まったように動かなくなった。

「あの……」

浚介が、クラブを下ろして話しかけようとし、しかし言葉がつづかなかった。

大野が、隣の葉子に耳打ちをした。葉子が、出てきた部屋へ戻ってゆく。

「きみたちは、警察へ連絡したのかね」

大野が意外なほど落ち着いた声で訊《き》いた。

游子は答えなかった。番号は押したが、そのままになっている。まだ状況が呑み込めないためだろう、浚介も黙っていた。

「いまここで説明はできない」

大野が言った。「後ろに下がっていなさい。きみたちを傷つけたくはない」

葉子が、誰かを支えるようにして、部屋から出てきた。

その人物は、妙な服を着せられ、口もテープでふさがれている。『家族の教室』で、大野が似たような服を着ていたことを、游子は思い出した。

「芳沢か……」

浚介が呼びかける。呼びかけられた相手の視線がこちらへ向けられた。驚いたように目を見開き、喉《のど》の奥でこもった声を発する。芳沢亜衣だった。

「芳沢……大丈夫か」

浚介が近づこうとする。

大野が手のカッターナイフを見せた。亜衣のからだに突きつけたわけではないが、脅しとしては、充分な気合が込められていた。

「静かに。玄関のほうへ下がっていたまえ」

浚介が仕方なさそうに後ずさり、游子もいまはそれにならった。

葉子が、亜衣を抱きかかえるようにして、勝手口のほうへ歩いてゆく。

「山賀さん」

游子は呼びかけた。

葉子は、こちらを見たが、首を一度横に振っただけで何も答えなかった。

「三分でいい。その場にいたまえ。亜衣さんは、わたしたちが逃げきれたところで、解放する。その点は、間違いなく約束するよ」

大野も勝手口のほうへ去ろうとした。

「大野さん。どういうことですか。聞かせてください」

游子は一歩だけ前に出た。

彼が振り返った。何か思い出したのか、游子へほほえみかけて、

「きみを刺した駒田君のことだがね、もう心配はいらないよ。うちの小屋の、床下に眠っている」

言葉の意味するところが、すぐには理解できない。

「それって、駒田さんを……」

「きみもこれで安心して眠れるだろう」

まだ駒田の死を実感できないながら、

「なぜですか。どうしてそんな」

「誰にとっても、そのほうがよかったんだ」

「……でも、玲子ちゃんは」

「あの子には、とくにいいはずだ。彼のような父親が生きていては、幸せになれない。つらい日々はこれでもう終わりにして、新しく始めればいい」

大野が行こうとする。

「待ってください」

游子は呼び止めた。「終わりになんてなりません。大勢にとって、いやな人でも、誰かには、かけがえのない人の場合があるんです。失えば、悲しみに胸がつぶれます。不当な方法で亡《な》くしたら、恨みだってつのります。残された者は、自分のせいだと思うかもしれない。いやな人、だめだと思う人を、力ずくで排除してしまうのは……人と人が理解し合うとか、思いやりによって人が結ばれるといった、社会を根底で形作っているもの、家族を家族たらしめている絆《きずな》のようなものを、その時点で否定することになるんじゃないですか」

大野が強い視線で見つめ返してきた。

「きみは死んでいたかもしれないんだ。死ねば、いまのようなことも言えない」

「だとしても、相手を殺せば終わりなんて、間違ってます」

「それは……見解の相違だね」

彼は、游子と浚介をそれぞれ見て、

「二人で、養育家庭になってみたらどうだね」

とほほえみ、勝手口のほうへ去った。

浚介がこちらを見る。游子は、うなずき、ためらいながら、勝手口の前まで進んだ。ドアはもう閉められていて、三人の姿はない。追ってゆくか、亜衣の安全を考えて待つほうがよいのか、游子にもわからなかった。

車のエンジン音が聞こえた。考えるいとまもなく、浚介が勝手口から外へ出た。游子はあえて玄関のほうへ回った。ドアを開けて、雨のなかへ飛び出してゆく。玄関脇のシャッターの上がったガレージから、乗用車が出てゆくところだった。運転席に大野、助手席に葉子がいる。だが亜衣は見えない。浚介が後ろから追ってきて、ゴルフクラブで車体の後部を叩《たた》いた。

車は止まらず、道路に出た。水しぶきが上がる。游子はその水をかぶりながら駆け寄った。後部座席の窓が雨で曇っている。窓を手のひらで叩いた。亜衣が懸命にからだを起こそうとしているのが見えた。

車が不意にカーブを切った。游子は、振り払われる感覚で投げ出され、道路に左の膝《ひざ》から転んだ。車がスピードを上げる。浚介が靴下のままで追いかけてゆく。

游子は、膝が痛んで、立ち上がりはしたものの、もう走れなかった。亜衣が、みずからの力でからだを起こし、こちらに顔を向けたのがガラス越しに見えた。

*

おれには神がついている。いや、おれが神なのかもしれない。油井は思った。

幼い頃から、自分に自信を持てないまま、ここまできた。名のある大学へ入っても、一流と言われる銀行へ就職しても、運がよかったのだと思い、いつかは失敗するだろうと、心のどこかで恐れていた。ギャンブルの深みにはまるにつれ、しょせん自分はこの程度だと、自虐《じぎやく》的な満足をおぼえ、暴力団の経理を任されるようになったときは、なぜか気持ちが深いところで落ち着いた。

だが、綾女と知り合い、彼女と結婚したとたん、また不安になった。こんなおれから、綾女は逃げだすんじゃないか。子どもの頃と同じように、愛する者から捨てられるんじゃないかと……。研司が生まれて、綾女が子どものほうばかりを見るようになってからは、なおさらその想《おも》いが強まった。研司が泣くたびに、だめな夫、父親失格、愛される資格もないと、なじられているような気がして、苛立《いらだ》った。

おれは、自分のことをずっと誤解していたのかもしれない。身長だって本来は平均より高いのに、人より低く感じてしまうことさえあった。胸も張れない。つい相手から目をそらす癖もある。だが実際の彼は、外見だけでなく、内面的にも、もっと大きく、強いのだろう。その気になれば、多くの希望が叶《かな》うはずだ。

助手席に、小さな絵が置かれている。馬見原を砂場に運んだとき、背広のポケットから出てきたものだ。絵の隅に『お父さんへ　けんじ』と書いてあったため、残してゆく気になれなかった。研司の絵を所有していいのは、本当の父親だけだ。

いいか、研司……と、絵に向かって話しかける。おれには本当はすごい力がある、馬見原を倒せたんだから、確かなことだ。映画のヒーローのように、自分のなかに眠っていた真の力に目覚めたんだ。もう怖いものはないぞ。

試しに彼は、アクセルを踏み込んだ。雨で慎重に走っているほかの車を、楽々と追い抜く。運転が軽く感じられる。ハンドルを右に左に切って、水しぶきを高く上げ、追い越してゆくときに相手へ浴びせてゆく。センターラインをはみ出し、対向車とぶつかりそうになっても、すぐにまたかわす。赤信号では仕方なく止まったが、自信がこみ上げ、笑いが洩《も》れた。あえてワイパーも止め、信号が青に変わる寸前、アクセルを踏み、交差点へ一番に飛び込んでゆく。雨の幕を突き破る感覚を得た。快感に叫び、目的地へ向かう道に抜けたところで、ワイパーを戻した。

じきに綾女たちの団地が見えるはずだ。ほんの数時間前と、自分はすでに別の人間になっている。たぶんそれは、綾女にもひと目でわかるだろう。

前方にまた赤信号が見えた。つまらない現実に縛られる日々とはおさらばだ。

クラクションを鳴らし、アクセルを踏んだ。前方を横切っていた車が急ブレーキをかけた。油井は、ハンドルを切り、交差点を走り抜けた。声を出して笑った。

確かにおれには神がついている。恐れていた敵を倒した、怖いものはない。長峰から金をもらい、朝一番に、綾女と研司を連れて国外へ出よう。麻薬の仕入れ先を確保する仕事で、以前タイからミャンマーにかけて旅をした。いまでもコネはある。

前方の信号が黄色に変わった。アクセルを踏む。赤に変わったが、いち早く通り過ぎた。警察車両が現れないかとさえ期待した。挑戦してこい、おまえらが束になっても敵《かな》うような人間じゃない。もう人間でもないのかもしれない。

加速した車が、雨に濡《ぬ》れた道路を滑走する。窓を開け、この世界に向けて中指を突き立てた。

前方に赤信号が見える。余裕でかわせる自信はあった。クラクションを鳴らし、突っ込んでゆく。いま開けたばかりの窓から風が吹き込み、助手席の絵が舞い上がった。

目の前を、山と湖の絵がふさいだ。

一瞬にして、恐怖が戻った。アクセルから足を離し、ブレーキをいっぱいに踏む。ハンドルから片手を離し、絵を払い落とした。車が横に滑って、運転席のすぐ外に、大型トラックの車体が壁のように立ちふさがっていた。

綾女……研司……誰でもいい、助けてくれ。

手を横に伸ばした。誰もいない。ぬくもりはない。虚空《こくう》をつかんだだけだった。

＊

亜衣の視線の先に、しばらくは浚介の姿があった。

彼は、何度か転げそうになり、一度は実際転んだが、なお懸命に追いかけてきた。信号待ちで車が止まったとき、遠く離れていた彼が、びしょ濡れになりながら、また近づいてくるのを見て、もういいよ、もういいから、と亜衣は思った。やがて車が走りだし、浚介の姿が完全に見えなくなると、力が抜け、シートに横たわった。

車内へ飛び込んでくる明かりのまばゆさで、街のなかを走っているのがわかった。次第にその明かりの間隔があき、行き交う車の音も減った。彼女のなかで、時間の感覚が失われてゆき、もう十時間以上も走っていると思い、いや実際は一時間程度だと思い直したりした。意識がつい遠のくこともあった。

「検問だな」

という声に、一度意識がはっきりした。車が急なカーブを切って、細い道を何度か曲がったあと、また変化の少ない運転に戻った。

「他県へ出れば、しばらくは大丈夫だろう」という声が聞こえた。

そのあと、また意識が遠のいたり、短く戻ったりした。聞こえてくるのは、雨の音と、トラックのものらしい轟音《ごうおん》ばかりとなった。

車体が大きくバウンドし、亜衣のからだもシートの上で弾んだ。

舗装された道路を外れ、でこぼこ道を進みはじめたらしい。亜衣は、妙な服を着せられた状態で、手を使うこともできない。意識をしっかり保って、シートから落ちないように、バランスを取るので必死となった。

木の枝のようなものが、車体を打つ音がつづいた。山だと気づいた。自分は山奥に捨てられるのだろうか……。だが、早くこの不快な揺れから解放されたいだけで、恐怖を感じる余裕もなかった。

車が予告もなく止まった。周囲は暗闇《くらやみ》に沈んでいる。車内灯がつけられた。

山賀という年配の女性が、こちらをのぞき込む。

「着いたのよ。降りましょう」

大野という男性が、後部座席に回ってきて、亜衣のからだを起こした。

「少し歩くよ。いいね」

彼に支えられ、亜衣は地面に立った。濃い緑と、雨と、土の匂《にお》いが強くする。肌寒い冷気に包まれ、身ぶるいした。車のトランクを開ける音が聞こえ、

「ゴルフ用品ばかりね。ああ、レインコートと毛布があった」

と、山賀の声がした。

大野が、懐中電灯を点《つ》けて、周囲へ振った。深い森のなかに細い道が一本、奥へとつづいている。木々の陰に入っているためだろう、雨の音はしているのに、水滴はほ

とんど落ちてこない。

「さあ、行くよ」

大野が歩きだした。亜衣は、いまのこの不自由な恰好《かっこう》で、どことも知れない場所へ置いてゆかれることが恐ろしく、彼の後ろをついて歩いた。さらにその後ろを山賀がついてくる。

湿った細い道を歩きつづけた。亜衣はできるだけ何も想像しないようにした。でないと、恐怖のあまりに神経がおかしくなってしまいそうな気がして、大野のかかとだけを目で追った。

ずいぶん長く歩いたあと、

「ここだと思わないか」

大野が道路脇《わき》にある看板を照らした。この森に生えている樹木や花、生息する鳥たちの説明書きだった。

「ええ。間違いないと思います」

山賀が答えた。

「足もとに気をつけなさい」

大野が、亜衣のほうへ言って、道を外れ、森のなかへ入ってゆく。

道もない茂みのなかへなど、亜衣は入りたくなかった。だだをこねるように、その場から動かずにいた。山賀が何か言ってくれるだろう。だが、彼女は黙って亜衣の脇を通り過ぎ、大野の後ろをついていった。亜衣の周囲が真っ暗になる。大野たちは振り返らずに歩いてゆく。口にはテープがされていて、待ってとも言えない。必死の想《おも》いで、二人を追いかけた。追いついても、彼らは亜衣を見もしなかった。

濡れた草を踏み分け、枯れ枝に足を取られながら、なおしばらく進んだところで、

「正確な場所はいいだろう」

「いいですよ。このあたりでした」

二人が足を止めた。

亜衣は周囲を見回した。懐中電灯の光が届く範囲には、木と岩と草があるばかりで、その外は真の闇だった。

「座りなさい」

山賀に言われた。もう反抗する気力もなく、黙って腰を落とした。

亜衣の自由を奪っていた服が、山賀によってゆるめられ、前から袖《そで》を引かれて、脱がされた。一気に寒さが襲いかかり、くしゃみをした。背後から、

「これを着なさい」

大野からレインコートを渡された。さらに肩の上に毛布が掛けられる。口をふさいだテープは、自分で取るようにと言われた。

「ここにはね、昔、来たことがあるんだ」

大野が、自分の顔を照らし、彼の隣に回った山賀の顔を照らした。

「そうなの。子どもが小学校一年生のとき、三人で富士山を見にきたのよ」

山賀が言う。「とても楽しかったんだけど、子どもがはしゃいで、急に道を外れて、森へ入ってしまったの。毎年大勢の行方不明者が出る森だって聞いていたから、すぐに追いかけた。追いついたのが、このあたり」

「帰り道がわからなくなってね」

大野が苦笑する。「下手に動くとまずいから、ときどき声を出すだけで、じっとしていた。同行者がいたから、きっと気づいてくれることはわかっていたんだ」

「待ってる途中で、いまと同じように雨が降ってきたの。三人で身を寄せ合って……家族だなあって、そのときひしひし感じたものよ」

懐中電灯の光が、亜衣へ向けられた。

「さて、ここできみとはお別れだ。車は、森の入口に止めてある。朝、誰かがきっと見回りにくる場所だ。ドアもトランクも開け放してある。警察へは連絡が行ってるはずだから、じっとしていれば、じきに助けが来るだろう。だが妙に動けば、命の保障はない。どうするかは、きみ次第だ。自殺願望もあったんだろ？」

「死ぬことは簡単だけど、その前に、しっかり両親の愛を見せてあげたかったわね」

山賀がため息をつく。

大野も、白い息を吐いて、

「ああ、そのつもりだったんだがな。残念だ」

「よかったら、わたしたちのことを話してあげましょうか。どう？」

「そうだな。そうするか……」

大野が亜衣を見た。「よく聞いておくんだよ」

不意に懐中電灯が消された。あたりが真の暗闇となった。

すぐそばに二人がいる気配だけは伝わってくる。なまあたたかい息が流れてくるのを、亜衣はからだの左右それぞれに感じた。

「きみには、息子の死を話したね。わたしが殺し、裁判を受けたと言った。だから、誰も知らない。警察も、裁判官たちも、マスコミも、減刑嘆願に署名した人も……。わたしと妻と、亡《な》くなった子どもだけが知っている」

「わたしも一緒だったのよ。二人であの子を救ったの」

風が吹いたのか、すぐ近くに、水滴がざっと一度に落ちる音がした。

何も見えないため、恐ろしさが増し、現実感が失われる。本当はもう自分は死んでいるのじゃないかとさえ、亜衣は疑った。もしかしたら、自分はもう殺されていて、息を引き取る一瞬の時間に、話を聞いているんじゃないか……。

すると、かえって開き直ったように気持ちが落ち着き、暗闇の恐怖も薄れ、彼らの話が耳に入ってきた。

それは、闇の奥で語られる家族の神話のようにも聞こえた。

父は甲太郎、母は葉子、子どもは香一郎と言った。

裁判では、葉子が寝ているあいだに、甲太郎が二階の子ども部屋へ上がり、犯行に及んだことになっている。実際は、二人は手をつないで階段をのぼり、わが子の部屋に入った。病院でもらった睡眠薬をウイスキーに混ぜ、香一郎に勧めたのは、葉子だった。

上半身は裸、下はパジャマのズボンをはいて眠っている香一郎の枕《まくら》もとに、両親は立った。やつれ果てたわが子が、限りなく愛《いと》しく、だからこそまた限りなく悲しく、どうしてこんなことになってしまったのかと、憐《あわ》れむ想いで寝顔を見つめた。

甲太郎は、葉子の寝巻の紐《ひも》を、わが子の首に静かに巻いた。葉子は、両腕を押さえる役目だった。二人は行為へ移る前に、長いあいだ瞑目《めいもく》した。愛してたぞ。愛してたのよ。二人は口のなかで繰り返し唱えた。

葉子は、わが子の腕のつけ根あたりを、上から押さえた。青年らしい固い腕にふれ、彼女は少しおびえた。息子のからだに両手でしっかりふれることなど、大きくなってからは、ほとんどなかったことだ。両手に抱えていた頃のことが思い出され、成長した肉体に恐れさえ抱いた。これ、本当に香ちゃんなの……。手がゆるんだ瞬間、わが子のからだが跳ね上がった。甲太郎が息子の首を絞めはじめていた。

香一郎は、首にかかった紐に手をかけ、もう一方の手で、葉子を突き飛ばした。甲太郎もつい力が抜け、父と子はもつれ合うようにして、ベッドの下に転がり落ちた。

枕の下に隠してあったナイフに、香一郎が手を伸ばすのを見て、甲太郎はとっさに押さえにかかった。一瞬遅れて、ナイフの切っ先が、彼の顎《あご》の下を鋭く切った。

怒りに満ちた息子の瞳に、葉子はふるえた。死の恐怖にではない。息子がこのとき、葉子を母親として見ていないことが明らかだったからだ。

そんな目で見ないで、と葉子は叫んだ。わが子に向かって、身を投げかけた。

香一郎は、睡眠薬のせいだろう、意識がまだしっかりしていなかったらしい。葉子に抱きつかれて、あえなく絨毯《じゅうたん》の上に倒れた。

香ちゃん……香ちゃん……。葉子は、息子の裸の胸に顔を押しあて、呼びつづけた。無意識に、胸に嚙《か》みついた。憎しみではない、愛しさゆえだった。

香一郎が痛みに叫んだ。甲太郎は、顎からの出血も忘れて、息子の手からナイフを奪った。そして、彼の首に掛かったままの紐を、ふたたび絞めた。

香一郎の胸が激しく上下した。苦しんでいる、と葉子は思った。わが子のからだのなかに巣くっていた悪いものが、出ようとして出られず、わが子を苦しめている……。

葉子の目の前にナイフが転がっていた。刃が、赤い血をのせて、鈍く光っている。

彼女は、それを拾い上げ、わが子の胸に出口を開けるため、振り下ろした。思いがけないほど深く、根元まで刃は刺さった。

一瞬の静寂があった。

出てこい。葉子は祈ってナイフを抜いた。

香一郎はすごい力で暴れた。最期《さいご》の力があふれたのかもしれない。甲太郎も、葉子も、はじき飛ばされた。香一郎が顔をこちらに振り向ける。葉子と目が合った。

お母さん……。

彼が呼んだ。恨めしげな目を、葉子に向け、どうしてぇと訴えた。

悪い奴《やつ》がまだ子どもを乗っ取っている、と葉子は思った。出てけ、早く出てけと、祈る想いで叫んだ。香一郎の目が、甲太郎に向けられた。

お父さん、なんで……。

甲太郎はただ首を横に振った。

葉子は、ナイフを捨て、香一郎に抱きついた。出てって、早く香ちゃんのなかから出てって……。二人はふたたび絨毯の上に倒れた。葉子は、香一郎が暴れないようきつく抱きしめ、夫を呼んだ。お父さん、お願い、お父さん、早くお願い……。

葉子の求めを知り、甲太郎は、香一郎の首に掛かった紐をあらためて絞めた。

葉子は、息子の胸に唇をつけ、内側に向けて、呼びかけつづけた。香ちゃん、香ちゃん、愛してるよ、愛してるよ……。

香一郎のからだが急速にしぼんでゆく気がした。彼の手が、葉子の頭に回された。錯覚なのか、わが子が自分の頭を撫《な》でてくれたように感じた。

この子はわかってくれている、この子には伝わっている、そう思えた。

最期のかすかな痙攣《けいれん》が、きつくからだを合わせた葉子に伝わった。この子がおなかにいたときの、胎動を思い出した。

疲れと安堵《あんど》からなのか、いつしか彼女は眠りに落ちていた。

甲太郎も、意識を失うようにして、眠りに落ちていた。どのくらいの時間が経過したのか、雨戸も閉めきっていたためわからない。からだが冷えたことで、甲太郎は目を覚ました。顎の傷の血は止まっていた。葉子はまだわが子に抱きついたままでいる。香一郎に命の色は見いだせなかった。甲太郎は、這《は》い寄って、わが子の頬にふれた。ひどく冷たく、ぞっとした。脱力感に似た安堵と、世界がこれで終わったという虚《むな》しい想いがこみ上げる。

葉子も目を覚ました。彼女の白目には、昨日まではなかったはずの、星のような赤い斑点《はんてん》が幾つも浮き上がっていた。

葉子は、わが子の胸の傷にふれ、きれいにしてあげたいと思った。ねえ、お父さん、この子を、お風呂《ふろ》に入れてあげましょう。

甲太郎が息子を抱き上げ、二人で注意して一階に下ろした。風呂を沸かし、家族三人で入った。両親は、わが子のからだを膝《ひざ》の上に抱え、お湯で清めた。傷口のところは、とくに気をつけて、念入りに洗った。

二人も互いを洗い合った。甲太郎の顎の傷が開き、また少し血が流れた。葉子の白目の部分の血の斑点は、内出血らしく、いくら水で洗っても落ちなかった。

香一郎を洗い場に横たえたまま、二人は湯船につかった。からだが温《ぬく》もってくると、目の前の冷え冷えとした子どものからだが、いっそう強く死を感じさせた。

葉子は泣いた。甲太郎も泣いた。湯船につかっていても寒気を感じ、互いに抱き合った。香ちゃんも、香ちゃんも一緒に……。

大野が息子を抱き上げ、葉子が支えて、三人で一緒に湯船につかった。二人は両側からわが子を抱き、自分たちの体温を子どもに分け与えようとした。

風呂場を出て、二人は裸のまま、息子を夫婦の寝室へ運んだ。わが子を中央に置き、十年以上前と同じように、川の字になって寝た。

香一郎の手を、二人はそれぞれ握り、彼の胸の上で、空いたもう一方の手をつないだ。三人がつながっていることを意識した。

甲太郎はからだを起こし、わが子をまたぎ越して、葉子と抱き合った。これほどしぜんにからだを重ねられたのは、夫婦になってからも初めてに思えた。

快感とはすでに違った次元での行為だった。延々と終わることなく、二人は自分の肉体の、どこからどこまでが自分のものか、わかちがたいほどにからまり合い、一個の生命のかたまりとして、つながり合ったまま深い眠りの底で溶けた。

二人はほとんど同時に目を覚ました。

臭《にお》いだった。強い臭気が室内に満ちている。香一郎の腐乱が始まっていた。からだは硬直が解け、腐敗ガスによって膨張しかけていた。なんとかしなければいけないと、葉子が息子のからだを動かしたとき、胸の傷口の底から、小さな虫がこぼれ落ちた。

葉子は悲鳴を上げた。こいつらだ。そう思った。香ちゃんのからだに巣くってたのは、こいつらなんだ。こいつらが、香一郎を苦しめていたんだ。葉子は虫をつぶした。

甲太郎は、妻を抱きしめて、落ち着くようにさとした。もう遅い。この子のからだは、どんどん崩れてしまう。このままではあまりにかわいそうだ。ちゃんと葬《ほうむ》り、供《く》養《よう》してやろう。葉子は仕方なく賛成した。

だが葬るにしても、香一郎がなぜ死んだのか、社会に対しては説明が必要だった。

葉子は説明などしたくなかった。わが子のことなのに、わが家の問題なのに……。

甲太郎は我慢するしかないと、妻を説得した。そして、香一郎を死なせたのは、自分一人の行為だったことにすると告げた。

葉子は驚いた。なぜ、わたしも親なのよ、この子を一緒に送ったのよ。

大野は説得をつづけた。二人とも捕まったら、葬儀や墓のことは、誰が面倒を見るのか。この子には罪がない、いい子だったのだと、誰が社会に向けて主張するのか。だったら自分がやったことにしたい、と葉子は申し出た。自分も罪をつぐないたかった。素晴らしい子を死なせたのだから……きっと死刑に決まってる。

甲太郎は、自分が死刑になったあと、すべてを始末して、あとを追えばいいと言った。警察や裁判で嘘《うそ》を貫くには、やはり交渉事に慣れている自分のほうがよい。

葉子もついには承知した。非難がきっと凄《すご》いでしょうね、子どもを殺すなんて鬼だって、近所も、知らない人も、日本中が、わたしたちを責めるでしょうね。

二人は、もう一度わが子と手をつなぎ、自分たちは未来永劫《えいごう》、家族なのだと誓った。

「その場で心中する考えもなくはなかった。だが供養の問題のほか、別居していたおばあちゃんがいたしね。子どものせいじゃない、自分たちがいたらなかったんだと、世間にも理解してもらいたかった。思ったようにはならなかったがね」

「家を売ろうとしたとき、白蟻《しろあり》に食われていたと話したわね。柱の穴から、白蟻がぼろぼろと落ちてきたって。そのときにね、香一郎の胸の奥から、虫がこぼれ落ちてきたことを思い出したの。ああ、この家も、息子と同じように食われてたんだって……。白蟻は、自然発生するのじゃない。周囲から飛んできて巣食うの。香一郎も、周りから悪い虫が飛んできて、食べられてしまった、巣を作られた……。子どもだけの責任でも、親だけの問題でもない。周りがすべてきれいでなきゃいけないのよ」

懐中電灯が点《つ》けられた。

地面の草が照らされ、洩《も》れる光で、二人の顔がうっすらと浮かび上がった。暗くてはっきりしないが、ほほえんでいるようにも見えた。

雨の音がいつのまにかやんでいる。風が少しあるが、しぶきは飛んでこない。

「きみには難し過ぎたかな」

大野が言う。

亜衣は、答えられなかったが、話はすべて耳の奥まで届いた気はしていた。

「じゃあ、これでお別れだ。懐中電灯はひとつしかないから、置いてゆけない。森を出て、また新たに始めなければいけないからね。それが子どもから授かった使命だ」

「世界は悪くなるばかりだもの。みんな表面的なところで右往左往して、何が大事か、なぜ大事か、考えなくなってる。家族でさえ、それぞれが孤立して、つらいところへ追いつめ合ってる。早く救いにいってあげないと」

二人が立ち上がった。寒けのほか、強い孤独感が亜衣の身に迫った。

「……待って」

ようやく声を発することができた。だが、二人はもう歩きはじめている。亜衣の周囲から光が遠のいた。二人が立ち止まる気配はない。

「きみは、本当はどうしたいのか、闇《やみ》の底で考えればいい」と、声がした。

揺れている光を追ってゆこうとした。足を前に出したとたん、何かにつまずいた。草と泥の感触が手に伝わる。わざと悲鳴を上げてみた。助けに戻ってほしかった。だが、小さな笑い声が返ってきた。

「生きたいの？　それとも甘えたいだけ？」

もう光は見えなかった。自分が目を開けているかどうかもわからなくなる。こわごわと自分の膝を引き寄せ、丸くなった。

死ぬつもりだったのに。いまさら自分は何をしているんだろうと思う。

死が怖いんじゃない、寒いのがいやなだけ、暗いのが怖いだけ……と言い訳のように考える。

大野たちはどこへ行ったんだろう。戻ってきてはくれないんだろうか。考えるうち、彼らの話が思い出されてきた。ただ聞いていただけでは、内容が怖すぎて、心の底から納得するにはいたらなかった。

小学校一年生の男の子が、はしゃいで森に入り、迷って、ここで身を丸めていたところを想像した。心細かったろう。後悔しただろう。でも両親が追いついて、抱きしめ、自分を守ってくれた……。そう、さっきあの二人が、亜衣の両側に座っていたのと同じような恰好《かっこう》で。

香一郎という人は、死を迎えたとき、どんなことを想《おも》ったのだろう。

この森で守ってくれたように、彼をつねに守り育ててくれた人たちが、いまは自分の首を絞めているのを知って、何を考えただろうか。

警察や、マスコミや、近所の人や、署名をした人や、裁判の関係者や、当時は全国のいろんな人が、大野夫妻のことを考えたらしい。そのことは、二人の話から理解できた。二人も、自分たちの気持ちや考えを、亜衣に話した。

でも……香一郎さんが死に直面した、その瞬間のことを、誰か本気で考えたろうか。自分をかつて守ってくれた人たちが、首を絞めてきたときの、ナイフを振りかざしてきたときの、そのときにわき上がった感情を、いくらかでも考えてくれた人はいたのだろうか。わたしだったら……と、亜衣は考えた。

今夜、彼女は、両親を殺すことを考えていた。だから、逆の場合も可能性としてはあり得た。ベッドで寝ていたとき、物音がして目を覚ます。すると、目の前に母がいて、自分の肩を押さえ、父が首を絞めている……。

なんでっ。香一郎さんが叫んだように、自分もきっと想うだろう。なんでよ……。でも、どこかで仕方がないと思うかもしれない。そうなんだ、とうとう我慢できなくなったんだ、二人とも切れちゃったんだね。

亜衣はずっと死を考えていた。それが、両親によってもたらされる……。いやだ、と叫んで暴れたい気持ちと、だったらいいよ、とあきらめる気持ちが、交互に揺れる。

暴れてみせたい。ただ黙って、あんたたちに殺されるんじゃないってところを、親だからこそ、見せておきたい。ナイフが手にあったら、きっと振り回すだろう。

それでも、両親が力を抜かず、どうしてもわたしを死なせにかかってきたら……その顔が、憎しみに強張《こわば》っているのではなく、悲しみにゆがんでいたのなら……愛していたんだよ、と口にしたなら。

わかった。もういいよ。わたしが死ねば、それでパパもママも楽になるんだね。じゃあいいよ、もういってあげる。でもさ、苦しくしないでね。いいことばっかり思い出すからさ。優しくしてもらったことばかり思い出しながら、なくなっちゃいたいから……。よかったんだって、生まれてきてよかったんだって、この瞬間だけでも思いながら、いきたいからさぁ。

香一郎さん……やっぱりあなた、最後にお母さんの頭を、撫でてあげたの？

わたしなら、最期《さいご》のとき、もしそこにママの頭があったら……撫でてあげよう。

でも、それって、ママのためじゃないんだ、きっと。わたしのためなんだ。わたしが、生まれてきてよかったと思いながら、死にたいからなんだ。

わたし、生まれてきてよかったって、ずっと思いたかったんだ。香一郎さんも、そうなんじゃない？

わたしはだから、だからさ……つまりさ……生きたいんだ。

亜衣は顔を上げた。周りはまだ闇に包まれていた。だが、闇の濃さがかすかに違う気がする。

天を仰いだ。周囲の闇より、やや色の薄い穴のようなものが見える。しばらく眺めているうち、木々の向こうに広がる空だと気づいた。雨雲が去ったらしい。少し足を動かし、もう少し天上の穴が開けている場所へ出る。

かすかな光が見えた。二つ、三つと、光の点が視界に入り、さらに輝く光が見えた。なぜだろう、とても遠いところで輝いているのに、この光が自分への〈贈り物〉のように感じられた。

世界中でいろんなつらい出来事が起きている。そうした場所のどこも、いまのわたしには遠い。でも、生きたいと思いながら、生きづらさを感じていた、ひとりの少年のこと、一度も会うこともないまま亡《な》くなった人のことは、いまとても身近に思える。その人を通して考えながら、生きるのは、おかしなことだろうか。

わからない、いまはよく考えられない。思考とは別の、肉体的な欲求が強く思い出されてきたからだ。ため息がもれた。

「……おなか、へったぁ」

＊

佐和子は、救急総合病院の待合室の椅子《いす》に腰を下ろし、膝の上で手を合わせた。夫の手術を見守ってくれるよう、息子に祈る。

数時間前。夫の部下の椎村が、ずっと掛けつづけていた電話に出てくれた。彼はひどく焦《あせ》っていて、電話もいったん切られた。ほどなくして折り返しの連絡があった。彼は、佐和子には事情を伝えず、病院の職員に代わるように言った。看護師が話を聞き、当直医を呼んだ。医師が、また椎村と電話で話し、その医師から、夫が怪我《けが》をして病院へ運ばれたことを聞かされた。佐和子には特別の外出許可が出された。看護師が真弓たちに連絡をして、夫の搬送先も調べてくれた。

石倉の車で病院に入ったとき、夫は手術中だった。上司の笹木も駆けつけていた。強い人だから助かりますよ、と笹木は言ってくれた。

手術はなかなか終わらず、いつのまにか窓の外が白んできた。

雨はもう上がっている。

「お母さん、帰ってやすんだほうがいいよ」

隣に座っている真弓が言った。彼女の夫の石倉は、少し離れた椅子に深く腰掛け、大きな口を開けて眠っている。

「お花の市場はいいの?」

「今日は休みだよ」

「そうか……ごめんね、お休みなのに」

「何言ってんのよ、こんなときに」

佐和子は娘を見つめた。

真弓が顔をそらす。

「あたしは、お母さんが心配なのよ」と、つぶやくように言った。

佐和子は周囲を見回した。笹木の姿が見えない。帰るという挨拶《あいさつ》は受けなかった気がする。定かではない。冷静なつもりでも、何を言い、また何を言われたか、ほとんど記憶になかった。

もしかしたら、すでに質問したかもしれないと疑いながら、真弓を見て、

「あなた、碧子ちゃんは」

真弓が眉《まゆ》をひそめた。その表情で思い出し、顔の前で手を振った。

「向こうのお義母《かあ》さんに、預けてきたのよね……一度聞いたんだった」

「二度よ。これで三度。薬、飲んだの?」

「昨日の分はね。今日はまだだけど……それは仕方ないでしょう」

「飲まなきゃ」

「わかってる。手術が終わったら」

「お母さん。もし、お父さんが……もしもよ……」

真弓が言いかけた言葉を、目を閉じることで、さえぎった。

手を合わせ、ふたたび息子に祈る。

勲男、いつかは、わたしたちもそっちへ行くけれど、もちろん待っててほしいのだけれど……いまはね、まだその時期じゃない気がするの。だから、お父さんが、そっちに行きそうだったら、追い返してくれない?

佐和子は、目を開いて、椅子から立った。足音が聞こえた気がした。

手術室のある棟へ通じる廊下の奥から、看護師がこちらへ小走りでやってくる。相手も、立っている佐和子に視線を合わせ、

「馬見原さん」と呼んだ。

真弓も立ち、石倉が目を覚ました。夜間の出入口のところから、笹木が携帯電話をしまいながら歩み寄ってきた。

手術が終わったことが告げられた。しかし、成功したかどうかは看護師は答えず、担当医師から説明があると、案内に立った。

「弾は摘出しました。大きな血管の近くに止まっていたので、時間がかかりました」

医師が、疲れ切った表情で、透明の袋に入れた鉛のかたまりを見せた。笹木がそれを受け取った。

夫はＩＣＵにいた。出血が多く、傷口から砂が入っていたため、洗浄するのにも手間がかかったらしい。かなり衰弱しており、出血性のショックもあって、いまなお予断を許さないとのことだった。

佐和子たちは、看護師の案内で、ＩＣＵの前に進んだ。現段階での面会は、家族だけが短い時間でと言い渡された。笹木は、遠慮する姿勢を見せ、どうぞと佐和子たちに勧めた。

彼女たち三人が部屋へ入ろうとしたとき、別の看護師に呼び止められた。

「すみません。先に患者さんの所持品の確認だけ、お願いできますでしょうか」

看護師の後ろには、私服の捜査員らしい男が二人、静かに立っていた。

差し出されたプラスチック製のかごには、夫の背広上下と、コート、ポケットのなかのものが入っていた。夫のからだから摘出された忌《いま》わしい銃弾と同じ、鉛のかたまりが数個見えたほかは、どれも夫の持ち物に間違いないようだった。警察手帳には、まだ乾いていない血がついている。メモ帳もペンも財布もハンカチも見覚えがあった。だが、なぜこんなものを持ち歩いているのか、一冊の預金通帳は初めて目にした。通帳を手に取り、表紙を見る。胸をつかれる想いがした。なかを確かめてから、

「真弓」

不審そうな顔をしている娘に手渡した。

真弓は、表紙の名義を見て、表情を固くした。なかを開いて見てゆくうち、力が抜けたようにその場にしゃがみ込んだ。

「やめてよ、こんなのやめてよ……」

真弓は顔を押さえて泣いた。石倉が彼女を支えた。真弓は通帳を握りしめていた。名義人のところは、手続き上なのだろう、夫の名前が印刷されていたが、手書きでそれが消され、『石倉真弓』と書かれていた。さらに比較的新しい字で、その下に、『同 碧子』と書き加えられていた。金額の振込時期の一番最初は、真弓が結婚した月だった。

佐和子だけが夫のそばに進んだ。

夫は、幾つものカテーテルにつながれて、静寂のなかに横たわっている。筋肉に力

が入っていないため、頬や瞼《まぶた》の皮が垂れ、皺《しわ》が深く見える。さらには傲慢《ごうまん》とも言える意志が抜け落ちていることもあってだろう、ひどく年をとったように感じられた。まるで七十過ぎの、疲れ切った年寄りにも見える。

あんなに若々しかったのにと、皺の一本一本が哀《かな》しく、またいとおしい。お互い、少しも生きるのが上手じゃなかったと思う。それでも、けっこう精一杯やってきたほうだろう。もう少し、それぞれ勉強したり、人のために何かをしたり、努力をしてもよかったとは思うけれど……誰かを貶《おとし》めたり、自分だけが楽をしたりすることはなかった。この人はとくに、危険なことは自分が進んでやり、立場を利用して、ほかの人に押しつけたりすることは一切なかった……それだけでも、けっこう立派じゃない？

佐和子は、夫の指のうぶ毛にふれた。拳《こぶし》の骨の部分にもふれてみる。

これまでずっと頑張ってきた人だと知っている。無理を重ねてきた人だし、いろんなものを背負いこんできた。だから、きっと疲れている。そろそろいいだろうと思ってるのかもしれない。解放してくれよと願っているのかもしれない。わかるよ、わかるから、叫んだりしない、すがったりもしないで我慢する、けど、やっぱり、ねえ、もうちょっと生きてくれないかなぁ……。

彼女がふれていた夫の中指が、ほんのわずか痙攣《けいれん》した。単純な筋肉の反応かもしれない。顔を見たが、どんな変化もなかった。それでもよかった。夫が答えたのだと信じたい。どの道、自分が信じることでしか、相手との関係も、自分の生き方も、定めることなどできないと、学んできたように思うから。

佐和子は、夫の手のひらの下に、自分の手を差し入れて、そっと握りしめた。

「もしもし、あの、そちら、思春期心の悩み電話相談ですか」

「違います」

「え、でも」

「よく同じ電話が掛かってきて、迷惑してるんです。以前の方の番号じゃないですか」

「そうですか……すみませんでした」

＊

「あ、もしもし。いま掛けた者ですけど」

「ですから。うちは違うんです」

「引っ越されたということでしょうか」

「知らないけど、そうじゃないんですか」

「引っ越された先の番号なんて……」

「知るわけないでしょ。切りますよ」

「待ってください。あの、実はぼく以前、何度かこの番号で、相談を受けてもらっていたんです。しばらく電話できない時期がつづいて、ようやく掛けられるようになったんです」

「うちは違うと言ってるでしょ」

「わかってます。でも、ぜひ話したいことがあって掛けたんです。違うのはわかりましたけど……聞いてもらえないですか」

「何を言ってるのか、意味がわかりません」

「この世界には暴力と金儲《かねもう》けばかりあふれてる、ぼくはそう信じて、ここで生きるのはいやだと思いました。電話相談の人は、そんなぼくを説得しようとして、いまの世界がいやなら、少しでも変えるように努力したらどうかって、一緒に方法まで考えてくれたんです。ぼくは、それを偽善的だと思ったし、どんな方法も言い訳にしか感じられなくて、反発していました」

「あの、ちょっと……」

「もう終わります。どこにも届かない言葉を抱えたままだと、苦しいんです。ぼくは結局、薬を飲みました。でも量が少なくて、戻ってきたんです。ベッドに横たわっていると、ひどく寒かった。誰もが、ぼくを怖がり、遠慮して、心の近くへ入ってこようともしない。背中のシーツが、とても冷たく感じました。そのとき思い出したのが、電話口であなたが……あなたではないけれど、言わせてください。あなたが懸命にぼくを説得しようとしたときの、受話器からあふれてきた熱い思いやりです。どこの誰かもわからない相手に、あなたはわが子を説得するかのように話してくれました。何を言われたか、正直もう覚えてません。ただあなたが心を尽くしてくれたことが残っています。人が人にできることなんて、実はその程度かもしれない。世界は変わらないし、絶望もそのままです。でも、背中を冷たいシーツから起こしてくれる力には、なる気がしたんです。そして実際、起きられました……。終わりです。このことを伝えたかったんです。すみません」

「あの、よろしいかしら……」

「もう掛けることはありませんから。聞いてくださって感謝してます。さようなら」

「待って。待ってください。よろしかったら、いまのこと……うちの子に、話してやってくれませんか」

「え。うちの子って」

「呼んできます。話してやってください」

＊

「もしもし……おたく、誰」

「あ。そちらへ、間違って電話した者なんですけど」

「はあ。何、それ」

「でも、聞いてもらえますか。ちょっとでいいんで。あの、そちらは、生きるの、きつくないですか？　ぼくはきついんですよ。いまみたいな世界で生きてくの、いやだと思ったし、いまもその気持ちに変わりはないんだけど……。少しこの話、してもいいかな。聞こえて、ますか」

「……聞こえ、てるけど」

【二〇〇四年　四月十日（土）】

飛行機が滑走路を走りはじめる。しばらくして機体の揺れがなくなり、からだが軽くなった感覚を得た。上昇をつづけたのち、安定した飛行に移る。ほどなく眼下には、四月なのにまだ雪の残る山間部の景色が見えた。

肘掛《ひじか》けを握りしめていたトムに、もう安心するように伝える。彼は、急に歓声を上げ、座席の上で腰をはずませた。

若田部は、慌《あわ》ててトムの後頭部に手を当て、落ち着くように言った。周囲の乗客に頭を下げ、乗務員にも大丈夫だからとうなずく。トムが飛行機に乗るのは、両親の話では五年ぶりらしい。

「主任さん、どのくらいで落ちるの？」

トムがひそめた声で訊《き》く。

「着くの、だろ。落ちないよ。ほら、ご覧」

若田部は窓の外を指さした。

トムが窓に額をつけ、眼下に広がる風景を眺める。気に入ったのか、着陸態勢に入るまでの約一時間、彼はずっと窓の外を見つづけていた。

四月とはいえ、北陸の地はまだ寒かった。空港職員に行き方を訊《たず》ねて、バスに乗る。座席から窓の外へ目を向けていたトムが、声を上げないよう自分の口を手で押さえ、若田部に外を見ろと首を振った。道路沿いに大きな公園があり、桜並木が見える。東京ではもうソメイヨシノは散ったが、北陸ではちょうど満開の時期らしい。寒い地方で華やかな色を目にすると、あらためて新しい春が来たことを実感する。

十日前、工場宛《あて》に葉書が届いた。差出人は冬島綾女だった。葉書の裏は写真になっており、小学校の校門前で、研司が指を二本立てて笑っている。短い文章も添えられていた。

『研司はこの春二年生になります。友だちもたくさんできました。わたしも頑張っています。どうかお元気でお過ごしください。』

一月に年賀状も届いたが、写真のない簡素なものだった。葉書の変化は、生活に余裕ができた証《あかし》のように思える。ただし、前回同様、住所は書かれていなかった。故郷は富山だと綾女自身が以前話し、元の団地の隣人から、彼女たちが田舎に帰ると話していたと、若田部がのちに訪ねて聞いた。もう少し調べれば、正確な住所もわかったかもしれない。黙って去った綾女の心情を考え、そこまでする気にはなれなかった。

しかしトムは、綾女たちがどこにいるか知りたがり、あまりにしつこいため、若田部が消印を確かめた。『HIMI』と読めた。写真に写った小学校の校門にも、『氷見』の字が見え、富山県に氷見という場所があるのは知っていたから、トムに教えた。だったら行こうと彼は言い、若田部は断った。するとトムは三度つづけて家出した。地元の駅と、上野駅、東京駅のそれぞれで保護され、行き先を問われて、「富山の氷見」と三度とも答えた。一度行けば気が済むだろうと、社長が若田部に言った。

はじめは、トムの両親も一緒の予定だったが、トムが「主任さんと二人でなきゃいやだ」と主張した。若田部もそのときにはもう肚《はら》が決まっていたから、トムの両親から注意事項を聞き、娘たちの世話は同僚に頼んで、トムと二人だけの旅に出た。

それでも、いざ綾女たちがいるかもしれない町に近づくと、後悔がこみ上げてくる。会えない可能性もあるが、会えたとして、何を話せばいいのかわからない。このまま引き返したい想いが強まる。だが、高岡駅から電車に乗り換え、気がつくともう終点の氷見駅だった。

「この子、知ってる?」

若田部が止める間もなく、トムが駅員に葉書を見せた。駅員は首を傾《かし》げ、若田部の

ほうを見た。トムのことを妙に思われるのが癖《しゃく》で、

「後ろに写っている学校はわかりませんか。少し事情があって、捜してるんです」

わざと重大事を匂《にお》わす声音で訊いた。

同じ学校に子どもを通わせている駅員がおり、行き方を教えてもらえた。十五分ほどで、二人は写真に写っている校門の前に立った。授業はもう終わっている様子で、校庭でサッカーの練習がおこなわれている。

ボールを追いかけてきた男の子に、トムが校門の上から葉書を差し出した。

男の子は、言われもしないのに葉書を持って、子どもたちが多くいる場所へ戻った。やがて大柄な男の子が駆け寄ってきて、

「これ、研司だよね」

冬島母子《おやこ》は、彼の家の近所に住んでいた。

綾女の元の夫である油井という男は、交通事故で死んだ。ニュースで見たときは、ぴんとこなかったが、警官を撃った容疑者でもあるらしく、工場へ刑事が訪ねてきた。綾女の元夫ということで、社長と若田部が話を訊かれた。若田部のほうも、刑事たちから少しだけ事情を聞いた。綾女の引っ越し先を、刑事たちは知っているようだが、事件との関連性が低いのか、電話で話しただけで、会いに行くつもりはないようだっ

た。彼女は、元夫の身元確認も、遺体の引き取りも拒んだらしい。男の父親が、愛知県に存命なのがわかり、遺体はそちらで引き取ってもらったという。

綾女が、元の夫のことで悩んでいたのは、若田部も知っていた。一度、チンピラ風の若者を連れて、職場を訪ねてきたこともある。そのとき、つい腰が引けたようになったのを、若田部はずっと悔やんでいた。喧嘩《けんか》などしたことはなく、娘たちもいて、臆病《おくびょう》になるのは当然だが、あのおりの負い目が、綾女に対してもう一歩踏み込んでいけなかった原因かもしれない。男が死んでも、それは解消されない。トムがいなければ、到底ここまで来られなかっただろう。

若田部は、おおよその住所を聞いて探し、トムとそのアパートの前に立った。

「いるかな、二人ともいるかな」

トムが不安そうに訊く。

「いたら、どう話すつもりだ」

若田部は、自分のために訊ね返した。

「戻ってきてくれないかなぁ」

「ここでの生活に慣れてきた頃だよ。こっちのわがままで、苦しめることになるぞ」

「じゃあ、こっちで暮らそうか？　ぼくとパパとママと。あと、主任さんたちと……」

彼は指を折ってゆき、「すっごく大きい家族になるね」

若田部は苦笑した。

「向こうの工場を放り出せないだろ」

「だったら……通えばいいよ。飛行機にも毎日乗れるし、面白そうだね」

トムが笑うのに、つられて笑いながら、しかし、そんなに馬鹿《ばか》げた考えだろうかと思った。自分の抱えている負い目と折り合いをつけるには、忘れるのではなく、少し無理をして足を前に踏み出すことだと、薄々気づきはじめている。

「面白そうだな」

若田部はトムの頭を撫《な》でた。

背後で笑い声が聞こえた。まだ少し遠いが、道の先に、見覚えのある母親と男の子が手をつないで、こちらへ歩いてくる姿が見える。

トムが走りはじめた。

若田部は、こちらに気づいた母親のほうへ、うなずくように頭を下げた。

坂の上に小さな寺が建っており、その脇《わき》に山を崩して造成した墓所《ぼしょ》がある。

駒田玲子を乗せた児童相談センターの車が、墓所の駐車場に止まった。養護施設の児童指導員と保育士が先に降り、玲子を促す。彼女がいやいや降りたあと、運転していた児童福祉司が、菊の花束を持って降りた。

游子は、墓所のほうへ歩きだす四人の姿を見届けて、坂の途中に停めていた車を動かした。同じ駐車場の、目立たない隅に止める。玲子に気づかれないよう距離をとって、四人のあとをついていった。

昨年十二月、大野甲太郎が管理していたプレハブ小屋の床下から、駒田の遺体が発見された。児童相談センター側は、玲子に遺体を見せることに反対し、確認は指紋によっておこなわれた。遺体の引き取りも、玲子には困難なため、管轄《かんかつ》の福祉事務所と警察と児童相談センターが協議して、刑事捜査の一貫として警察が駒田の交遊関係を調べた。結果、別れた妻の連絡先がわかった。彼女は遺体の引き取りは拒否したが、駒田の親戚《しんせき》の連絡先を覚えていた。栃木県の小山《おやま》にいた駒田の伯母は、二十年も会っていない甥《おい》の遺体引き取りを、初めのうち渋った。福祉事務所の説得により、遺骨を先祖の墓に収めることは認めたものの、玲子の養育については、あくまで実の母親が見るべきだと言ってきかない。母親も再婚して子どもが二人いる。玲子の存在は周囲の人々に隠しており、とても引き取れないと答えた。

一方、玲子に父親の死をずっと隠しておくこともできず、施設の園長が彼女に話した。玲子は「お父さんは旅してるだけだよ」と答え、それでも説得を試みると暴れた。同じ施設に入所している年下の子どもを、玲子がいじめているのが見つかったのは、今年の一月。二月には、同級生の頭を塵取《ちりと》りで殴り、三針を縫う怪我《けが》を負わせた。同級生の持ち物を盗む行為も何度かつづき、施設側は学校や保護者たちからたびたび抗議を受けている。

たとえ駒田が悪い父親であったとしても、話し合いで更生を求めつづけるほうが、道は困難でも、先々は玲子を幸せにしたはずだと、游子はいまも信じている。

それが不可能となったいまは、父親の死を受け入れるよう、多少無理にも言い聞かせないと、玲子は事実を否認したまま、夢想に逃げ込みつづけてしまう。父の死が事実だと、玲子も薄々わかっているはずだ。だが、この世界にひとりぼっちになったと認めることになるため、あまりのつらさに、拒否しているのだと思われる。この心のねじれが、ときに怒りや苛立《いらだ》ちとなって、他人を傷つける行為へ走らせるのだろう。

お父さんは亡《な》くなったけれど、あなたを支えたいと願っている人たちは何人もいる。決してひとりぼっちにはしない。そのように繰り返し伝え、行動でも実証しつづけることでしか、彼女の心に自他への思いやりを育《はぐく》むことは難しい。游子は、センターでの会議でそう進言し、協議の末、この日、玲子に父親の墓参をさせることが決まった。

いやがる玲子へは、ベテランの指導員が、「お父さん、玲子ちゃんがお参りしてくれないと寂しいって」と話した。游子の同行は、玲子の反発が予想されるため、遠くから見ることだけが許された。

駒田の墓は、山の斜面のやや上方にあった。玲子たち四人が、墓と墓のあいだの急な坂道をのぼってゆく。游子は下の道から見上げた。玲子もいまのところ素直に足を動かしている。

玲子の実の母親には、児童福祉司が一度、游子も二度会った。たとえ引き取れないとしても、せめて玲子を抱きしめ、ひとりではないと伝えてやってほしかった。だが玲子の母親は、いまの夫が嫉妬《しっと》深く、子どもがほかにいたと知ったら、それこそ暴力沙汰《ざた》に発展しかねないと言って、面会を承諾しない。

玲子はひとりじゃない……二度目に、近所の喫茶店で会ったとき、母親は言った。あなたみたいに大勢の方が心配してくださってんでしょ？　でも、わたしのことを気にかけてくれる人なんて、一人もいないんです。

彼女が育てている二人の子どもの幸せも考える必要があった。彼女を責めるのではなく、支えて、母性がいつか玲子へも向かう日が来ることを、期待するしかないのかもしれない。彼女とは今後も定期的に会う約束をしていた。

駒田が入っている墓は、周囲に比べてやや小さく見える。四人が足を止め、指導員がこの墓だと教えていた。玲子は棒のように立ち、反応する様子がない。児童福祉司が墓前に花を供えた。保育士が線香に火をつけ、玲子に渡そうとする。玲子は手を後ろに隠した。大人たちが膝《ひざ》を折って、墓の前に並ぶ。指導員が、手を合わせて祈ろうと、玲子を誘っているようだ。

玲子は、いきなり墓の前へ進み、供えられたばかりの花を地面に叩《たた》きつけた。線香も払い飛ばす。「玲子ちゃん」と、とがめる声が游子の耳にも届く。玲子は、児童福祉司の顔へ唾《つば》を吐きかけ、坂道を駆け出した。野生の仔鹿《こじか》が逃げるように、いまにも転びそうな姿勢で坂を降りてくる。大人たちの悲鳴に似た声が、いっそう玲子を駆り立てるのか、勢いがつき過ぎ、このままでは坂の下の壁にぶつかりそうだった。

游子は、とっさに飛び出し、玲子を受け止められる場所に立った。玲子はひきつった顔で下ばかり見ている。気を抜けば、はじき飛ばされるのは間違いなく、右足で踏ん張り、両手を広げた。

玲子が胸に飛び込んできた。衝撃に耐えきれず、游子は後ろに転んだ。背中を激しく打つと同時に、玲子の重みを腹部に受け、息がつまる。瞬間的に首を起こし、頭をぶつけることだけは避けられた。

指導員や保育士たちの声がする。からだを起こそうとしたが、玲子がのしかかったままで身動きがとれない。玲子は彼女の胸にしがみつき、顔を強く押しつけている。優しい声をかけたいが、息がつまって咳《せき》ばかり出た。

指導員たちが駆けつけてきて、玲子を抱き起こした。游子にも手が伸ばされ、それを握って半身を起こす。玲子は指導員の腰のあたりに手を回し、恐怖のためか、顔が強張《こわば》っていた。

「怪我しなくてよかったわねえ。助けてくれたおねえさんに、お礼を言わないと」

指導員が言う。

玲子は、目をしばたたき、游子を見た。困惑が瞳《ひとみ》にあらわれている。だが、父親のことを思い出したのか、怒ったような表情に変わった。指導員にもう一度礼をするよう言われ、彼女は、游子ではなく、地面に唾を吐いた。

「玲子ちゃん」

指導員がたしなめる。玲子は駐車場のほうへ走りだし、保育士が追いかけていった。

游子は、地面に腰を落としたままの恰好《かっこう》で、玲子の小さな背中を見送った。

彼女の存在は、自分だけでなく、社会に生きるすべての人にとっての、宿題かもしれないと思った。彼女のような境遇にある子どもたちを、どう考え、どう対応してゆくべきか、この世界は明確な答えを出せていない。少女が、自分にも他人にも、優しく、寛容に生きられるようになるまでには、まだ長い時間が必要だろう。周りにいる者たちは、その時間に耐えることが、ひとつの責任になるのかもしれない。

いま大野たちがここにいれば、游子はやはり言いたい。

あなたがたのやり方は間違っています。


花嫁に白いドレスを着せる。胸もとにビーズをあしらい、袖口《そでぐち》のところには愛らしいフリルをつけてあった。佐和子が、病院の元患者たちと協力して縫い上げたものだ。佐和子は、花嫁の頭に飾りを置き、透明なベールを腰のあたりまで流した。

「きれいよ」

と、花嫁に声をかける。

周りにいた看護師や、外出許可を得た患者たちもそろってほめた。

だが、花嫁は自信なさげに顔を伏せる。

去年から仲人《なこうど》を約束していた娘が、この日、馬見原家で結婚式を挙げる。といって正式なものではなく、新郎新婦を今後もみんなで支え合おうと約束する会だった。

以前子ども部屋だったところが、いまは馬見原夫婦の寝室であり、今日は花嫁の控室になっている。障子はドアに変わり、ちょうど弱々しいノックに似た音がした。

佐和子はドアを開いた。孫の碧子が立っていた。彼女は一人で歩けるようになったばかりで、面白い時期なのだろう、目を離すとすぐにどこかを歩き回っている。

「ほら、おねえちゃんきれいでしょう」

佐和子は、碧子を抱いて、花嫁を見せた。

碧子が手を伸ばして純白のベールにふれる。嬉《うれ》しそうに笑い、拍手のように手を打った。

「ありがとう」

自信がなさそうだった花嫁も、さすがに顔を上げて、ほほえんだ。

「そろそろ、どうでしょうか」

今日の進行係である、病院のケースワーカーが部屋の外から声をかけてきた。

「みなさん、いいのかしら」

佐和子は、碧子を抱いたまま、様子を見に部屋を出た。

家は玄関からずっと廊下をなくし、台所と居間と寝室に分かれていた部分もフローリングでつなげ、広間にした。この三月から、簡単なケア・ハウスとして、元患者や外出許可をもらった患者が、日に五、六人、多いときには十人近くも集まって、クッキーと造花とポプリを作っている。それらは、病院の売店や、病院近くの商店、また真弓の店などで試験的に置いてもらっている。

広間にはいま三十人ほどが集まっていた。新郎新婦の担当医や看護師ら病院のスタッフが十名ほど、元患者が八名、現在入院している患者が四名、新郎新婦の家族も訪れている。新郎となる青年は、すでに上座につき、担当医と話していた。タキシードがやや大きいようだが、元患者の一人から借りたものだから仕方がない。青年は父親との確執を長く抱えていて、今日の式に招待するのもいやがった。佐和子が説得し、なんとか招待状を出させた。彼の父親はいま、部屋の隅で正座をしている。

新郎新婦の席の周囲には、たくさんの花が飾られていた。真弓が、自分のところだけでなく近所の店で売れ残ったものを、処分するだけだからと運んできた。元患者たちと一緒に、彼女が美しく見えるよう調整している。

部屋の一方の隅では、石倉が、車椅子《くるまいす》に座った義母《はは》と話していた。義母はいまも施設に入居しているが、この日は外出が許され、石倉が連れてきてくれた。義母は、石倉のことを息子と思っているから、親子の会話を楽しんでいるのかもしれない。

だが、彼女の本当の息子はどこにもいなかった。仲人の一人が不在では始められない。

「おじいちゃん、どこかしらねえ」

腕のなかの孫へ話しかけ、車椅子のままで入れるように改築したトイレと風呂場《ふろば》をのぞいた。庭も一応確認する。黄色のチューリップ、桃色のアネモネ、真っ赤なゼラニウム、白いフリージア……佐和子はもちろん、デイ・ケアで訪れる人々が世話をしてくれるため、庭も生き返ったようだった。

「光毅さんは、どこかしら」

佐和子は、部屋に戻って、ケースワーカーや看護師に訊いた。誰も知らなかった。

真弓が、小耳にはさんでか、

「馬見原さんなら、さっき外の空気を吸ってくるって、出てったけど。すぐ戻るんじゃない？」

真弓は、いつのまにか父親のことを、馬見原さんと呼ぶようになっていた。許せることと許せないこと、彼女なりにいろいろ考え、出した答えのようだった。

佐和子は、碧子を真弓に渡して、

「もう始まるのに、仕方ないわねえ」

吐息をついて、玄関へ向かった。

引き戸を開き、夫の名を呼ぶ。隣のタローでも可愛《かわい》がっているのだろうと思ったが、人だけでなく、犬の姿もなかった。

なめたことを言ってるんじゃない。

椎村は机を平手で叩いた。激しくではないが、軽い力でも大きな音が出る。相手を威嚇《いかく》するには十分だった。

刑務所や鑑別所での規則を話し、嘘《うそ》だとばれたときには、もっと罪が重くなるぞ、覚悟はできてるのかと迫れば、たいていの若い容疑者は不安に陥る。高校を中退したばかりの、十七歳の少年ならなおさらだった。

「黙ってるなら、中学や小学校の同窓生にも、きみのことを聞いて回るぞ。先生も同窓生も、みんなきみのことを知る。好きだった子はいないのか。その子へも、きみがひったくりをしてたんだが、何か知らないかと聞くことになる。いいのか？」

相手はひったくりの余罪を四件、白状した。

報告すると、笹木は驚いた顔に笑みを浮かべた。

「いやいや、どうも。椎村よ、一年で大した成長だなぁ」

「まだ終わりじゃないです」

椎村は表情を崩さずに答えた。「いまから奴《やつ》の家に行って、親をどやしつけてきますから」

笹木が首を横に振った。

「何を言ってる。そこまでせんでいい。前にも言ったはずだ」

「被害者のところへ謝りにいかせなきゃ、だめなんですよ」

「いいから、親のことは放っとけ。署長にも注意されたろ」

今年になって二度、登校途中の子どもの頭を殴ることを繰り返していた二十二歳の青年の家庭と、車に少女を連れ込んで暴行した十代の少年三人の家庭を、椎村は聞き込みを兼ねて訪問し、どういう育て方をしたのか、あなた方は親失格だと叱責《しっせき》した。被害者へも謝りにゆくよう促し、そのときは親たちも承諾したが、のちになって彼らが雇った弁護士のほうから、署のほうへ苦情が来た。

「卑劣な加害者を育てた連中の、開き直りに負けていてどうすんですか。そんなことじゃあ、罪のない市民を守れませんよ」

「おまえ、近頃休みを取ってないだろ。土曜日なんだ、もう上がって、頭を冷やせ。親父《おやじ》さんの見舞いにでも行ってこい」

「いいえ。これから少年の親に会います。彼ら自身の罪を自覚してもらわないと」

「命令だ。親父さん、放っといていいのか」

「……大丈夫ですよ」

椎村の父は、一時体調を崩して危うい時期もあったが、いまは持ち直している。

「おまえも所帯でも持てば、気持ちに余裕が出てくる。つき合ってた娘《こ》がいたろ？」

「そんな予定はまったくありません」

葛飾《かつしか》署の婦警とは、先月別れた。父は、自分の生きているあいだに結婚が決まれば嬉しいと、病室へ連れていった彼女のことを気に入っていた。母親のほうも、先々同居する相手へのこだわりが多少はありそうだったが、息子の選んだ人ならと受け入れる姿勢になっていた。だが、椎村の気持ちが冷めていた。これという理由はない、と彼自身は信じている。理由探しをして、忘れたいと願っている事件を思い出すのがいやだった。

突然、無線が入った。盗難の通報で出動していた警官からの報告だった。被害者は六十五歳の女性、夫の入院費用を銀行から下ろしたところを、若い男二人に襲われた。どうしてこんな年寄りのなけなしの金をと、被害者は泣いているという。

「みてください。世間じゃ、こんなことばかり起きてんですよ。誰が責任とるんです。どうやって、なくしていくつもりですか」

椎村は、笹木が止めるのも聞かず、刑事課の部屋を飛び出した。

国際空港の出発ロビーは、大勢の人でにぎわっていた。春の陽気に気分も浮き立つのか、何かを期待する表情がいたるところに見られる。

浚介は、そうしたにぎわいに背中を向け、窓際《まどぎわ》で電話していた。相手は弟の梓郎《しろう》だった。ただ声を聞き、無理をするなと伝えるためだ。

「また、あの家に遊びにこいよ。いろんな連中が集まってくる。気がねはいらない」

梓郎はうんともすんとも返事をしない。それでも電話を切ることはなかった。

「頼みもあるんだ。金融とか、世の中の実際の経済の仕組みを、子どもたちに具体的に伝えてほしい。学校になじめない子が、うちに何人か来るから」

「……もう切るよ」

「え。ああ、からだに気をつけてな」

焦《あせ》る必要はない。また掛けるよと伝えて、電話を切った。

少し離れた隣で、亜衣も掛けていた電話を切ったところだった。彼女は、そのまま出入口のほうへ、誰かを捜すように視線をやる。

浚介は声をかけようとして、沸き返るような笑い声にさえぎられた。若者五、六人がバッグを振り回しながらこちらへ歩いてくる。

気にするな、おれはもう治った、彼らも危害を加えるつもりはないんだ、落ち着け。

だが、視界がゆがみ、動悸《どうき》もして、立っていられなくなった。

「まだ、治ってないんだ？」

頭の上で、気づかいのこもった声がした。

湊介を通行人から守るような姿勢で、亜衣がそばに立っている。若者たちの姿はすでにない。

「だめだな、全然」

苦笑を返して、立ち上がった。

亜衣が首を横に振る。

「わたしだって、六十歳くらいの夫婦っぽい人たちを見ると、どきどきするよ」

ただの慰めではないのはわかっている。

「どう言ってた、ご両親は」

話を変えて、訊《たず》ねた。

「父親は、気をつけて行ってこいって」

「お母さんは」

「まだ寝てるみたい」

らしい。

亜衣の父親は、事件以来あの家を出て、東京駅近くの賃貸マンションに暮らしている。母親も、同時期に仙台の実家へ戻ったまま、いまも寝たり起きたりの日々にあるらしい。

亜衣も当初は仙台に移った。だが彼女がそばにいると、母親は事件のことを思い出して、毎日のように泣いた。亜衣は東京に戻り、父親と暮らしはじめた。父親もまた、亜衣と一緒だと事件を思い出すのか、つらそうだという。今年の一月、彼女から相談を受けた浚介は、よければ家に来ないかと誘った。ケートクの一家が、近所の火事で焼け出され、ちょうど浚介の家に避難しており、彼女を受け入れやすかった。

寒くて死ぬとこだったすよ。ケートクがそう言って、三月に新しいアパートへ越したのに代わり、彼の知り合いの、学校へ行っていない十三歳の少年の受け入れを頼まれた。浚介も、以前一緒に働いていたパクさんに声をかけた。彼女がアパートの更新を認められず困っていると、人づてに聞いたためだ。

だからいま、あの家には四人が暮らしていた。ただし、亜衣は今日からしばらく家をあける。

「パスポートを持ったか。十分に気をつけろよ。身を守るのは、自分の責任だぞ」

「大げさだよ。たかが一ヵ月程度なのに」

「十六だろ。ハワイやグアムならまだしも、心配しないわけにいくか」

亜衣は、ベトナム経由でカンボジアへ行く。ビザは取ったが、オープンチケットで、帰る日は決まっていない。学校をやめ、アルバイトをした金を費用にあてた。現実にいま紛争の起きているところへ行ってみたいと、当初彼女は言った。浚介と游子が、一気に飛ぼうとするなとさとした結果、現在は観光地として安定している一方、いまなお地雷の被害が出ている場所を、亜衣は選んだ。

観光客が危険な地域へ入ることは許されていないだろうし、亜衣も安易なボランティア気分で行くのは、相手にも迷惑になりかねないと気づいているようだ。ともかく一度出てくるよと、亜衣は言った。地域的に雨期に入っているから、時期をずらすことも浚介は勧めたが、亜衣なりに切迫した感情を抑えきれないらしく、行くだけは行ってみたいと譲らなかった。

「無理はしないよ。ただ、同じ場所から自分のことだけ見てるのが、つらくなったんだよね。見送りだってよかったのに。月曜から、フリースクールの初授業でしょ」

「パクさんが準備してくれてるさ」

不登校の少年少女を数人、あの家に受け入れ、生きてゆくのに実際に必要となりそうなことを伝える予定だった。浚介は美術と教養一般、ケートクが電気関係、工務店勤めの友人が大工仕事と様々な道具の使い方、近所の老人には野菜や花作りの教えを乞《こ》う。パクさんは、家とその周囲の保全を担当してくれるが、ときには一緒に歴史について話し合えればと考えていた。游子も、できることがあれば何でも手伝うと約束してくれている。すぐにうまく行くとは思っていない。ともかく何かしら始めずにはいられない想《おも》いだった。

「まあ試行錯誤でやってくよ。亜衣も戻ってきたら、みんなに旅の話をしてくれ」

「話せるようなことがあるといいけど」

「いろいろ経験してこい。どこにいたって、それなりの危険はあるんだ。みんな待ってるから。戻る場所があることだけは忘れんな」

亜衣はほほえんだ。照れているのか、うまい返事ができない様子だった。

「弟さんには、電話した？」

代わりにか、彼女のほうが訊《き》いてきた。

「ああ。遊びにこいって言っておいた。来るかどうかわからないけど」

「うっとうしがられても、声をかけつづけなよ。この人は、自分のことを気にしてるんだとは思うからさ」

浚介は苦笑した。

「経験者は語るってやつか」

亜衣も笑って、出入口のほうへ目をそらした。誰かを捜すように視線を振りながら、

「昨日、夢を見たよ。香一郎さんの夢」

「へえ……どんな夢だ」

「彼も一緒に旅に出るんだよね。隣の席にいるの。彼も今度の旅を楽しみにしてた」

「いい夢じゃないか」

「うん……いつまで彼のことを抱えていられるかは、わかんないけど」

「しぜんに任せればいいさ」

亜衣はうなずいた。なおも視線を人から人へと移しつづけているように見え、

「誰か来るのか？」

「……たぶん来ないとは、思うけど」

「氷崎は、急の仕事だと言ってたぞ」

「いいよ、游子さんにはよく会ってるし。それより氷崎って呼び方やめたら？　二人のときは、下の名前で呼び合ってんでしょ」

「うるさいぞ。で、誰が来るんだ」

「……話したでしょ。メールしてる子」

亜衣は、今年の二月、事件の影響が薄れてきた頃、会いたい人がいると言って、渋谷方面へ出かけた。昨年十月の深夜、原宿と渋谷のあたりをさまよっていたとき、自分によくしてくれた少女がいたという。渋谷から戻った亜衣は、運よくその少女と会えたことを話した。強引にアドレスも交換したらしい。何度かメールで連絡し合っていた。だが、会うのは相手が避けているようで、そのあと一度も顔を合わせていないという話だった。

「その子、実家が千葉の津田沼なんだって。暇だったら、見送りにいくって、メールくれたから」

「焦らないことだよ。どんなことにしろ、時間がかかることを、相手にも、そして自分自身にも許してあげたほうが……」

言い終える前に、亜衣が荷物を彼の前に置き、出入口のほうへ駆けだした。

髪をボーイッシュに刈った少女が、入ってすぐの場所で、周囲を見回している。亜衣は、少女の胸に飛び込むように駆け寄り、びっくりしている相手を抱きしめた。少女がよろけて、嬉しそうな亜衣の顔が、浚介のところからも見えた。相手の少女も、戸惑いながら笑っている。

満天の星を見たよ、真っ暗な樹海の底から。涙が出そうだった。贈り物だと思ったよ……。

亜衣は、事件のあとに、そう話した。

星は空にばかりあるとは限らない。二人の笑顔を前に、浚介は思った。

視線の先に濁った水が広がっている。

馬見原は、隣家の犬を勝手に連れだし、公園のベンチから池を眺めていた。

子どもの頃、この池の周囲でよく遊んだ。遊歩道などなく、放ったらかしの雑木林と池と野原が広がっていた。いまはどこにいるのか知らない当時の親友たちと、泥だらけで走り回り、ときに傷つき、こちらも傷つけ、それでも最後には笑って、また明日と言って別れた。

こんなことを思い出すのが、年ということなのか……。年齢を自分で気にするのは許せるが、他人に指摘されるのはまだ慣れない。

身につけた礼服が窮屈だった。白いネクタイをゆるめる。仲人《なこうど》など似合わないのは、彼が一番知っていた。新たな家族を持つ者たちは、自分たちのその意志を、自分たち自身で祝福すればよい。わざわざ馬見原が仲を取り持つ必要はないし、こんな真似《まね》はおこがましくて仕方がない。

公園の桜はもうほとんど散っている。わずかに残っている花も、若葉に押されて、じきに落ちてしまうだろう。池の水面には、散った桜の花が一ヵ所にたまり、お世辞にも美しいとは言えない。

ほとんど動かない水面の花びらを見つめているうち、大野甲太郎と山賀葉子のことが思い出された。彼らはいまも見つかっていない。樹海へ捜索隊が出されたが、遺体も、行方を知る手掛かりも発見されなかった。

捜査は継続しておこなわれているが、駒田の殺害と、芳沢家への暴行監禁および未成年者を連れ去った犯行以外は、確証もなく、たとえば麻生家や実森家など、馬見原が疑っていた事件に対する捜査結果がくつがえるには至っていない。

馬見原個人としては、彼ら二人は樹海の奥ですでに深い眠りについていると信じている。ただし、これも確証があることではない。

傷が回復してのち、大野たちが語ったという犯行の動機を、椎村や芳沢家から聞いた。大野たちの考え方にも一理あるとか、無茶だとか思うよりも、無性《むしょう》に悲しく感じた。大野たちがあまりにも家族というものを信じていることに、いや、信じようとしていることにか……ともかく自分との決定的な差を感じた。

どう生きても、しょせんはひとりだろう。

馬見原は若い頃からそう思っていたところがある。家族を持っても、いつかは離れ離れだという想いが頭から離れなかった。それを引け目にも感じ、否定したい想いもあったから、かえって息子に自分の意思を押しつけるような真似をしたのかもしれない。

もともとひとりが好きだった。家族家族と謳《うた》われると、妙に息がつまりそうになる。そういう人間だっていることを、彼自身がもっと理解しておくべきだった。

足もとの小石を拾い、桜の花びらが集まった一画に投げる。波紋が広がり、花びらが散ってゆく。

どこかでひとり、孤独のなかで休みたいというのは贅沢《ぜいたく》だろうか。おれはそれでいいと、水面に向かってつぶやく。ひとりでいい。

死を考えた。理由はない。疲れたのでもない。もういいかと思っただけだ。気の迷いと言われればそうかもしれないが、気持ちは安定している。空が青い、空気が心地よい、だからもういいかと思う……人はそんなことで死を選ぶこともあるのではないか。

これまで息子の死の理由をずっと詮索《せんさく》してきた。結果として、妻と娘を傷つけ、自分自身を責めた。自分を許すつもりはいまもない。息子をありのまま受け入れてやるべきだったし、幼い頃にもっと抱きしめてやるべきだった。だが同時に、これまで自責の念に、わが子をつき合わせてきたような気もする。自分の罪悪感から、子どもをもう解放してやるべきではないか……。

　息子の死を、彼だけのものに返してやることを想う。あの子の死は、もう誰かを傷つけたり、責めたりするものではない。

　だから、自分がいま死を選んだとしても、やはり誰かを傷つける気も、責める気もないものなのだが……。遠いところから自分を呼ぶ声が聞こえた。妻がこちらに向かって小走りにやって来るのが、目に入る。

　彼が死ねば、悲しむだけでなく、自分のせいだと罪悪感を抱え、自責の念のなかで日々を暮らす人がいる。死なずにいるのに、この理由だけでも十分に思えた。

　馬見原は苦労してベンチから立った。銃弾が足の神経を傷つけ、右の足がずっとしびれている。よろけそうになったが、ベンチの背に手を置いて踏ん張った。

　妻がまだ遠くから心配そうに声をかけてくる。大丈夫だとうなずき返した。しっかり立っていないと、手を出されてしまう。それはいやだ。まだ自分だけで立っていたい。いつかは無理なときが来るかもしれないが、できるだけ最後までひとりで立ちたい。妻とはこれからも共に、同じ方向へ歩むのだとしても。

足もと近くで、犬がこちらを見上げ、尻尾《しっぽ》を振っている。馬見原は、ネクタイを締め、犬の頭を撫《な》でた。妻のほうへ、右足に気をつかいながら歩きだす。誰かが呼んだ気がして、振り返った。風が出たのか、葉桜が柔らかく揺れている。また明日と言われた気がした。

いまでも子どもたちは言い合っているのだろうか。単純だが、これ以上ない言葉だと思い、うなずいた。ああ、また明日だ。

（完）

『まだ遠い光』あとがきにかえて

謝辞

長い物語を最後まで読んでくださり、心より感謝申し上げます。

小説を読む上で、登場人物の感情をともに生きる時間があれば、それはもう経験と言えるものだろうと思います。このような長い物語の場合、旅をすることにも似ているのではないでしょうか。私自身が、ほかの方の長編の物語を読むとき、登場人物たちと一緒に旅をしている感覚をおぼえるものですから、このように書くのですが、今回の長い旅の終わりに、どんな風景が広がったでしょう。

本から顔を上げ、人や社会や世界を見たとき、目に入ってくる風景が、旅に出る前と変わっていたなら、送り手として幸いに感じます。

参考文献を書き出すにあたり、古い日記を少し繰ると、九三年夏から『家族狩り』

に取りかかったことがわかります。以来、ほぼ十一年も、この作品と旅してきたわけです。しかも、この謝辞を書いている段階で、まだ私の旅は終わっていません。原稿が印刷、製本され、読者の手元へ届くには、幾つかの工程を踏まなければなりません。なかでも重要なのが、校正という、原稿の確認作業です。通常は著者の修正が一度、その確認が一度、最後に校正担当者の念のためのチェックで終わります。けれど、私の場合、校正の第一段階で大幅に加筆や訂正をおこない、作品をさらによくしたい想《おも》いから、二度目も筆を多く入れます。そのため誤植などのミスをなくすため、二度のチェックをする必要が出るのですが、第三校にいたってもまだ、なんとかもう少し……と、発売に間に合わなくなるぎりぎりまで、手を加えようと試みています。この五部作はそうして作ってきました。

月に一冊の刊行形式をとったため、時間ができ、作品が成長する可能性があると、第一部のあとがきに書きました。原稿はひとまず昨年の十二月に書き終えています。それで終わったものとして閉じず、読者や友人の声に耳を傾け、世界や国内で起きる様々な事件に目を開き、自分のなかへ受け入れるようにしてきました。結果、第三部から変化は生じ、第四部でも決して小さくない変更がありました。第五部でも改稿は進み、いっそう成長を遂げています。作品を開いておいたことの成果だと思います。

当初この仕事は、一年程度の時間を予定していました。気づくと、三年を超す歳月が過ぎています。小説は作家の個人的な作業と信ずる方も少なくないでしょう。私に限って言えば、個人の力ではとても納得できる作品を読者へ届けることはできません。作品の成立は、チームを組んで、事に当たるからこそです。

担当編集者、青木大輔君の労を惜しまない仕事と、小説に対する熱意、ことに本作にかける愛情がなければ、いまのこの形に書き上げることはできなかったでしょう。多くのアイデアや助言が、彼からもたらされたのはもちろん、刊行形式から、言葉のひとつひとつまで、彼と相談して作ってきたのです。

95年版のおりの担当者、佐藤誠一郎氏がその下地を作ってくれたのですが、今回、彼が文庫の責任者として最後まで見守ってくれたことも大きかったと思います。以前に述べましたが、今回の試みは、書き替えと違い、一度発表した作品の、同じ素材を元にして、まったく別の作品を執筆し、文庫として発表するものです。ほとんど前例のない試みに加え、月一冊の異例の刊行形式は、彼がいてこそ叶《かな》った企画でしょう。

感謝してもしたりないのは、岡本勝行さんをはじめとした校閲スタッフの方々です。彼らの適切な助言や調査が、作者を救ってくれました。先に申し上げたとおり、私は校正段階で何度も筆を入れます。このため、ミスのないようにチェックしてくれる彼らの仕事は通常の二倍三倍、あるいはそれ以上となっています。たびたび休日返上で作品に取り組んでくれた彼らの存在があってこそ、この本は成立しています。印刷、製本を含め、多くのスタッフが、それぞれの立場で、この物語をよりよい形で読者へ届けようと力を尽くしてくれています。書店の方々も、出版前から声をかけてくださり、いまも読者への橋渡し役として、力を注いでくださっています。
装幀室《そうていしつ》、宣伝部、営業部の方々とも、事前に話し合いを持ちました。

写真家の橘蓮二《たちばなれんじ》さんが、カバーと宣伝用の写真を撮ってくださいました。こちらの内面の薄っぺらさを見透かされそうな視線に緊張しつつ、出来あがった写真は、実物を数倍もよく見せてくださり、面映《おもは》ゆい限りです。

装丁の絵は、画家の日置《ひおき》由美子さんにお願いしました。校正刷りの段階から原稿を読んで、一枚一枚丹念に描いてくださいました。人間の誕生から死までを俯瞰《ふかん》した上で、五部それぞれに構想された作品は、温かく、静かで、しかし毅然《きぜん》とした、すばらしい絵ばかりです。五冊並んでいるところは、さながら小さな展覧会のようです。

皆様へ、深く感謝申し上げます。

十年前に取材を受けてくださった、消毒会社の方、児童相談所の方、警察ＯＢの方、警視庁の広報の方、ひと昔前のことであり、差《さ》し障《さわ》りがあるかも知れないので、お名前を挙げることは控えますが、本当に感謝しています。そのときの取材は今回にも生きています。ただし、方々の名誉のためにも、彼らの属する組織の現実と、小説の内容は、関係がないことを申し上げておきます。

多くの著作物、映像などに教えを得ました。ひとつひとつ挙げてゆくには限界もあります。最低限の参考文献を巻末に挙げ、著者および関係各位に感謝申し上げます。

読者にはとりわけ感謝しています。通常とは変わった形で、成立した物語ですし、次の一ヵ月を待ってくれるか、五冊も手に取りつづけてもらえるか、不安はとても大きいものでした。どこにも届かないかもしれないと恐れながら、しかし、絶対に必要な言葉だと信じて書くことが、送り手の最初の作業です。刊行後、編集部から、多くの方に読んでいただけていると聞き、強く励まされました。責任の重さをあらためて実感しながら、力が湧《わ》いてきたのは事実です。

私自身、第一部のあとがきを書いた昨年十二月、今回の仕事で多くの発見をし、表現者として成長を得ることができたと書きました。いま四部まで刊行し、五部の仕上げを終えようとする段階まで来て、当然のことですが、そのとき以上の手応《てごた》えを得ています。今回得られたものは、とても大きく、この作品を書き進めるあいだ支えてくれた、家人、友人、周囲の方々に、御礼を申し上げます。

最後に、くどいようですが、物語に登場する場所や機関のすべてが、話を展開する上でのフィクション（虚構）として活用させていただいたことを申し上げておきます。私が望んだのは、現実と皮一枚の差の、もうひとつの世界の創造です。小説とは、可能性を、ときに奇跡を提示できる表現です。もうひとつの世界を創造することで、現実にも適用されるだろう変化の可能性を提示したいと願いました。実在する場所や各機関の方々に迷惑が及ぶことは本意でありません。くれぐれも混同されないよう、よろしくご理解いただきたいと思います。

世界にはいまも悲劇があふれています。国内にも、小さな家庭のなかにも、つらい出来事が毎日のように起きています。耐えてゆくには、また見つづけてゆくだけでも、強い精神の力が必要です。きっとひとりでは無理です。誰かと声をかけ合い、支え合わないと、苦しすぎます。勇気を持って、一歩踏み出し、声をかける……それだけで、意外に大きい変化が生じるように思います。

では、どうか、お元気で。いずれまた、新しい作品のおりに。

二〇〇四年四月

天童荒太

【主要参考文献】95年版

当時主に参考にさせていただいたものです。以下、敬称略で失礼します。

『家庭崩壊』（片山義弘編／同朋舎出版）
『家族療法「病める心」が劇的になおった！』（平泉悦郎／ＰＨＰ研究所）
『家族崩壊と子どもたち』（青木信人／青弓社）
『ドキュメント・家族』（鎌田慧／筑摩書房）
『家庭のない家族の時代』（小此木啓吾／ちくま文庫）
『生きるのが怖い少女たち　過食・拒食の病理をさぐる』（斎藤学／光文社）
『親になるほど難しいことはない』（椎名篤子／講談社）
『ルポルタージュ死角からの報告　子供が「人間」を殺した』（斎藤茂男編著／太郎次郎社）
『息子殺し　演じさせたのはだれか』（斎藤茂男編／太郎次郎社）
『仮面の家　先生夫婦はなぜ息子を殺したのか』（横川和夫／共同通信社）
『子供たちの復讐』（本多勝一編／朝日文庫）
『少年犯罪論』（芹沢俊介編著／青弓社）
『児童虐待　ゆがんだ親子関係』（池田由子／中公新書）

『あかるく拒食　ゲンキに過食』（伊藤比呂美、斎藤学／平凡社）
『食行動異常』（筒井末春編／同朋舎出版）
『心病める人たち　開かれた精神医療へ』（石川信義／岩波新書）
『思春期病棟の少女たち』（スザンナ・ケイセン／吉田利子訳／草思社）
『愛しすぎる女たち』（ロビン・ノーウッド／落合恵子訳／読売新聞社）
『子どもの無意識』（フランソワーズ・ドルト／小川豊昭、山中哲夫訳／青土社）
『現代殺人の解剖　暗殺者の世界』（コリン・ウィルソン／中村保男訳／河出文庫）
『お金、この神秘なるもの』（ジェイコブ・ニードルマン／忠平美幸訳／角川書店）
「こころの科学56　女子高生」（日本評論社）
『死体は語る』（上野正彦／時事通信社）
『法医学の現場から』（須藤武雄／中公文庫）
『鑑識捜査三十五年』（岩田政義／中公文庫）
『検事の現場検証』（村上久／中公文庫）
『警察官手帳』（安藤和弘／データハウス）
『刑事の本』（三才ブックス）
『日本の警察　警視庁VS.大阪府警』（久保博司／講談社文庫）
『日本住宅史図集』（住宅史研究会編／理工図書）
『それでも建てたい家』（宮脇檀／新潮文庫）

『事件としての住居!』(米沢慧/大和書房)
『害虫とカビから住まいを守る その基礎知識と建築的工夫』(神山幸弘、山野勝次/彰国社)
『住宅貧乏物語』(早川和男/岩波新書)
『建築入門 あなたと建築家の対話』(綜建築研究所編著/講談社ブルーバックス)
『東京都児童相談所 事業概要 平成四年版』
『東京都児童相談センター案内 平成五年版』
『警察白書 平成五年版』
『犯罪白書 平成六年版』

【主要参考文献】04年版
『対象喪失 悲しむということ』(小此木啓吾/中公新書)
『愛する家族を喪うとき』(保阪正康/講談社現代新書)
『犯罪被害者の心の傷』(小西聖子/白水社)
『心の病と社会復帰』(蜂矢英彦/岩波新書)
「こころの科学67 精神障害者の社会参加」(日本評論社)
『こころの病い2 家族の体験』(財団法人全国精神障害者家族会連合会編/中央法規出

版）
『悩む力　べてるの家の人びと』（斉藤道雄／みすず書房）
『引きこもりの理解と援助』（近藤直司、長谷川俊雄編著・蔵本信比古、川上正己著／萌文社）
『子ども虐待シンドローム　養護施設から日本の現状がみえる』（浅井春夫編著／恒友出版）
『カルトの子　心を盗まれた家族』（米本和広／文藝春秋）
『誰か僕を止めてください～少年犯罪の病理～』（産経新聞大阪社会部／角川書店）
『日本の思想』（丸山真男／岩波新書）
『悩む人間の物語』（セオドア・ゼルディン／森内薫訳／日本放送出版協会）
『結婚論』（バートランド・ラッセル／安藤貞雄訳／岩波文庫）
『夜と霧　ドイツ強制収容所の体験記録』（V・E・フランクル／霜山徳爾訳／みすず書房）
『それでも人生にイエスと言う』（V・E・フランクル／山田邦男、松田美佳訳／春秋社）
『戦争とプロパガンダ（1～4）』（エドワード・W・サイード／中野真紀子、早尾貴紀（1のみ）訳／みすず書房）
『紛争の心理学　融合の炎のワーク』（A・ミンデル／永沢哲監修、青木聡訳／講談社現代新書）
『東京アンダーワールド』（ロバート・ホワイティング／松井みどり訳／角川文庫）

『反グローバリズム　新しいユートピアとしての博愛』（ジャック・アタリ／近藤健彦、瀬藤澄彦訳／彩流社）
『ＷＴＯ徹底批判！』（スーザン・ジョージ／杉村昌昭訳／作品社）
『なぜ世界の半分が飢えるのか　食糧危機の構造』（スーザン・ジョージ／小南祐一郎、谷口真里子訳／朝日新聞社）
『9・11　アメリカに報復する資格はない！』（ノーム・チョムスキー／山崎淳訳／文藝春秋）
『金儲けがすべてでいいのか　グローバリズムの正体』（ノーム・チョムスキー／山崎淳訳／文藝春秋）
『カブール・ノート　戦争しか知らない子どもたち』（山本芳幸／幻冬舎）
『難民問題とは何か』（本間浩／岩波新書）
『民族という名の宗教　人をまとめる原理・排除する原理』（なだいなだ／岩波新書）
『ドキュメント戦争広告代理店　情報操作とボスニア紛争』（高木徹／講談社）
『なぜ戦争は終わらないか　ユーゴ問題で民族・紛争・国際政治を考える』（千田善／みすず書房）
『世界で一番いのちの短い国　シエラレオネの国境なき医師団』（山本敏晴／白水社）
『アフガニスタンの仏像は破壊されたのではない恥辱のあまり崩れ落ちたのだ』（モフセン・マフマルバフ／武井みゆき、渡部良子訳／現代企画室）

『帝国との対決　イクバール・アフマド発言集』（イクバール・アフマド、デイヴィッド・バーサミアン／大橋洋一、河野真太郎、大貫隆史訳／太田出版）
『経験の政治学』（R・D・レイン／笠原嘉、塚本嘉壽訳／みすず書房）
『なぜわれわれは戦争をしているのか』（ノーマン・メイラー／田代泰子訳／岩波書店）
『パワー・インフェルノ　グローバル・パワーとテロリズム』（ジャン・ボードリヤール／塚原史訳／NTT出版）
『帝国を壊すために』（アルンダティ・ロイ／本橋哲也訳／岩波新書）
『だから、国連はなにもできない』（リンダ・ポルマン／富永和子訳／アーティストハウス）
『手話の世界へ』（オリバー・サックス／佐野正信訳／晶文社）
『警察のことがわかる事典』（久保博司／日本実業出版社）
『元刑務官が明かす　刑務所のすべて』（坂本敏夫／日本文芸社）
『私の家庭菜園歳時記』（杉浦明平／風媒社）
『おいしい野菜づくり70種』（加藤義松監修／成美堂出版）
『家庭菜園で楽しむ　はじめての野菜づくり』（新井敏夫監修／主婦の友社）
『これがボランティアだ！』（森口秀志編／晶文社）
『わたしも四国のお遍路さん』（平野恵理子／集英社）
「四国へんろ（現「巡礼マガジン」）」（シンメディア）

95年版『家族狩り』を発表後、次作のための文献にあたり、その成果が今回の仕事にも生きています。『永遠の仔《こ》』『あふれた愛』の参考文献だったものは、ここでは割愛しますが、『家族狩り』の資料がその二作にも生きていて、互いに影響し合い、参考にさせていただいていることを、ご了承いただければと思います。

この作品は、一九九五年十一月に新潮社から刊行した
『家族狩り』の構想をもとに、書き下ろされた。

まだ遠《とお》い光《ひかり》

家族狩り 第五部

新潮文庫　て-2-6

平成十六年六月一日発行
平成二十六年六月十日十二刷

著者　天《てん》童《どう》荒《あら》太《た》

発行者　佐藤隆信
発行所　株式会社 新潮社
郵便番号　一六二―八七一一
東京都新宿区矢来町七一
電話 編集部(〇三)三二六六―五四四〇
読者係(〇三)三二六六―五一一一
http://www.shinchosha.co.jp
価格はカバーに表示してあります。

印刷・二光印刷株式会社　製本・株式会社大進堂

ISBN978-4-10-145716-1 C0193